Dear Korean Reader,
this is the story of Tilda
and Ida, two sisters who
master life together.
Although the sisters have a
difficult fate with their alcoholic
mother, their story gave me a
lot of hope and joy. I wrote
the book at a time when I wasn't
feeling well and writing was my
safe space. While I spent time
with the sisters, who manage to
notice and appreciate the beautiful
things in life despite everything,
I also found my way back to
the beautiful sides.
I am happy if this story gives you
hope and joy too.

♡ Caro

한국의 독자 여러분께

이 이야기는 인생을 함께 헤쳐나가는 두 자매,
틸다와 이다의 이야기입니다.
알코올중독인 엄마와의 관계는 두 자매에게
서로 다르게 작용하지만,
그들의 이야기는 제게 큰 희망과 기쁨을 안겨주었어요.

이 책을 쓸 때 저는 몸도 마음도 좋지 않았답니다.
그 시기에 글쓰기는 제게 하나의 안전한 공간이었어요.
어떤 상황 속에서도 삶의 아름다운 면들을 발견하고
소중히 여길 줄 아는 자매들과 시간을 보내면서,
저 역시 다시금 삶의 아름다운 생각들로 돌아올 수 있었습니다.

이 이야기가 여러분께도 작은 희망과
기쁨이 되어주기를 바랄게요.

카롤리네 발

스물두 번째 레인

22 BAHNEN by Caroline Wahl

스물두 번째 레인

카롤리네 발 장편소설

전은경 옮김

다산
책방

늘 옆에 계시는 엄마에게

차례

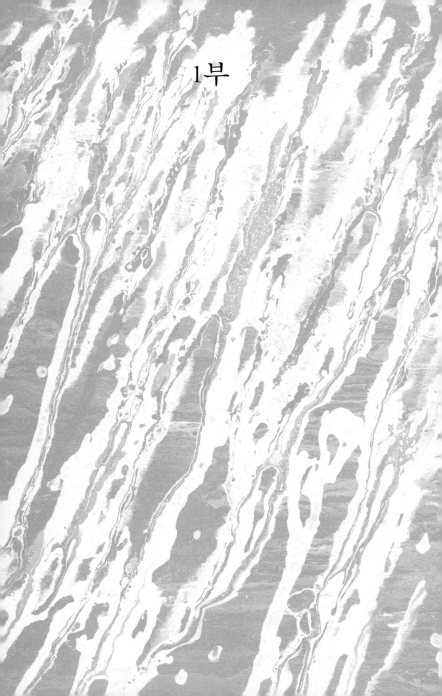

1부

귀리 우유, 아몬드 우유, 캐슈너트 버터, 냉동 라즈베리, 후무스 소스, 퀵른 귀리 가루, 치아시드, 바나나, 스펠트밀 파스타, 아보카도, 아보카도, 아보카도. 나는 지금 게임을 하고 있다. 쳐다보면 안 돼. 나이는 30세 정도, 남성, 굼뜨게 생김, 테 없는 안경 착용, 리바이스 셔츠. 분명 이런 사람이겠지. "30유로 72센트요." 드디어 고개를 든다. 리바이스라고 쓰여 있는 티셔츠를 보니 기분이 좋다. 어쩌면 지금이 내 인생 최고의 순간인지도 모른다. 남자가 아니라 젊은 여자였지만, 티셔츠를 정확하게 맞혔다는 것만도 이미 대단하다.

네 시간 후, 나는 미라콜리 상표 대신 저렴한 PB 상품 파스타와 PB 상품 귀리 가루, 닥터 오트커의 버번 바닐라 소스와 전지 우유를 계산대에 내려놓는다. "4유로 6센트." 바흐 부인이 말했고, 계산을 한 나는 장 본 것을 백팩에 집어넣고 역으로 달려간다.

트램, 대학교, 과제, 텍스트 복사. 굉장히 **빽빽한** 내 일정표는 네 번 중에 세 번은 고장 나 있는 이 복사기와 도무지 화합이 되지 않는다. '종이 걸림'이라는 알림을 보자마자 나는 내면에 쌓이는 분노를 느끼며 주먹을 움켜쥐고, 흰 종이 뭉치를 노려본다. 모두 부숴버리고 싶다.

트램, 과제 풀기, 수영, 이다. 과제는 할 만하다. 대학교에서 수영장까지 트램을 타고 가는 69분 동안 다 푸는 데 성공한다. 염소 냄새를 깊이 들이마신 후에 우르줄라가 앉아 있는 벤치의 알록달록한 바구니 옆에 내 백팩을 내던진다. 옷을 머리 위로 끌어 올려 벗고 머리부터 물로 뛰어들어 깊이 잠수한다. 풀장 바닥에 앉아 물 밑에서 일어나는 일을 올려다본다. 균형을 잡지 못하고 버둥대는 아이들의 다리, 어느 정도 균형을 잡고 흔드는 노인들의 다리, 잠수하는 아이들의 몸, 풀장 가장자리에 머무는 여러 다리. 이런저런 동작들이 만들어내는 합동공연은 여기서 보면 대체로 재미있다. 나는 레인을 스물두 번 돌기 위해 바닥을 박차고 올라온다. 스무 번을 돌았는지 스물두 번을 돌았는지 헷갈리면 짜증이 나서 스스로에 대한 벌칙으로 다섯 번을 추가한다.

우르줄라: 조금 전에 어떤 남자아이가 나에게 달려들었어.

아무 이유도 없이 그냥.

나는 무슨 말이냐는 눈길로 우르줄라를 바라본다.

우르줄라: 나는 그냥 평소대로 수영하고 있었거든. 늘 그렇듯이 느긋하게 수영장 가장자리로 가는데, 갑자기 빨간 머리 개구쟁이가 뒤로 세 걸음 물러나는 게 보이더라고. 그러더니 막 달려와서 나에게 뛰어들었어. 이유 없이 그냥 그렇게 말이야.

나: 대박.

우르줄라: 세 걸음 물러나기 전부터 나를 똑바로 보고 있었으니까, 실수로 그런 건 아냐. 확실해.

나는 고개를 끄덕인다.

나: 우르줄라에게 뛰어들려고 한 거네요.

우르줄라: 응.

우리 둘 다 입을 다문다.

나: 그 애 누구예요? 알려줘요.

우르줄라가 고개를 끄덕인다.

나: 나도 그 애한테 뛰어들려고요.

다시 끄덕끄덕.

우리는 말이 없다. 하지만 편안한 침묵이다. 우르줄라는 바보 같은 질문을 하지 않는다. 자기에게 뛰어든 남자아이처럼 뭔가 중요한 이야기가 있을 때만 말을 한다. 우리 둘 다 한

마디도 하지 않고 벤치에 나란히 앉아 있을 때가 많다. 우리는 눈을 감고 햇빛에 몸을 말린다. 그러다가 헤어질 때 고개를 끄덕여 인사한다.

우르줄라: 작은애는 어디 있어?

나: 이다는 비가 올 때만 나랑 같이 와요.

우르줄라가 고개를 끄덕인다.

나는 햇볕에 달궈진 벤치 등받이에 등을 기대고 잠시 눈을 감는다. 요 며칠은 올해 들어 처음으로 제대로 덥다. 6월은 뒤죽박죽이라 4월이나 5월과 비슷했다. 나는 여름 공기를 힘껏 들이마신다. 선크림과 염소, 감자튀김 냄새, 우르줄라의 강한 향수 냄새가 내 몸을 채운다. 눈을 떠 파스텔빛 저녁 하늘을 바라보며 한껏 받아들인다. 가볍고 따뜻한 느낌이 든다. 수영장을 둘러본다. 수영장의 얕은 구역 대부분을 차지한 이다 또래의 남자아이들은 기관총처럼 미친 듯이 수영장으로 뛰어든다. 다른 쪽에는 어린아이를 팔에 안은 두 엄마가 수다를 떨고 있고, 밧줄로 구분해 둔 깊은 구역 바로 앞에서는 한 남자가 여자아이 한 명, 남자아이 한 명과 공놀이를 한다. 아버지와 아이들인 듯하다. 아이들이 기뻐서 까르륵거린다. 나는 아이들이 아버지와 자주 공놀이를 하는지, 아니면 무척 드문 일이라서 저렇게 기뻐하는지 궁금하다.

깊은 구역의 가장자리에는 청소년 몇 명이 붙어 있고, 예전에 나랑 같은 학년이었던 여자아이들이 일광욕을 하는 모습도 눈에 띈다. 앙겔리나와 레나, 야나. 내가 손을 들어 인사하자 앙겔리나가 마지못해 미소를 지으며 손을 흔든다. 내 생각에, 우리는 서로 좋아하지 않는 것 같다. 그때, 따뜻해졌던 내 몸이 움찔한다. 차가운 소름이 등줄기를 타고 흐른다. 이반? 밝은 금발에 검정 수영 바지를 입고 출발대에 선 키 큰 남자. 다른 사람과는 다른 못된 눈빛. 그의 얼굴을 본 나는 침을 꿀꺽 삼키며 이렇게 생각한다. 갸름하면서도 개성적인, 검게 그을린 얼굴. 새파란 눈동자와 언제나 살짝 찌푸리고 있는 숱 많은 눈썹. 그 사이의 작은 미간 주름과 일직선으로 뻗은 가느다란 입술. 이반의 얼굴은 내가 아는 얼굴 중에 이다 다음으로 아름답다. 아니, 아름다웠다. 속이 울렁거린다. 밧줄이 내 목을 단단하게 조여온다. 나는 침을 두어 번 삼키고, 좁아진 목구멍으로 여름 공기를 깊이 들이마셔서 공간을 넓히려 애쓴다. 눈을 깜박거리며 정신을 집중한다. 이반일 리는 없으니, 아마 이반의 형일 것이다. 이름이 기억나지 않아서 너무나 화가 난다. 이름을 떠올리려 애쓰면서 그 남자의 얼굴을 더 자세히 살펴보려고 하지만 거리가 너무 멀어서 알아보기 힘들다. 어쨌든 이반과는 분명히 다르게 생겼다. 저 남자의 눈빛은 이반보다 더 우울하고, 무엇보다도 의중을 알기가 더 힘들다. 눈썹 사이가 더 좁고 미간 주름도 더 깊으며, 입술은 더 일직선으로 뻗었다. 대체 여기서 뭘 하는 걸까? 런던인가 어딘가에 산다고 하지 않았나? 그 남자는 물안경을 쓰더니 우아한 동작으로 머리부터 뛰어들어 자유형으로 수영한다. 곧고 빠르며 힘찬 움직임은 혼란스러운 이 수영장에서 무척 돋보인다. 풀장 가장자리를 박차고 나가 물속에서 10미터쯤 나아가다가 다시 떠올라 다른 쪽 가장자리에 닿는 데에 고작 30초밖에 걸리지 않는다. 거기서 다시 몸을 둥글게 말고 벽을 박찬 뒤 잠수한다. 나는 그 사람의 모든 동작을 눈으로 좇으며 그의 동생을 생각한다. 나지막하게 바스락거리는 웃음과 쉰 목소리를. 그 사람, 이반의 형을 놓칠까 봐 불안해진 나는 눈을 떼지 않는다. 그는 이곳에서 보기 드문, 아주 멋진 동작으로 수영한다.

레인을 스물두 번 수영하고 나자 더 이상 잠수하지 않고 풀장 가장자리에서 물안경을 벗고 몸을 돌린다. 그의 눈빛과 내 눈빛이 부딪친다. 우리는 서로 마주 본다. 우리 사이의 거리는 51미터. 모든 것이 흐릿하게 보인다. 그러다가 그가 눈썹을 치켜세운다. 나는 어찌할 바를 모르다가 똑같이 눈썹을 치켜세우고는 축축한 수영복 위에 옷을 걸쳐 입는다. 어깨에 백팩을 메고 우르줄라에게 고갯짓으로 인사한 뒤 집으로 향한다. 집으로 가는 동안에는 꼭 최면에 빠진 것 같은 기분이다. 이름이 기억나지 않는 이반의 형을 생각한다. 마를레네는 틀림없이 알고 있을 거다. 주말에 무슨 파티가 있어서 집에 온다고 했다. 내일부터는 레인을 스물세 번 돌아야겠다. 으스스하게 많은 숫자이긴 하지만.

　기쁨의 거리, 행복로에 들어선 나는 잔디를 깎는 파이겔 씨에게 인사한다. 잔디밭에서 바비큐를 하는 젊은 가족에게도 고개를 끄덕여 아는 체를 한다. 저 다섯 식구는 우리 옆집인 연파랑 지붕 집으로 몇 주 전에 이사 왔다. 우리 가족이 사는 건물은 행복로에서 유일한 다세대주택인데, 이 여름날 저녁에 흥겹게 잔디를 깎거나 바비큐를 하는 개인 주택들에 비해 평소보다 더욱 음울해 보인다. 나는 늘 그랬듯이 우리 집 창문을 살펴본다. 부엌 유리창에 김이 서려 있다. 엄마가 요리를 했구나. 나는 얼른 건물 문을 열고 조용하고 서늘한 복도를 걸어, 첫 번째 문을 연다. 문 앞에는 '웰컴'이라고 쓰여 있는 발 매트가 놓여 있다. 아무도 환영받지 못하는데도. 뭔가 탄 듯한 냄새와 카레 냄새가 풍겨온다. 치킨 카레라고 추측하며 부엌으로 들어서니, 뜨거운 김이 가득하다. 전기레인지는 이미 이다가 껐다. 전기레인지 위에 놓인 냄비 하나에는 타버린 쌀이, 다른 하나에는 거의 숯이 되어 형체를 알아볼 수 없는 카레 덩어리가 들어 있다. 나는 창문을 활짝 열고, 화재경보기가 울리지 않았다는 사실에 안도한다. 울렸더라면 또 창피해졌을 테니까. 조리대에 휘핑크림과 밀가루, 온갖 양념이 쏟아져 있다. 서랍이 하나 열려 있고 그 안의 내용물이 바닥에 흩어져 있다. 포장 끈이 풀어진 파스타, 콘플레이크, 빵가루, 귀리 가루, 빈 와인 잔 하나. 엄마가 요리를 해보려고 뭔가 찾다가 분통이 터져서 중단한 것 같다. 포장이 벗겨진 닭이 텅 빈 식탁 위에 놓여 있다. 왠지 섬뜩하다. 나는 닭을 냉동실에 넣고 거실 문을 연다. 요리하던 사람이 소파에 누워 있다. 갈색 머리카락이 얼굴에 드리워지고 입은 살짝 벌어졌다. 얼룩이 묻은 하얀 여름 원피스는 어린아이의 턱받이를 연상시킨다. 와인을 마시는 어린아이. 엄마는 요리를 할 때 원피스를 즐겨 입는다. 요리하겠다고 마음먹을 때는 대개 기분이 좋기 때문이다. 카레와 레드와인 얼룩은 지워지지 않을 테니 버려야겠다. 몸매를 드러내는 이 코바늘 뜨개질 원피스는 내가 작년 엄마 생일에 선물한 옷인데, 어차피 이제는 너무 헐렁해졌다. 나는 창백한 엄마의 얼굴에서 머리카락을 걷어 낸 뒤 머리 밑에 쿠션을 놓아주고는 '바보'라고 속삭인다. 물론 엄마는 깊게 잠이 들어서 듣지 못한다. 나는 거실을 나와서 이다의 방문을 두 번 빠르게, 잠깐 쉰 다음 세 번 천천히 노크하고는 문을 연다. 이다는 늘 그렇듯이 그림을 그리는 중이다. "엄마가 또 요리를 했어." 이다가 그림에서 눈을 떼지 않은 채 나지막하게 말한다.

나: 나도 알아. 뭐 좀 먹었어?

이다가 고개를 젓는다.

나: 미라콜리 파스타 만들까?

이다: 미라콜리야, 아니면 PB 상품이야?

"미라콜리." 나는 거짓말을 한다.

부엌의 전쟁터를 다 치운 뒤 파스타를 삶고 이다를 불러 식사를 한다. 이다는 오늘 말을 하지 않는다. 둘 다 양치질을 한 뒤에 이다를 데리고 방으로 간다. 이다가 침대에 눕자 나는 침대 가장자리에 걸터앉는다.

나: 내일 비 온대.

이다: 알아.

나: 수영장 갈까?

이다: 응.

나: 좋아. 잘 자. 사랑해.

문을 닫는데, 나지막하게 "나도"라고 말하는 이다의 목소리가 들린다.

나는 드디어 셔츠 바람으로 매트리스에 등을 대고 누워서 발치에 이불을 구겨두고, 몸에 와 닿는 여름밤의 서늘한 미풍을 맞이한다. 무거운 피로가 지친 몸을 감싼다. 눈만 감으면 바로 잠들 것 같다. 하지만 하루 중 가장 좋은 순간인 지금을 놓치고 싶지 않아서 잠을 최대한 미룬다. 아무것도 하지 않고, 아무 생각도 할 필요 없고, 그저 누워서 활짝 열린 유리창으로 들어오는 여름밤의 서늘한 미풍을 맞을 수 있는 이 순간은, 오로지 내 것이다. 창문으로 시선을 돌려 집 뒤편에 있는 전나무의 윤곽을 바라본다. 소리와 냄새에 정신을 집중한다. 귀뚜라미 소리, 이따금 들리는 자동차 소리, 야옹대는 고양이 소리. 그 외에는 들리지 않는다. 나는 여름밤의 냄새, 풀과 꽃의 향기를 맡는다.

이렇게 매트리스에 누워 시원한 바람을, 활짝 열린 창문으로 들어오는 여름밤의 미풍을 맞을 때면 모든 것이 괜찮아 보이고 마음이 가볍게 느껴진다. 지금처럼 밤에 매트리스에 누워 있을 때면 바깥의 온갖 것들을 아직 한참 더 견딜 수 있겠다는 생각이 든다. 밤에 바람이 불어오는 한, 낮에 바깥에서 벌어지는 전쟁에 뛰어들 수 있을 것 같다. 엄마에 맞서, 엄마의 기분에 맞서, 이 소도시에 맞서 치르는 전쟁에. 그리고 이 다를 위해 치르는 전쟁에.

빗방울이 세미나실 유리창에 세차게 부딪친다. 나는 밖으로 나가고 싶다.

그룬트 교수님이 지난번 과제로 낸 문제를 칠판에 계산하는 동안, 안나는 쓸데없는 질문들로 나를 짜증 나게 한다. 이번 과제에 대한 내 해답을 베끼려고 하는데 글씨를 알아보지 못했기 때문이다. 안나는 시험에 통과하지 못할 게 분명하다. 도대체 어떻게 심화반과 석사 세미나에 참가한 걸까? 우리가 독문학이나 미술사 같은 과목을 공부하는 것도 아닌데 말이다.

안나: 틸다, 네 해답을 메일로 보내줄 수 있어? 베껴 쓰려면 시간이 너무 오래 걸려.

나: 해답을 타이핑하지 않았어.

안나: 하지만 너도 어차피 무들에 업로드해야 하잖아.

아니, 그렇지 않다. 나는 종이와 연필로 생각하고 계산한다. 참고 문헌도 대부분 출력하거나 책을 빌린다. 노트북 앞에서는 제대로 생각하지 못한다. 학사 논문도 종이에 써서 작업했고, 마지막 단계에서 힘겹게 타이핑했다. 내가 연습문제 해답을 종이에 써서 제출해도 된다는 허락을 받은 몇 안 되는—어쩌면 유일한—학생이 되기까지 나는 항상 마감 시간보다 훨씬 일찍, 거기에 오답이 하나도 없는 과제를 제출해야 했다. 그런데 안나의 게으름 때문에 노트북 앞에 앉거나, 해답을 스캔하려고 복사기 앞에 줄을 서야 하다니. 세미나실을 나와서 다른 학생들을 지나 출구로 가는 동안에도 안나는 끈질기게 따라붙는다.

안나: 내가 해답을 복사해도 될까? 우리 얼른 대학 도서관으로 가자. 거기서 내가 커피 살게.

나: 그냥 여기서 복사해.

안나: 저기 줄 늘어선 거 봐. 복사기가 한 대만 작동 중이야. 나머지 복사기에는 어떤 사이코패스가 물을 집어넣었대.

나: 아, 그래? 그런데 나 이제 가야 해. 그냥 내 해답을 가져가거나 사진을 찍어.

안나: 그럼 내가 가지고 갈게. 사진보다는 A4 용지가 좋으니까.

안나는 멍청한 말을 자주 한다.

나: 그냥 사진 찍어. 내일 제출하고 싶으니까.

안나는 화가 나서 씩씩거리더니 걸음을 멈추고 해답을 사진으로 찍는다. 사진보다 A4 용지를 더 좋아하면서도.

안나: 오늘 저녁에 과학 경연 대회에 올 거야?

나: 아니, 안타깝게도 다른 계획이 있어.

안나: 어떤 계획?

나: 수영장.

안나가 건물 입구에 있는 창문을 가리킨다.

안나: 비가 이렇게 퍼붓는데?

나: 그래도 수영은 할 수 있잖아.

안나: 틸다, 너 진짜 괴상해.

나는 어깨를 으쓱한 뒤 작별 인사를 하고는 정류장으로 달려간다. 비가 와서 트램이 터질 듯이 붐비는 바람에 서서 가야 한다. 서서 가야 할 때면 짜증스럽다. 읽고 계산하기 불편해서 이동하는 시간을 제대로 활용할 수 없으니까. 오늘은 아예 그럴 생각이 없다. 그저 서서 비 내리는 유리창 밖을 내다보며 시간을 보낸다. 발코니에 알록달록한 의자와 식물을 놓아둔 시내 카페와 레스토랑과 상점들이 보인다. 늘 그렇듯, 주거용 고건물의 내부는 어떤 모습인지, 거기엔 누가 사는지 궁금해진다. 트램이 점차 비어간다. 나는 좌석에 앉아, 가방에서 카라차스와 슈레베의『브라운운동과 확률 미적분학』책을 꺼내 무릎에 올려놓고는 계속 창밖을 내다본다. 시내가 교외로 바뀌고, 상점과 레스토랑과 카페가 점점 줄어들고, 다세대주택 대신 울타리를 두른 정원을 갖춘 위풍당당한 개인 전원주택들이 나타나는 모습을 지켜본다. 교외가 대규모 주택가로 바뀌고, 전원주택들이 다시 음울한 회백색 타운하우스와 대형 다세대주택으로 변하는 풍경을 내다본다. 그런 다음 들판이 모습을 드러낸다. 트램을 타고 가는 동안은 대부분 들판이 보이고, 그 사이사이에 항상 같은 모습인 소도시들이 있다. 드디어 다른 소도시들과 똑같아 보이는, 내가 사는 소도시가 나타나면 나는 하차한다.

에데카 슈퍼마켓에서 치킨 수프를 끓일 수프용 채소와 콘킬리에 파스타를 얼른 사고 행복로를 따라 달린다. 비가 오는 날의 행복로는 맑은 날과는 달리 행복해 보이지 않는다. 우리 집 현관문을 열자 분홍색 바탕에 파란 돌고래가 그려진 가장 좋아하는 레깅스를 신고, 그 애에겐 너무 커 보이는 내 빨강 티셔츠를 입은 이다가 보인다. 얼마 전에 다이히만 상점에서 사준 짝퉁 컨버스 척을 신고 무릎에 스누피 백팩과 우산을 올려놓은 채 행복한 표정으로 신발장 위에 앉아 있다. 나는 이다의 패션 스타일을 좋아하는데, 무엇보다도 이다는 원래 수줍음을 아주 많이 타는 아이라 이렇게 화려하게 입은 걸 보면 더욱 기쁘다. 버스나 트램에 함께 앉아 있거나 수영장에 가면 이다는 나와 거의 말을 하지 않고, 한다고 해도 속삭이다시피 작게 말한다. 내가 재밌는 얘기를 하면 양손으로 입을 가리고 웃는다. 얼마 전에 수영장에 갔을 때 혼자 출발대에서 뛰어내린 어떤 여자아이에게 말을 걸어보라고 하자, 이다는 잠깐 크게 웃고는 금방 다시 조용해졌다. 이다는 여가 시간에 만나는 학교 친구가 없지만 왕따를 당하는 건 아니고, 그것 때문에 속상해하지도 않는다. 학부모와 교사 회의에서 슈뵈벨 선생님은 이다가 무척 조용한 학생이긴 해도 수업에 잘 참가하고 같은 반 친구들에게 인정받는다고 말했다. 나는 놀라서 이다가 중간 놀이 시간에는 뭘 하는지 물었는데, 선생님의 대답에 더욱 어리둥절해졌다. "이다는 반 친구들과 함께 있어요. 술래잡기나 공놀이를 하지요." 왜인지는 모르겠지만 나는 이다가 벤치에 조용히 앉아서 그림을 그릴 거라고 짐작했다. 나는 이다의 놀이 시간처럼 알록달록하고 요란한 옷차림에도 놀란다.

나: 오, 우리 패셔니스타.

환하게 빛나는 동그란 얼굴, 곱슬곱슬한 금발, 커다란 갈색 눈동자 때문에 이다는 마치 텔레토비의 아기 태양처럼 보인다.

"비가 쏟아져." 아기 태양이 말한다.

나는 이다의 곱슬머리를 쓰다듬고 채소와 파스타를 신발장 위에 올려놓는다. 그러고는 우산을 펼친 후에, 건물 문을 나서서 빗속을 달려 수영장 쪽으로 향한다. 이다는 웃음을 터뜨리며 문을 쾅 닫고는 내 뒤를 따라 달려온다. 이다의 웃음 소리를 듣는 것보다 더 좋은 일은 없다.

풀장은 거의 텅 비어 있다. 레인을 도는 나이 든 남자 두 명밖에 없다. 이다는 빈 풀장을 보면 곧장 최면 상태에 빠지는 것 같다. 백팩에서 다이빙 링 다섯 개를 꺼내 풀장에 던지고는 도움닫기를 하여 물에 뛰어들어 잠수한다. 나는 레인을 스물세 번 수영하고 나서 우르줄라의 벤치에 앉아 이다를 지켜본다. 이다는 지치지 않고 계속 링을 던지고, 가끔은 한꺼번에 링 두 개를 건져 온다. 그러다가 풀장 한가운데쯤에 링을 두고 출발대로 가서 심호흡을 여러 번 하고는 링이 있는 곳까지 거의 25미터를 잠수해서 헤엄쳐 간다. 마침내 링을 들고 올라온 이다가 나를 바라본다. 내가 엄지를 치켜세우자 이다는 환하게 웃고 나도 웃음으로 화답한다. 그때 문득 어떤 눈길이 느껴져서 웃음을 멈춘다. 곁눈질하니 출발대에 앉아 있는 사람이 보인다. 나는 이미 그가 누군지 짐작하고 있다. 우리의 시선이 맞닿고, 우리는 서로를 빤히 바라본다. 고개를 돌리고 싶지만 그가 시선을 돌리지 않는다면 나도 계속 바라봐도 될 것 같다. 나를 알아본 걸까? 우리가 같은 학교에 다녔고 내가 자기 동생과 친구였다는 사실을 분명히 알고 있을 것이다. 적어도 나를 동생 장례식에서 봤을 테니까. 그의 얼굴에는 내 시선을 붙드는 뭔가가 있다. 어쩌면 그것은 오만하고 비웃는 듯한 눈빛, 거의 알아챌 수 없을 정도로 미세하게 올라간 입꼬리 때문일지도 모른다. 그가 싱긋 웃고 자리에서 일어나더니 푸른 눈에 물안경을 쓰고 머리부터 물에 뛰어들어 한 번도 쉬지 않고 레인을 스물두 번 수영한다. 나는 어제처럼 그의 움직임을 눈길로 좇는다. 그가 여기서 뭘 하는지 궁금하다. 틀림없이 집과 관련된 어떤 일이 있을 거고, 내일이면 다시 서울이나 더블린에 가 있을 테지. 그가 여기 조금 더 머무르면 좋겠다.

그가 수영하는 모습은 이다마저 최면 상태에서 깨울 정도다. 이다는 풀장 가장자리로 헤엄쳐 와서 나에게 소곤거린다.

이다: 언니, 저기 봐! 저 남자가 언니보다 더 빠르게 수영해.

나: 누구 말이야?

나는 물에서 나와 찬물 샤워기 아래 서 있다가 탈의실로 들어가는 그를 바라본다. 그리고 1분 뒤, 그가 통이 넓은 청바지와 헐렁한 흰색 셔츠에 슬리퍼 차림으로 탈의실에서 나온다. 내가 자신을 빤히 바라보는 걸 알아챘는지 싱긋 웃고 손을 들어 작별 인사를 한다. 나도 멍하니 손을 들어 올린다. 이다는 계속 물장구를 치고 잠수를 하다가 마침내 지쳤는지 내 옆에 앉아 소곤거린다: 언니, 저 사람 알아?

나: 아니.

내가 치킨 수프를 끓이는 동안 이다는 식탁에 앉아 숙제를 하고, 엄마는 거실 소파에 누워 아무것도 하지 않는다. 바깥 날씨가 좋지 않아 벌써 어둑어둑해서 부엌에 전등을 켰다. 빗방울이 유리창과 창턱을 두드리는 소리가 들린다. 이다가 '환자 음식'이라며 좋아하는 거친 밀가루 경단을 빚으면서 바깥에 비가 내려도 나는 지금 얼마나 느긋한지, 이다와 함께 부엌에 있는 이 안락한 순간을 얼마나 즐기는지 깨닫는다. 마지막 경단을 빚고는 몸을 돌려 조리대에 기대어, 이다가 글짓기에 집중하는 모습을 가만히 바라본다. 그러다가 치킨 수프 냄새를 맡아보고는 바닐라 푸딩도 만들자고 마음먹는다. 이렇게 아늑하니까.

나: 정말 아늑하다.

이다가 고개를 들지 않고 웅얼거린다: 으음.

나: 바닐라 푸딩도 만들까?

이다가 고개를 들고 큰 목소리로 또렷하게 대답한다: 응.

빅토르. 매트리스에 누워 유리창 너머로 전나무를 바라보던 중 드디어 그의 이름이 떠오른다. 예전보다 지금의 그에게 더 잘 어울리는 이름이다. 이름이 빅토르인 사람은 웃지 않는다. 빅토르라는 사람은 진지하다. 러시아 출신의 전투 수영선수 이름이 빅토르다. 중고등학교 때 베버 선생님이 우리를 서로 소개해 주던 순간을 아직 기억한다. 나는 8학년, 그는 12학년이었다. 물론 나는 그 전부터 그를 알고 있었고 그의 이름도 알았다. 누구나 그를 알고 그의 이름을 알았으니까. 빅토르는 그때도 키가 컸고 잘생겼으며, 무엇보다 전설에 휩싸인 존재였다. 눈을 감으면 한쪽 어깨에 백팩을 메고 시선을 돌리지 않은 채 학교 건물을 성큼성큼 걸어가는 그의 모습이 떠오른다. 모든 학년의 여학생들이 그를 흘낏거렸지만 그는 눈길도 주지 않았다. 그에 대한 소문은 무수히 많았다. 프로그래밍을 엄청나게 잘한다거나, 다크웹에서 활동한다거나, 굉장한 재능이 있는 자폐거나 그냥 자폐고, 시내에서 대학생과 데이트를 한다는 소문들. 실제로 그는 어떤 그룹에도 속하지 않았지만 다들 그를 존중하고 그의 존재를 인정했다. 가끔 나는 집에 가는 길에 공원에서 대마초를 피우는 애들 사이에 있는 그를 보았고, 어느 날은 여드름투성이 컴퓨터 너드들과 노점에 있는 걸 보았다. 또 다른 날에는 체육을 대입 시험 과목 중하나로 정한 남자아이들과 농구를 하고 있었다. 그날 나는 수학 담당인 베버 선생님을 초조하게 기다리고 있었다. 노이게바우어 선생님이 나를 위해 교무실로 베버 선생님을 부르러 간 참이었다. 베버 선생님은 멋진 분이었다. 선생님은 내가 6

학년일 때부터 항상 더 높은 학년의 교재를 복사해 주었고, 과제와 시험 문제를 내주었다. 내가 더 빨리 풀수록 학습 수준은 더 빨리 올라갔다. 그 덕분에 그때 내 수학 실력은 이미 11학년 수준이었다. 드디어 선생님이 새 종이 뭉치를 들고 나에게 걸어왔다. 그런데 그 순간, 빅토르가 마치 내가 존재하지도 않는다는 듯 내 앞으로 나섰다. 나는 화가 치밀었다.

빅토르: 베버 선생님, 내일 시험 때문에 잠시 드릴 말씀이······.

내가 어깨를 톡톡 치자 그가 몸을 돌려 나를 빤히 봤다.

"내가 베버 선생님을 부른 거야." 나는 이렇게 말하며 그를 밀치고, 싱긋 웃고 있는 선생님에게 과제를 건넨 뒤 새 종이 뭉치를 받았다.

베버 선생님: 아, 잘됐다. 두 우등생이 드디어 만나는구나. 이쪽은 빅토르 볼코프, 그리고 이쪽은 틸다 슈미트란다.

나: 안녕.

빅토르: 안녕.

그가 커다란 손을 내밀었고, 나는 그 손을 잡았다. 창피하게도 얼굴이 빨개지는 게 느껴졌다. "잘 가." 나는 그렇게 말하고 그 자리를 떠났다.

로제와인, 로제와인, 로제와인, 웨더스 캐러멜 캔디, 말보로 골드 XL, 스파게티, 다진 고기, 말보로 골드 XL, 토마토 퓌레. 마를레네인가. 내 짐작이 맞기를 바란다. "26유로 30센트요"라고 말하고는 고개를 들어, 나랑 가장 친한 친구를 쳐다본다. 지난번에 봤을 때만 해도 무척 길었던 밝은 금발 생머리는 이제 겨우 어깨까지만 내려오고 살짝 분홍빛이 돈다. 오버사이즈 빈티지 청남방에 짧은 반바지 차림이다. 나는 올라가는 입꼬리를 도무지 막을 수 없다.

마를레네: 너, '이달의 직원'은 못 되겠다. 모든 손님에게 인사하는 게 의무 아니야? 그런 조항에 서명하지 않았어? 근로계약서에 그런 말은 없어? 흠, 뭐 그러거나 말거나. 언제까지 일해야 해? 오늘 저녁에 광란의 파티, 레이브가 열려. 준비됐어?

마를레네식 인사다.

나: 안녕, 마를레네. 무슨 레이브?

나는 우리가 오늘 저녁 주말농장에서 예전처럼 술 한잔하고 가볍게 한 대 피우면서 느긋하게 빈둥거릴 거라고 생각했다. 요란한 춤을 추고 시간이 오래 걸리는 레이브는 생각만 해도 피곤해져서 하품이 나온다.

마를레네: 야, 내가 그래서 이번 주말에 독일에 온 거잖아. 너한테 여러 번 말했는걸. 레온 오빠랑 킬리안이랑 다 같이 주말농장에서 레이브를 열어. 다들 온다고.

나: 다들 베를린에 있는 줄 알았는데?

마를레네: 그래, 이 바보야. 여기서 하면 그들에게는 홈경기지. 베를린 친구들도 데려온대. 그중 몇 명은 디제잉을 한다더라.

나: 멋지네.

마를레네: 와, 너의 이 거리낌 없는 열정이 그리웠어. 너도 꼭 가야 해. 선택권은 없어. 네가 온다고 레온 오빠에게 이미 말했단 말이야. 좋아하더라.

나: 마를레네, 난…….

사실대로 솔직하게 말하고 싶은데 왠지 말이 나오지 않는다. 엄마가 술을 더 많이 마셔. 이다를 저녁 내내 엄마와 단둘이 남겨두고 싶지 않아. 단 열세 마디.

나: 엄마가…….

마를레네: 네가 수학을 전공하기로 한 결정이 삶에 대한

거부라는 걸 알고 있어. 하지만 난 네가 모든 걸 등지게 그냥 내버려두지 않을 거야. 난 이번 주말에 여기 독일에 있을 예정이야. 재미, 재미, 재미있어야 한다는 뜻이지. 이제 우리 집에 가서 옷을 갈아입고, 와인을 곁들여서 볼로냐 스파게티를 먹은 다음 레이브에 가는 거야. 우리 버니, 춤추는 거 좋아하잖아. 넌 지금 그게 필요해. 다 보여. 너 지금 완전히 텅 빈 것 같아. 핏기가 하나도 없다고. 그래, 아주 창백해. 피를 다 뽑힌 것 같아. 레온 오빠와 베를린 멋쟁이 힙스터 친구들이 올 거래. 아주 굉장할 거야.

나는 마를레네가 혼자 떠드는 걸 주의 깊게 지켜봤다. 분명히 한 번도 숨을 쉬지 않았다. 훌륭한 잠수부가 될 수 있었는데 재능을 아깝게 썩히는군.

마를레네 뒤에 서 있는 남자가 헛기침을 한다.

남자: 계산 좀 할 수 있나요?

마를레네가 짜증스러운 표정으로 돌아선다: 제일 친한 친구를 크리스마스 이후로 못 만났어요. 7개월이 넘었다고요. 그러니 잠깐 수다를 떨 수도 있죠. 안 그래요? 1번과 2번 계산대도 열려 있네요.

남자는 이런 상황을 미처 예상하지 못했는지 고개를 저으며 말없이 몸을 돌려 툴툴대고는 2번 계산대에 줄을 선다. 이 작은 테러범을 내가 얼마나 그리워했던가.

20분 후에 우리는 마를레네의 피아트 500에 앉아 있다.

마를레네: 네가 온다니까 오빠도 좋아하더라.

나: 또 그 얘기네. 너네 오빠 어떻게 지내?

마를레네: 흐음, 신분이 약간 상승하긴 했지. 드디어 석사를 끝내고 지금은 베를린 홀츠마르크트 거리의 어느 예술가 집단에 소속되어 있어. 그것 말고는 평소와 똑같아. 여기저기 돌아다니고, 이것저것 꿈꾸고.

나는 고개를 끄덕인다.

마를레네: 나랑 얘기할 때면 오빠가 늘 네 소식을 물어봐.

나는 어깨를 으쓱하고 그냥 침묵한다.

마를레네는 매번 레온과 나에 대해 이야기하려고 한다. 우리는 환상적인 한 쌍이라며, 정신 좀 차리라는 것이다. 나는 그게 불편하다. 사실 마를레네도 불편하게 느껴야 한다. 레온은 자기 오빠 아닌가. 우리는 환상적인 한 쌍도 아니고, 나는 그를 사랑하지도 않는다. 하지만 사실대로 말하기는 싫어서 대신 이렇게 말한다: 수영장에서 이반의 형을 봤어.

그러고 마를레네를 바라본다. 얼굴이 창백해지고 관자놀이에 소름이 돋아 있다. 마를레네가 극단적인 감정을 느끼면 늘 이런 반응이다. 깊은 슬픔에 빠졌을 때, 과도한 쾌감을 느낄 때, 사랑에 빠졌을 때, 혹은 마약을 할 때. 양손으로 운전대를 꽉 움켜쥐고 정면을 뚫어지게 보고 있다. 우리는 지난 몇 년 동안 그래왔던 것처럼 침묵한다. 이따금 나는 우리가 왜 그 이야기를 한 번도 하지 않았는지, 언제부터 그 일에 대해 이야기하지 않기로 한 건지 궁금하다. 우리는 장례식에서 한 마디도 주고받지 않았다. 그건 아직도 기억난다. 우리는 제일 마지막 줄에 서서 서로를 끌어안고 울었다. 그 뒤에 마를레네 집으로 가 침대에 누워서 또 울었다. 그러다가 울음을 그쳤다. 서로를 안고 누워 있다가 잠이 들었고, 다시 깨어났을 때는 누군가 죽고 나면 다들 그러듯, 계속 삶을 살아갔다. 어쩌면 우리는 단지 무슨 말을 해야 할지 모르는 걸 수도 있다. 어떤 말을 하든 틀리고, 어떤 말도 맞지 않으니까. 하지만 어쩌면, 틀린 말이나 맞는 말 같은 건 없을지도 모른다. 이제는 그 이야기를 할 때라고 생각하면서도 나는 침묵한다. 우리는 들판을 따라 시골길을 달린다. 사실 지금 말을 꺼내야 할 사람은 나다. 들길에는 의아할 정도로 조깅을 하는 사람들이 많아서 왠지 이상해 보인다. 마를레네와 나는 동이 틀 무렵 술에 취한 채로 이 들길을 걸어 집으로 돌아간 적이 많았다. 노래를 부르며, 웃으며, 떠들며, 춤추며, 토하며, 빵집을 지나 고급 주택가에 있는 마를레네 부모님 집으로 향했다. 가끔 빵을 굽는 냄새가 풍겨오기도 했다. 아름다운 기억이다.

마를레네: 그 사람이 여기 와 있다고 킬리안도 말하더라.

아마 집을 팔려나 봐. 꽤 오랫동안 비어 있었잖아.

우리는 둘 다 입을 다문다. 거의 5년이 흘렀다.

마를레네: 뒷좌석을 봐. 널 위해 날염한 거야. 오늘 저녁에 입으라고.

천 뭉치를 앞으로 가져와 펼쳐 보니 커다란 흰 셔츠에 분홍색 토끼가 그려져 있다.

마를레네: 우리 버니를 위해서. 다리가 너무 타서 갈색이잖아. 부츠를 신고 입으면 무척 귀여워 보일 거야.

마음에 든다. 분홍 토끼가 나를 똑바로 쳐다보는 것 같다. 뭔가를 묻는 듯한 눈빛으로 기대에 찬 표정을 짓고 있는데 뭘 원하는지 잘 모르겠다. 이마를 찌푸리고 바라보지만, 토끼는 반응을 보이지 않는다.

마를레네가 암녹색 나무문을 연다. 나는 들어가면서 익숙한 삼나무와 커피 향, 뭐라고 설명할 수 없지만 각각의 집에서 풍기는 독특한 냄새를 들이마신다. 우리 집은 낯선 사람들에게 어떤 냄새를 풍길지, 혹시 곰팡이 냄새가 나는 건 아닌지 궁금하다. 마를레네 가족은 개조한 목골조 건물에 산다. 나는 이 집이 정말 마음에 든다. 확장한 공간의 커다란 유리창으로 초록빛 정원이 내다보이고, 창을 통해 거실에 빛이 가득 들어온다. 바깥에 바람이 불고 해가 조금 나는 날에 거실 유리창 바로 앞에 놓인 소파에 앉아서 벽에 비치는 빛의 향연을 바라볼 때면, 이따금 숲속에 있는 듯한 느낌이 든다. 이 집은 특히 우아하면서도 아늑하게 꾸며져 있다. 마를레네의 엄마인 리자 아주머니가 인테리어에 관심이 많다는 걸 누구나 알 수 있다. 올 때마다 조금씩 뭔가 달라진다. 커다란 소나무 식탁 아래 짙은 보라색 양탄자가 보인다.

나: 새 양탄자네?

마를레네: 그것만이 아니야. 엄마는 집 안의 커튼을 다 바꿨고 소파도 새로 주문했어. 이렇게 계속 바꾸는 건 도대체 무슨 보상 심리인지 모르겠어. 어쩌면 중년의 위기 같은 건지도 모르지.

나: 내 생각에 아주머니는 이걸 즐기시는 것 같고 정말 재주가 있어 보여. 직업으로 하셔도 될 것 같아.

우리 집 거실과 식탁은 매우 검소하고 성의 없게 꾸며져 있다. 가구 대부분은 나보다 나이를 더 먹었고 서로 어울리지도 않는다. 부엌 의자와 식탁은 낡았고, 식탁 오른쪽 다리 아래에는 식탁이 심하게 흔들리지 않도록 종이로 된 컵 받침을 끼워두었다. 거실의 검은색 가죽 소파는 다행스럽게도 세탁할 수 있지만, 그 아래 깔린 겨자색 양탄자는 아니다. 내가 무척 비싼 세제들로도 없애지 못한 양탄자의 수많은 얼룩은 무엇보다도 엄마가 무슨 짓을 저질렀는지 보여준다.

마를레네: 그 얘기 엄마한테 해봐. 엄청 기뻐하실 거야. 우리는 맨날 놀리기만 하니까.

나: 다들 너무한다. 너희 부모님은 어디 계셔? 테니스 치러 가셨나?

마를레네: 응. 그 후에는 매주 금요일에 그러듯이 식사를 할 거고.

내가 가장 좋아하는 공간의 문을 연 나는 시골풍으로 꾸며진 커다란 암녹색 부엌이 아직 그대로인 걸 보고 안도한다. 예전에 나는 이 공간을 사랑했었다. 생기가 넘쳤고, 다들 여기서 모이곤 했기 때문이다. 구석에는 학교 수업이 끝난 뒤 우리가 늘 점심을 먹던 하얀 정사각형 식탁이 여전히 놓여 있는데, 지금은 하얀 모피를 덮은 셸 체어들이 식탁을 둘러싸고 있다.

우리 집 거실보다 더 넓은 공간으로 이어지는 문을 지나면 저장 식품으로 가득 찬 선반 옆에 두 번째 음료수 냉장고와 냉동고가 보인다. 마를레네의 아버지인 마르쿠스 아저씨는 도매 슈퍼마켓인 메트로의 회원권을 가지고 있어서, 예전에는 노점에서만 살 수 있는 막대 아이스크림이나 파스타처럼 생긴 끈으로 가득 찬 대형 하리보 박스, 수박 맛이 나는 껌처럼 괴상한 물품들이 여기 있었다.

나는 와인을 냉장고에 넣고, 마를레네는 볼로냐 스파게티를 준비한다.

마를레네: 자, 이제 이야기 좀 해봐. 뭔가 새로운 소식 없어? 내내 나 혼자 떠들었잖아.

나: 별로. 너는 어때?

마를레네: 게임 디자인 전공으로 석사를 하고 싶다고 내가 이야기했던가? 우연히 어떤 대학교 프로젝트에 참여하게 됐는데, 너무 좋아. 그 후에는 미국이나 뭐 그런 곳에 교환학생으로 가려고.

나: 멋진데.

마를레네: 너는? 어떻게 지내?

나: 좋아. 이제 곧 석사 논문을 써야 해서 주제를 찾고 있어.

마를레네: 미쳤다. 그러면 끝나는구나. 그 후에는?

나는 어깨를 으쓱한다. 이 질문이 싫다. 너무나 싫다.

나: 그러고 나면 직업을 찾아야지.

마를레네: 어디서?

"이 근처가 될 것 같아." 나는 이렇게 말하지만, 이 대답으로 또 논쟁이 시작되리라는 것을 잘 알고 있다.

마를레네는 볼로냐 스파게티를 만들다 멈추고 내 앞에 와서 앉는다.

마를레네: 틸다, 그건 안 돼.

나: 마를레네, 지금 꼭 이 이야기를 해야 해?

마를레네: 졸업하면 여길 떠날 거라고 네가 말했잖아.

나: 졸업하면 어쩌면 떠날지도 모른다고 말했지. 엄마가 이렇게 안 좋아질지 몰랐어.

마를레네: 그 정도로 안 좋아?

나: 어쨌든 나아지지는 않을 거야.

마를레네: 하지만 너도 언젠가는 두 사람을 떠나서 네 삶을 살아야지. 이다는 잘 해낼 거야. 사람은 자기 임무와 더불어 성장하니까.

말도 안 되는 소리.

나: 말도 안 되는 소리. 마를레네, 우리 지금 그 이야기는 하지 말자. 응? 결론이 나지 않아.

마를레네는 화가 났는지 씩씩거리더니 자리에서 일어나 다시 요리를 한다.

나는 그녀의 새 남자 친구인지 뭔지는 모르겠지만 어쨌든 짐에 대해 묻는다. 그러면 틀림없이 분위기가 바로 바뀔 테지. 마를레네는 차를 타고 오는 시간의 절반쯤을 그 사람에 대해 열광하는 데 썼으니까.

마를레네: 내가 얼마 전에 마감 때문에 스트레스를 심하게 받을 때, 그가 대마초 목욕을 준비해 줬다는 말을 너한테 했던가? 음악, 조인트랑 칩스. 정말 귀엽지. 안 그래?

스트레스를 심하게 받은 나에게 누군가 대마초 목욕을 준비해 주는 모습을 상상해 본다. 목욕을 거절하면 너무 뻔뻔한 행동일까 궁금하다.

나: 엄청나게 귀엽네.

식사를 한 뒤에 우리는 위층으로 올라가서 나갈 채비를 한다. 내가 셔츠를 입은 후에 침대에 눕자 마를레네가 여러 가지 옷을 입고 나에게 보여준다. 결국 우리는 검은 슬립 드레스로 결정하고, 마를레네는 드레스 아래에 흰색 셔츠를 받쳐 입는다.

마를레네가 화장을 하는 동안 나는 그녀의 휴대폰에 있는 사진과 동영상을 본다. 마를레네는 사진에 얽힌 이야기를 들려준다. 항구의 해돋이와 지붕 테라스의 해넘이, 마를레네의 예술 작품과 전시회, 벼룩시장, 춤을 추거나 음식을 먹거나 그림을 그리는 친구들, 키스하고, 잠을 자고, 나체로 수영하는 모습이 보인다. 라벤더 들판 한가운데, 창문에 연파랑 덧문이 달린 오래된 농가 앞에 마를레네와 친구들이 모여 있는 사진에 내 눈길이 오래 머문다. 젊은 여자 한 명이 쪼그리고 앉아 스케치북에 그림을 그리고, 마를레네는 그 옆에서 손에 조인트를 들고 먼 곳을 바라보는 어떤 남자의 배를 베고 누워 있다. 그들 옆에는 두 여자와 한 남자가 손에 와인병을 든 채 양반다리를 하고 깔개에 앉아 웃고 있다.

나: 여기 어디야?

나는 마를레네에게 사진을 보여준다.

마를레네: 프로방스의 세레스트, 2주 전이야. 일주일 동안 집을 하나 빌려서 좀 쉬면서 예술 작업도 많이 하고, 와인을 엄청 마시고, 마리화나도 했지.

"대박." 나는 '대박'이라고 말하고는 진심으로 그렇다고 생각하며, 엄마와 이다가 없다면 나도 그런 삶을 살아갈까 자문해 본다. 아마 아닐 것이다. 이유는 모르겠지만.

"끝내준다." 예전처럼 와인병을 들고 들판을 지나 주말농장으로 가다가, 마를레네가 이렇게 말하고 걸음을 멈춘다. 주황빛과 짙은 붉은빛, 분홍빛, 연한 파란빛이 섞인 하늘은 우리에게 감동을 주려고 온갖 재주를 부리는 것 같다. 마를레네는 들길 가장자리 풀밭에 누워버리고 나도 그 옆에 주저앉는다. 그녀가 내 손을 꼭 잡는다. 나도 마주 잡으며 온갖 빛깔의 변화를 함께 지켜본다.

마를레네: 일시정지.

우리는 열여섯 살쯤에 애덤 샌들러의 코미디영화 〈클릭〉을 보고서 '일시정지'라는 단어를 사용하기 시작했다. 시간을 멈추고 싶을 만큼 아름다운 순간이면 언제나 이 마법의 단어를 사용했다. 그러고서 눈을 감고 시간이 멈췄다고 굳게 상상하면 어느 정도 그렇게 느껴졌다.

내가 눈을 감고 말한다: 일시정지.

반짝이는 하늘을, 이 옷과 부츠 차림으로 손을 맞잡고 풀밭에 누워 있는 우리 둘을 생각하면서 시간이 멈췄다고 굳게 믿어본다. 지금도 여전히, 어느 정도는 그렇게 느껴진다.

나: 네가 보고 싶었어.

마를레네: 네가 보고 싶었어.

마를레네: 우리가 마지막으로 킬리의 주말농장에 갔던 게 언제더라?

나: 3년 전, 그 애 생일 때였지.

마를레네: 미쳤다. 예전에는 저녁마다 거기 갔던 것 같은데. 온갖 사고를 치던 장소로 돌아가려니 기분이 묘하네.

나는 우리가 거기서 처음으로 해본 약과 마셔본 술을, 여기저기 돌아다니던 아주 많은 마리화나를, 함께 시시덕거렸던 남자아이들을, 환타 케이크가 나왔던 킬리안의 생일 파티를 생각하고 이렇게 말한다. "정말 재미있다. 모든 건 킬리안의 생일에서 시작됐는데, 거의 20년이 지나서 베를린에서 돌아와 일곱 살 생일 파티를 한 곳에서 레이브를 연다니."

그 모든 일과 우리의 우정을 떠올리자, 마를레네와 내가 정확히 언제부터 서로 멀어지기 시작했는지 궁금해진다. 그러나 이 질문이 머릿속에 떠오른 순간 나는 이미 후회한다.

당연하게도 대답을 알고 있으니까.

마를레네가 갑자기 벌떡 일어나 크게 소리친다. "그래, 레이브. 이 재미없는 인간아, 이제 가자." 그러고 나를 잡아 올리고는 와인병을 건넨다. "마셔! 네 기억력이 지나치게 좋으니 정신이 너무 말짱해 보이잖아."

멀리서 주말농장의 불빛이 나타난다. 도착하자 오래전부터 아는 얼굴이 꽤 보인다. 지금은 다른 도시에 살고 있는 사람들이 많이 찾아왔다.

마를레네: 우와! 수천 명이 모였네!

나는 농장을 둘러본다.

나: 일흔다섯 명 플러스마이너스 여덟 명쯤 되겠군.

달라진 건 아무것도 없었다. 들판과 붙어 있는 넓은 주말농장에는 앉을 만한 가구 두어 개와 맥주용 탁자와 벤치, 낡은 소파와 플라스틱 의자들이 예전처럼 여기저기 흩어져 있다. 매력적이다. 울타리 가장자리에 세워진 연단에는 알록달록한 꼬마전구들이 늘어져 있다. 킬리안과 레온, 베를린에서 온 친구들이 거기 있다. 그들은 이미 오래전부터 알고 있는 사람들 틈에서 금방 눈에 띈다. 도시적이고, 베를린스럽고, 약간 오만해 보이기 때문일 것이다. 한 명은 검은 뷔스티에와 블랙 미니 플리츠스커트를 입었고, 머리카락은 짧고 단정하게 자른 금발이다. 이런 스타일의 필수 요소인 아주 짧은 앞머리까지 갖췄다. 여기는 베를린의 킷캣 클럽이 아니라 소도시의 주말농장이긴 하지만, 덕분에 여기서도 베를린 공기를 약간 느낄 수 있으니 좋다. 레온은 여전히 잘생겼고, 뻔뻔해 보인다. 하지만 어딘가 예전과는 다르다. 나이가 들어서? 자의식으로 가득 찬 그의 태도가 매력적인지 아니면 불쾌한지 나 스스로도 모르겠다. 어쨌든 무척 눈에 띄고, 레온 자신도 그 사실을 알고 있다.

그와 그의 친구들은 모두 자신이 어디에서 왔는지 숨기지 못한다. 이마에 커다랗게 베를린의 'B'라고 쓰여 있지만 않을 뿐이다. 나는 그들을 B1에서 B5라고 부르기로 한다.

마를레네가 B1과 B3과 B5, 그리고 몇몇 동네 친구들에게 깡충깡충 달려가고 나는 그 뒤를 따른다. 우리는 벤치에 앉아 이야기를 나눈다. 아니, 이야기를 나눈다기보다는 마를레네가 엄청난 질문 폭격을 펼치기 시작하고, 희생자들은 기꺼이 순응하며 대답하고 맞받아치기도 한다.

나는 B라고 이름 붙인 타라와 안나, 리누스와 핀, 카를로스가 사실 무척 싹싹하며 전혀 오만하지 않다는 사실을 금방 깨닫는다. 타라의 멋지고 과감한 차림새만 보고 부정적으로 판단한 나 자신이 부끄러워 바보 같은 'B' 호칭은 버리기로 한다. 사실 그저 부러웠을 뿐이다. 우리는 타라가 킬리안의 여자 친구고, 안나가 레온의 여자 친구거나 어쨌든 그 비슷한 존재라는 사실을 알게 된다.

대화를 나누면서 나는 차가운 미모를 지닌 매력적인 금발의 안나와 레온이 함께 맥주 상자를 들고 바 쪽으로 옮기는 모습을 슬쩍 곁눈질한다. 겉보기에 레온은 달라졌다. 팔에 작은 문신이 더 많이 생겼다. 그 모습은 꼭 클라우드 래퍼처럼 보이는데, 다행스럽게도 얼굴에는 아직 문신이 없다. 구불거리던 갈색 머리카락은 이제 짧아졌고 사흘쯤 면도하지 않은 모습이다. 만약 내가 베를린으로 간다면 어떻게 달라질지 궁금하다. 짧은 앞머리를 하지 않고 얼마나 오래 버틸 수 있을까? 그때, 우리의 시선이 처음으로 마주친다. 레온은 걸음을 멈추고 상자를 바닥에 내려놓더니 가만히 서서 나를 빤히 바라본다. 그러다 고개를 옆으로 기울이며 입가에 웃음기를 띤다. 20년 전부터 나를 번번이 헷갈리게 했던, 그럼에도 내가 조금 그리워하던 짓궂은 미소다. 그가 다시 상자를 들더니 시선을 돌리고 안나를 따라간다.

킬리안이 옆에 앉아 내 어깨에 팔을 두른다.

킬리안: 어이, 룸펠슈틸츠헨(독일 민화에 등장하는 난쟁이의 이름), 다시 만나서 반가워.

나: 안녕, 킬리.

내가 열일곱 살이었을 때, 엄마를 비롯한 모든 상황 때문에 감정이 폭발해서 숲의 빈터로 달려가 고함을 지른 적이 있는데, 벤치에 앉아 대마초를 피우는 킬리를 뒤늦게 발견했다. 킬리안은 아무 표정도 없이 벤치 옆자리를 톡톡 두드렸고, 나는 말없이 그의 곁에 앉았던 걸 지금도 기억한다. 그는 나에게 조인트를 건넸다. 우리는 최소한 두 시간 동안 거기 앉아서 조인트를 세 대 피웠다. "엄마 때문에?" 킬리의 질문에 나는 고개를 끄덕였다. 그 순간 우린 이미 친구였고, 그는 그 이야기를 아무에게도 하지 않았다. 그저 나에게 새 별명을 붙였을 뿐이다.

타라: 왜 룸펠슈틸츠헨이야?

킬리: 그렇게 생겼잖아.

맥주를 가지러 가는데 레온이 따라와 내게 팔을 두르고 끌어안더니 볼에 키스한다.

레온: 어이, 들고양이. 보고 싶었어.

나: 너 클라우드 래퍼처럼 보여.

나는 그의 문신을 흘낏 쳐다본다.

레온이 웃음을 터뜨린다. 사흘 동안 면도를 하지 않았어도 웃을 때 드러나는 보조개는 여전해서 기분이 좋아진다.

레온: 고마워.

레온: 너 진짜 귀엽다.

나: 고마워.

우리는 서로 마주 보고 미소 짓는다. 그의 미소가 너무 강렬해서 나는 시선을 돌린다.

레온: 어떻게 지내?

나: 잘 지내지. 너는?

레온: 나도. 이다는 어때?

나: 잘 지내. 요즘은 목탄으로 그림을 그려.

레온: 어떤 걸 그려?

나: 지금은 사람 얼굴을 한 상상의 동물을 그리는 중이야.

레온: 어떤 그림인지 설명해 줘.

나: 얼마 전에 들쥐를 그렸어. 다리는 곤충이고 얼굴은 사악하게 웃는 여자였지. 내 생각에 우리 엄마 얼굴인 것 같아.

이다에게 그게 엄마 얼굴인지 물을 엄두가 나지 않았다. 이다는 내가 자기 그림에 대해 묻는 걸 싫어하고, 사실 나는 이미 대답을 알고 있다. 엄마의 짙은 생머리와 들창코, 작은 입이 그려져 있었으니까.

나는 바 앞에 서서 음료수 종류를 살피는 척하며, '들쥐 여자'를 머릿속에 생생하게 떠올린다. 여자의 얼굴은 점점 달라져서, 미간이 살짝 더 벌어지고, 웃음은 미소가 되고, 미소는 서글퍼진다. 파괴적이고 사악한 것은 찌꺼기만 남고, 괴물의 눈에는 후회가 떠오르고 부드러운 모성의 불빛이 희미하게 깜박거린다.

레온이 나를 빤히 바라본다.

레온: 다시 악화됐어?

나는 어깨를 으쓱한다.

레온: 내가 조만간 들를게. 알았지?

나는 고개를 끄덕인다.

우리는 살짝 떨어져서 나란히, 혹은 마주 보고 앉아서 건배한다. 그가 나를 빤히 바라본다. 나는 바닥을 내려다보고 있지만 그의 시선을 느낀다. 고개를 들자 우리 둘의 시선이 마주친다. 레온은 항상 이렇게 빤히 바라보곤 했다. 나는 얼굴이 달아오른다.

나: 레온, 그만해.

레온: 뭘?

나: 레온.

레온이 웃음을 터뜨린다.

나: 그렇게 빤히 보지 말라고.

레온: 네가 먼저 그만해.

나: 내가 눈싸움으로는 절대 지지 않는다는 거 알잖아.

레온이 웃는다. 그 웃음은 전염성이 강해서 나도 따라 웃는다. 그때 안나가 나타나더니 레온의 옆에, 아니 절반쯤은 무릎에 앉아 고개를 그의 목에 파묻는다. 우리는 조금 놀랐지만, 이 상황이 너무 어색하고 불편해서 나는 웃음을 그치지 못한다. 헛기침을 해보지만 작은 웃음의 파도가 계속 밀려온다.

안나: 괜찮아?

나: 응, 미안. 나는 취하면 좀 바보 같아져.

안나: 뭐가 그렇게 재미있어?

레온: 틸다가 방귀를 뀌었어.

나는 웃음을 와락 터뜨린다.

안나가 마지못해 웃는다: 귀엽네.

나는 이 상황이, 침묵이, 웃음이, 모든 것이 너무 불편해서 일어나는데 다리가 너무 저린다. 지금 도망치면 분위기가 더 어색해질 거라는 예감이 든다. 그때 마를레네가 작은 일회용 플라스틱 컵 두 개를 들고 우리에게 달려온다. 나는 안도의 한숨을 내쉰다.

마를레네: 버니이이이이이이이이, 너 여기 있었구나!

그러고는 레온을 향해: 오빠, 여자는 한 명이면 충분하지 않아? 틸다는 내 여자고 안나는 오빠 여자야. 혹시 바꾸고 싶어?

마를레네가 나를 일으켜 세워준 덕분에 나는 끔찍하게 저린 다리로 절뚝절뚝 따라가며 속삭인다. "고마워."

마를레네: 별말씀을. 네가 표정으로 살려달라고 비명을 지

르더라.

음악이 들리는 쪽으로 향하는 도중에 마를레네가 너무 큰 목소리로 과장해서 "살려줘!"라고 외치는 바람에 사람들이 몸을 돌려 우리를 쳐다보지만, 그녀는 당연히 신경도 쓰지 않는다. 나는 꽤 많이 취한 마를레네가 대마초 목욕을 준비해준 지미를 잊지 않도록 신경 써야 한다. 마를레네는 술에 취하면 무슨 일을 저지를지 알 수 없는데, 눈치를 보아하니 금발의 핀이 마음에 든 모양이다.

우리는 손에 손을 잡고 댄스플로어 가장자리에서 음악에 맞춰 천천히 몸을 움직이기 시작한다. 오래전부터 정말 그리워하던 일이다. 우리는 예전처럼 춤을 추며 스피커 바로 앞까지 나아간다. 내 몸이 완전히 풀릴 때까지는 항상 시간이 좀 걸린다. 처음에는 그저 재미있지만 어느 순간부터는 주변이 모두 흐릿해지고 시간이 사라진다. 그러면 현재만 남는다. 어제도, 내일도 없다. 오로지 지금뿐이다. 지금, 지금. 나는 그 순간이 오기를 기다린다. 눈을 감고 비트가 손끝으로, 손으로, 팔과 배로, 가슴과 머리로, 그리고 아래쪽 다리로, 발로, 발끝까지 흘러들어 가도록 내버려두고 나를 완전히 놔버린다. 생각과 걱정이 녹아내리는 것을 느낀다. 비트가 더 빨라지고 내 몸도 더 빨라진다. 여기에는 나와 음악뿐이다. 몇 분이, 몇 시간이, 어쩌면 며칠이 지나간다. 누가 알겠는가. 모든 것이 괜찮다. 모든 것이 좋다. 아무것도 중요하지 않다. 사실 모든 것은 무척 단순하다. 그리고 사실, '사실'이란 개같은 단어다. 나는 자유라는 이 망상을 즐겨야 한다는 것을 알면서도, 사실 이 생각이 너무 지나치다는 것 또한 알고 있다. 모든 생각을 꺼버리고 싶다. 나와 음악만 존재하길 바란다. 음악을 더 강하게 몸 안으로 들여보내고 생각을 바깥으로 밀어내려고 애쓴다. 공기를 입으로, 폐로 들이마시지만 각성의 순간이 오리라는 것을 알고 있다. 내 몸과 음악이 존재하고, 몸은 음악에 맞춰 움직인다. 느낌이 좋다. 하지만 내 머릿속에는 어린 이다가 있다. 술을 마시는 엄마가 있다. 나는 눈을 뜨고 주변에서 춤을 추는 사람들을 둘러본다. 땀에 젖은 그들의 얼굴과 감은 눈을, 움직이는 팔다리를 보면서 이다를 생각한다. 눈을 다시 감아보지만 이미 늦었다. 순식간에 각성의 순간이 찾아온다. 이 모든 것이 너무 불쾌하고 너무 터무니없다. 자리를 떠야겠다. 내가 간다고 하면 마를레네가 필사적으로 말리겠지만 간다고 말은 해야 한다. 댄스플로어를 둘러보니 핀과 키스하고 있는 마를레네가 보인다. 나는 그냥 그곳을 떠난다. '머리가 아파서, 미안'이라고 문자를 남긴다.

시골길. 별이 총총 빛나는 밤하늘. 냄새가 좋다. 한여름 냄새, 달궈진 아스팔트 냄새, 비료와 건초 냄새다. 그리고 뭔가 더 있다. 눈을 감고 독특한 공기를 코로 깊이 들이마신다. 빌어먹을, 무슨 냄새인지 모르겠다. 아마 뭔가 마법 같은 것이겠지. 이 세상 것이 아닌 그 무엇. 밤은 놀라울 만큼 아름답다. 부드러운 바람이 불어온다. 곧 동이 틀 것이다. '동트다'라는 말은 재미있다. '여명'이라는 명사는 괜찮은데, 동사는 약간 이상하다. 나는 바람에 몸을 맡기고 원을 그리며 돈다. 이 순간은 모든 것이 내 소유다. 오로지 나의 것이다. 밤과 나, 우리 둘. 나, 그리고 이제 곧 동이 터서 사라질 밤. 나는 불현듯 걸음을 멈춘다. 자동차 한 대가 내 옆에 멈춰 선다. 빌어먹을. 나는 웨이스트백을 뒤져 휴대폰을 꺼내 긴급전화 110번을 입력한 뒤 오른쪽을 살짝 본다. 검은색 메르세데스 G클래스. 일반적으로 범죄자가 탈 만한 차는 아니다. 어느 쪽으로 도망쳐야 하지? 그때 유리창이 내려가더니 이반의 얼굴, 아니 빅토르의 얼굴이 나타난다.

빅토르: 너, 미쳤어?

그의 목소리는 거칠고 약간 쉰 듯하다. 내가 좋아하는 목소리다.

나는 짜증스러운 표정으로 그를 본다: 뭐?

빅토르: 시골길, 밤에?

"주어, 술어, 목적어를 갖춰서 말해." 내 말에 그가 "타"라고 말하고, "싫어"라는 내 대답에 그는 "시리야, 경찰 불러"라고 말한다. 나는 "아니야"라고 얼른 말하고 그의 차에 탄다.

그러고는 둘 다 말이 없다.

빅토르: 주소?

나는 뭉그적거리며 대답을 미룬다.

나: 행복로 37번지.

그가 짤막하게 쿡, 웃는다. 오랫동안 웃지 않은 듯 기침 같은 쉰 목소리.

나: 왜?

그가 고개를 젓는다. 그의 표정이 다시 굳어진다.

차를 타고 가는 내내 아무 말도 안 할 건가? 뭔가 말하고 싶지만 혀가 꼬일까 봐 걱정스럽기도 하고 무슨 말을 해야 할지도 모르겠다. 그래서 그냥 몸을 뒤로 편하게 기대고 그의 옆모습을 자세히 바라본다. 헝클어진 밝은 금발, 단단해 보이는 뚜렷한 얼굴선, 갈색으로 그을린 피부, 곧게 뻗은 코, 깔끔하게 다듬은 눈썹, 가느다란 입술. 나는 그가 아름답다고 생각한다. 그가 나에게로 고개를 돌린다. 나는 달라지는 그의 얼굴에 감탄한다. 얼굴이 더 아름다워진다. 그의 눈빛이 반짝인다. 장난기 어린 미소를 짓는다. 무슨 일이냐고 묻기라도 하듯 눈썹을 치켜올리더니 다시 도로로 시선을 돌린다. 얼굴 윤곽이 다시 그리스 조각처럼 단단하게 굳어진다. 순식간에 일어난 일이지만 가벼운 미소가 살짝 남아 있다. 내 얼굴로 열기가 올라온다. 귀찮게 구는 십 대들처럼 노골적으로 그를 빤히 봤으니까. 하지만 그것 말고 또 뭘 할 수 있겠는가? 그가 대화를 원하지 않는다면 쳐다볼 수는 있지 않을까. 또 술이나 마약을 한 상태로 밤에 쏘다니는 건 아닌지 확인도 해야 하니까. 대체 왜 한밤중에 드라이브를 하는 걸까? 트레이닝팬츠를 입은 걸 보니 술집 같은 데 간 것 같지는 않다. 혹시 턴더 앱으로 누구라도 만났나? 호기심이 생긴다.

나: 그런데 왜 한밤중에 드라이브를 해?

빅토르는 말없이 나를 슬쩍 보기만 한다. 아마도 턴더 데이트였나 보다.

빅토르: 운전을 하면 마음이 차분해지니까.

나는 고개를 끄덕인다. 무슨 이유로 마음이 복잡한지 짐작하므로 이유를 묻지 않는다. 우리는 남은 길을 달리는 내내 침묵한다. 나는 그를 쳐다보기를 그만두고 동이 터오는 창밖을 내다본다. 그가 밤에 잠들지 못하고 텅 빈 집에서 도망쳐 나와 차를 타고 인근을 떠돌아야 한다는 사실이 안타깝다.

"어디야?" 행복로에 접어들어 그가 묻자 내가 대답한다. "거리 끝의 우울한 잿빛 건물."

그가 슬쩍 미소를 짓고 우울한 집 앞에서 속도를 늦춘다. 나는 창문을 보고는 깜짝 놀란다. 이다의 방에 왜 불이 켜져 있지? 공포로 목이 조여온다. 차가 멈추지도 않았는데 문을 연다.

나: 차 세워.

빅토르: 왜 그래?

나는 대답하지 않고 차에서 뛰어내려, 건물 문을 열고, 우리 집 현관문도 열고 들어가 빠르게 두 번, 잠깐 쉬고 천천히 세 번 노크한다. 이다의 방문이 잠겨 있다.

나: 이다, 나야. 언니라고. 이다!

이다가 트위티 잠옷 차림으로 문을 열자마자 나는 이다를 품에 꽉 껴안는다.

나: 무슨 일이야?

이다는 대답하지 않는다. 얼굴이 창백하고 겁에 질려 있지만 눈에 띄는 상처는 없다.

나: 이리 와. 침대에 같이 앉자.

나: 엄마가 때렸어?

이다는 쉰 목소리로 거의 들리지도 않을 만큼 조용하게 아니라고 대답한다.

이다가 나에게 몸을 기댄다. 우리는 침대 맞은편 벽에 붙은 그림들을 빤히 바라본다. 이다가 지나온 모든 시간이 거기에 있다. 왼쪽 끝에는 분홍색 돼지가 있다. 이다는 색연필로 동물을 그리면서 그림을 시작했다. 동물 그림에서 재미있는 점은 돼지든 새든, 모든 동물의 등에 작은 지느러미가 붙어 있다는 사실이다. 예전에는 그 지느러미가 무슨 뜻인지 묻거나, 그걸 보고 웃지도 못했다. 내가 웃음을 참지 못하면 이다는 화가 나서 최소한 세 시간은 나와 말을 하지 않았다. 동물 다음 단계는 동화였다. 내가 읽어주는, 자기가 좋아하는 동화를 잭슨 크레파스로 전부 그렸다. 관에 누워 있는 백설공주와 관을 에워싼 일곱 난쟁이와 왕자, 공주의 입에서 나온 사과 조각. 그 옆에는 긴 머리카락을 창밖으로 드리운 라푼젤과 그걸 잡고 올라오는 왕자. 왕자가 키스하자 눈을 뜨는 잠자는 숲속의 공주. 나는 이다가 언제나 구원의 순간을 그렸다는 것을 이제야 깨닫는다. 아름답고도 슬프다. 널리 알려진 동화 이후에는 우리만의 동화를 만들었고, 그 후에는 상상 속 생명체를 그렸다. 수채화 물감으로 요정과 요괴, 난쟁이와 거인을 그렸다. 이 시기는 오래 지속됐고 이다는 여러 기법을 거쳐갔다. 이다는 요즘도 가끔 초록빛 숲을 그리지만, 이제는 대부분 아크릴 물감을 사용한다. 그림을 자세히 살피면 나무우듬지 사이에 작은 요정이나 요괴가 보인다. 요즘은 사람의 얼굴을 한 상상의 동물을 목탄으로 그린다. 나는 곤충 다리에 엄마 얼굴을 한 들쥐를 본다. 내가 그 생명체를 좋아하는지 두려워하는지 모르겠다. 아마 둘 다일 것이다.

이다가 나지막하게 이야기를 시작했다.

이다: 엄마가 내 방에 오더니 같이 라자냐를 만들자고

했어.

침묵.

이다: 나는 그러기 싫었어. 엄마는 술에 취해 있었어. 난 배가 고프지 않다고 말했지. 그리고 그림을 그리고 싶다고 했어.

침묵.

이다: 그러자 엄마가 화를 참지 못하고 마구 고함을 지르더니 내 그림을 들고 구겨서 입에 쑤셔 넣었어.

침묵. 나는 숨을 꿀꺽 삼킨다.

이다: 엄마가 바깥으로 달려 나간 후에 나는 문을 잠갔어. 엄마가 문을 세차게 두드리면서 열라고 소리를 질렀어. 멈추지 않고 계속.

침묵.

이다: 그러다가 한참 후에 가버렸어.

침묵.

이다: 그리고 이제 언니가 왔고.

젠장. 나는 이다를 품에 꽉 안는다. 내 팔에 눈물이 한 방울 떨어진다. 내 눈물인지 이다의 눈물인지 모르겠다. 이다는 원래 울지 않는다.

나: 금방 다시 올게.

나는 부엌으로 가서 양동이에 찬물을 가득 채우고 각 얼음도 던져 넣은 다음 발코니로 가져간다. 그러고는 악취를 풍기는 자루 더미 같은 엄마를 소파에서 바깥까지 끌고 나와서 고함을 지른다. "앉아!" 이 양동이를 마지막으로 사용한 지 1년도 더 지났다. 엄마는 횡설수설 중얼거리며 팔다리를 쭉 뻗은 채 의자에 주저앉아 눈을 감는다. 나는 엄마의 머리 위로 양동이 물을 쏟아붓는다. 엄마가 경악하며 눈을 다시 떴다.

엄마: 틸다?!

틸다: 똑똑히 들어. 앞으로 한 번만 더 이다를 놀라게 하면 내가 경찰을 부를 거야. 알아들었어?

엄마가 나를 멍하니 바라본다.

틸다: 알아들었냐고!

엄마가 고개를 끄덕인다.

나는 그 자리를 떠나 다시 이다 곁으로 간다. 이다는 눈이 휘둥그레져서 나를 쳐다본다. 발코니는 이다의 방 창문 바로 옆에 있다. 이다가 다시 내 어깨에 머리를 기댄다. 우리는 한참 그렇게 침대에 앉아 있다. 잠이 든 줄 알았던 이다가 불쑥 나에게 묻는다. "수영장에서 본 남자는 왜 아직도 우리 집 앞에 서 있어?"

나는 그제야 바깥에서 불빛이 깜박이는 걸 깨닫고는 벌떡 일어나서 창가로 간다. 자기 차에 기대어 담배를 피우던 빅토르와 시선이 마주친다. 빌어먹을. 나는 엄지를 올려 보인다.

그가 고개를 끄덕이더니 담배꽁초를 바닥에 버리고 차에 올라 떠난다.

언제나 그렇듯, 다음 날 괴물은 후회하는 눈치다. 그다음 날에도 사과는 하지 않는다. 이다와 내가 입을 다문 채 그림을 그리고 계산을 하는 동안 집을 정리하고, 청소하고, 의무적으로 계란프라이를 만들 뿐이다.

엄마는 사고를 치고 나면 항상 계란프라이를 한다. 이다와 나는 이제 계란프라이를 아주 싫어한다. 엄마는 예전에 하와이안 토스트를 자주 만들곤 했는데, 재료 중에 뭔가가 꼭 빠져 있었다. 슬라이스치즈를 얹어 구운 딱딱한 비스킷 빵이나 파인애플만 올린 토스트는 끔찍한 맛이다. 그래서 지금은 거의 주기적으로, 그러니까 평균 12일에 한 번씩 계란프라이를 한다. 말하자면 우리 가족의 의식인 셈이다. 밤에 마구 날뛰고, 평소보다 술을 많이 마시고, 우리에게 고함을 지르거나 변기에 매달려 토하는 동안 머리카락을 잡아주면, 다음 날엔 어김없이 프라이팬에 계란을 던져 넣는다. 이렇게 계란프라이를 한 뒤에는 대부분 이틀이나 가끔은 사흘, 또는 아주 드물게 나흘 동안은 마음을 잡고 부엌에서 우리와 이야기를 나누고, 함께 식사도 하고, 술을 실제로 적게 마시거나 겉보기에 더 적게 마시고, 소파에 그다지 오래 늘어져 있지도 않는다.

하지만 이런 후회의 단계가 지나고 나면 금방 예전 패턴이 돌아온다. 아주 순식간이다. 마치 스위치를 딸깍 누르며 결정을 내리는 것 같다. "이제부터 나는 다시 쓰레기다. 셋, 둘, 하나, 시작!"

어제도 우리는 새까맣게 타버린 계란프라이 세 개를 말없이 꾸역꾸역 삼켰다. 정말 이해가 가지 않는다. 계란프라이는 너무 덜 익었거나 아예 타버렸다.

나: 이렇게 자주 계란프라이를 하는데, 완벽하게 만들 줄 알아야 하지 않나.

엄마는 지나치게 큰 소리를 내며 신경질적으로 웃었다. 나는 까맣게 탄 계란을 먹지 않겠다고 할까 잠깐 고민했지만 싸울 힘도, 그럴 마음도 없었고 안 먹기에는 계란이 아까웠으며 무엇보다도 이다에게 더는 스트레스를 주고 싶지 않았다. 게다가 계란은 건강에 좋으니까.

월요일 아침, 이다와 나는 말없이 나란히 서서 학교로 걸어간다. 이다는 그 사건 이후로 평소보다 더 말이 없다. 토요일에는 종일 자기 방에서 그림을 그리고 숙제를 했다. 보통 우리는 주말이면 대부분 부엌에서 함께 시간을 보낸다. 이다는 식사할 때만 부엌에 나왔고, 말을 걸어도 그저 짤막하게만 대답했다. 심지어 바닐라 푸딩을 먹고 싶은지 물어도 어깨만 으쓱했다. 토요일에는 비가 왔는데도 수영장에 가려고 하지 않아서 나도 가지 않았다. 사실 주말에 마를레네와 뭔가 계획이 있었지만 그냥 집에 있기로 했다. *'미안, 엄마가 난동을 부렸어. 이번 주말에는 빠질게'*라고 문자를 보냈는데, 마를레네는 의외로 이해심을 보여줬다.

　　마를레네: 아이고, 안됐다. 우리 버니!!!

　　마를레네: 그래, 잘 알겠어!

　　나: 잘 알겠다고?

　　마를레네: 완전 이해해.

　　마를레네: 나 오늘이나 내일쯤 킬리안이랑 다른 친구들이랑 함께 베를린으로 갈 것 같아.

　　마를레네: 며칠 거기 있으려고.

　　나: 킬리안이랑 그 친구들이랑 핀이랑?

　　마를레네는 답장으로 눈을 가린 원숭이 이모지를 보냈다. 사람들이 왜 원숭이 이모지를 쓰는지 모르겠다. 눈을 가린 원숭이가 도대체 무슨 뜻이지?

　　나: 재미있게 지내.

마를레네: 고마워, 버니.

마를레네: 엄마가 잘 회복하시면 좋겠다.

마를레네: 이럴 때 보통 뭐라고 말하는지 모르겠지만, 어쨌든 그러길 바라.

마를레네: 곧 전화할게. 알았지?

우리는 절대 전화하지 않는데도 마를레네는 언제나 곧 전화하겠다고 말한다.

나는 마를레네에게 눈을 가린 원숭이 이모지를 보내고, 마를레네는 나에게 하트 이모지를 열 개 보냄으로써 우리 대화는 끝났다.

일요일 아침, 이다가 드디어 터벅터벅 부엌으로 와서 내가 연습문제를 풀고 있는 식탁에 앉았다. 우리는 서로 마주 보며 어색하게 미소를 지었다. 이다는 여전히 무척 조용했지만, 저녁이 되자 내가 약속한 바닐라 푸딩이 어떻게 됐는지 물었다.

등굣길에 나는 우리만의 놀이를 시작한다. 연석 위에서 균형을 잡으며 돌 하나당 두 걸음씩 내디디며 말한다. "옛날 옛적에 공주가 살았어. 어느 날 아침에 일어났는데, 토끼로 변했지."

이다는 대답이 없었지만, 슬쩍 돌아보니 연석 위를 걸으며 나를 따라오고 있다. 놀이에 참가한 것이다. 30초 후에 이다가 나를 앞지르며 말한다. "공주는 어떻게 해야 좋을지 몰랐어. 깡충깡충 뛰어 방에서 나가, 성의 정원으로 갔지."

내가 이다를 앞지른다: 그러자 성 주변에서 공주를 필사적으로 찾기 시작했어. 성에 사는 사람들이 모두 공주를 찾아 나섰지. 공주는 자신이 공주라고, 그러니까 토끼가 공주라는 사실을 사람들에게 어떻게 알려야 할지 알 수 없었어. 말을 할 수는 있었지만, 아무도 자기 말을 믿어주지 않을까 봐 겁이 났어. 사람들이 정말 동물 다루듯 자기를 잡아 가두거나 죽이면 어떡해?

이다가 나를 앞지른다: 어느 날 공주는 주방 심부름꾼 소년에게 잡혔어. 소년은 토끼를 부엌으로 가져가서 구워 먹을 생각이었지. 하지만 그 아이는 현명했어. 토끼의 눈이 전나무 같은 초록빛인 걸 보고 공주임을 알아챈 거야.

어린 이다는 무척 시적이다. 이야기를 지어내는 실력이 점점 더 좋아진다.

내가 이다를 앞지른다: 소년은 토끼를 도와주려고 자기 방으로 데리고 갔어. 소년은 이 일이 공주가 변신하기 바로 전날 밤과 관련이 있을 거라고 확신했지. 그날 밤에 도대체 무슨 일이 벌어졌을까?

이다가 나를 앞지른다: 공주는 기억해 냈어. 그날 밤에 공주는 악몽을 꾸었지. 뗏목을 타고 거친 바다에 떠 있었는데,

바다 괴물이 뗏목으로 기어 올라왔어. 괴물은 공주에게 알약을 억지로 먹이려고 했지. 공주는 싫다고 말할 용기가 나지 않았어.

내가 이다를 앞지른다: 그래서 공주는 알약을 삼켰어. 소년은 변신을 돌이킬 방법이 오직 하나뿐임을 알게 됐지.

이다가 나를 앞지른다: 토끼는 다시 뗏목에 타야 했어.

내가 이다를 앞지른다: 그래서 둘은 바다로 갔어. 소년은 갈대로 뗏목을 만들고 거기에 토끼를 태웠지.

이다가 나를 앞지른다: 괴물이 나타났어. 괴물은 토끼에게 바다로 뛰어들라고 했지. 하지만 토끼는 그러기 싫었어. 토끼가 외쳤지. "싫어!" 바로 그 순간 토끼가 변신했고, 다시 공주의 몸으로 돌아왔어.

내가 이다를 앞지른다: 주방 심부름꾼 소년은 부엌칼로 괴물의 머리를 잘랐어. 소년과 공주는 성으로 돌아갔고, 다들 기뻐했지. 소년과 공주는 결혼해서 아이를 네 명 낳았어. 그리고 아마도 그들은……

이다가 나를 앞지른다: ……오래오래 행복하게 살았대.

우린 해냈다. 우리 둘이 학교 앞에 나란히 선다. 이다가 나를 쳐다보다가 고개를 끄덕인다. 이 끄덕임이 무슨 뜻인지 알고 있다. 나도 고개를 끄덕여 화답한다.

"이따가 봐." 이다가 이렇게 말하고 교문 쪽으로 간다. 교문 바로 앞에서 다시 한번 몸을 돌려 손을 흔든다. 우리 꼬맹이이다. 나는 트램 정류장으로 달려간다.

탄산 미네랄워터, 탄산 미네랄워터, 킨더 초콜릿, 콜라 폭죽 과자, 시니 미니스 시리얼, 라이언 시리얼, 스마일 감자튀김, 전지 우유, 전지 우유, 피시 스틱, 정육 코너의 봉지, 토스트 빵, 누텔라, 복숭아, 파라다이스 크림 바닐라, 파라다이스 크림 캐러멜, 파라다이스 크림 스트라치아텔라. 30대 중반의 여성, 틀림없이 아이 엄마일 테고, 약간 반사회적일 것 같다. 나는 이렇게 짐작하며 "32유로 49센트요"라고 말하고 드디어 고개를 든다. 빅토르의 얼굴을 보자 웃음이 저절로 나온다.

나: 어린이 생일 파티를 준비 중이야?

그가 슬쩍 미소를 짓는다. 더 자주 웃으면 정말 좋을 텐데.

그는 카드로 계산하겠다고 말하고는 카드를 꽂고, 장 본 것을 와인색 라이젠탈 장바구니에 넣는다. 그러고 고개를 끄덕여 인사한 다음 자리를 뜬다. 정말로 라이젠탈 장바구니를 들고 있다니. 나는 그가 바구니를 들고 빵집에 줄을 서는 모습이 상상이 가지 않는다. 그 바구니 안에 뭐가 들어 있는지 생각하니 더더욱 이상하다. 빅토르라면 그저 식사를 한다는 데 의의를 두고, 수영에 필요한 에너지를 얻고 근육을 만들기 위해 고기를 곁들인 밥만 먹거나 단백질이 포함된 음식을 선택할 줄 알았다. 그의 장바구니가 여덟 살 어린이의 목록으로 가득 찼을 줄은 정말 상상도 하지 못했다. 게다가 라이젠탈 장바구니라니. 틀림없이 그의 엄마가 가지고 있던 바구니일 테지. 내가 4학년이었던 어느 날, 엄마는 나더러 이제부터 가끔 슈퍼마켓에 갈 수 있을 거라면서 파란색 라이젠탈 장바구니를 엄숙하게 건넸다. 엄마는 장 볼 목록을 써주었고, 나는 어른들의 일을 하게 되어 흥분했다. 카트를 끌고 자랑스럽게 선반들 사이를 누볐지만 필요한 물품을 모두 찾는 데 시간이 아주 오래 걸렸다. 그러다 언젠가부터는 목록이 필요하지 않아졌고, 한동안 내 장바구니 속에는 빅토르의 것과 비슷한 것이 담겼다. 하지만 내용물은 슈퍼마켓의 PB 상품과 싸구려 고기였고 과일이나 채소는 바구니에 담지 않았다. 그리고 어느 순간부터, 아니, 이다가 태어난 이후로 나는 우리가 건강하게 자라도록 어느 정도 식사에 신경을 쓰기 시작했다.

늘 그렇듯, 방학이 시작되기 마지막 2주 전 대학 건물은 스트레스에 젖은 땀과 커피와 눈물 냄새를 풍긴다. 나는 이 집단 히스테리에 휩싸이지 않겠다고 마음먹는다. 그럴 여유가 없다. 이 시기 학생들은 정신 나간 바이러스에 감염된 것처럼 눈 밑에 다크서클을 달고, 트레이닝팬츠 차림으로 밀폐용기와 에너지 드링크로 가득 찬 가방을 든 채 마치 전쟁터에 나가기라도 하듯 캠퍼스의 빈자리마다 진을 친다. 나는 그 풍경이 우습기도 하지만, 무엇보다도 내가 늘 앉던 대학 도서관 창가 자리뿐만 아니라 모든 좌석이 차버렸다는 사실에 짜증이 난다. 토론회가 열리는 세미나실 앞에 앉아 하이러의 『확률 편미분 방정식』을 뒤적이고 있는데, 재색 트레이닝팬츠에 오버사이즈 흰색 셔츠를 입고 커다란 뿔테 안경을 낀 안나가 내 쪽으로 터덜터덜 걸어온다. 안나는 평소에 콘택트렌즈를 착용한다. 아주 지친 표정이다.

나: 안경 멋지다.

안나는 한숨을 내쉬며 내 옆자리에 털썩 주저앉더니, 백팩에서 레드불 캔을 꺼내며 묻는다. "너도 먹을래?"

안나는 레드불 오리지널뿐만 아니라 특별 한정판 에디션을 여러 개 가지고 다닌다.

나: 응, 고마워. 블루베리 있어?

안나가 딜러처럼 백팩을 뒤져 내가 원하는 캔을 건네고, 우리는 건배한다.

안나가 둥글게 앉아 아주 큰 목소리로 토론을 하는 다른 학생들을 고갯짓으로 가리킨다.

안나: 와, 다들 석사 논문에 대한 계획이 있구나. 너도 그래?

나: 어느 정도.

안나: 뭐에 대해 쓸 생각이야?

나: 확률 편미분 방정식에 관해서.

안나: 젠장, 근데 멋있다. 나는 전혀 계획이 없어. 이번 주에 필기시험 두 개랑 구술시험 한 개를 봐야 하는데 망할 것 같아. 혹시 리탈린(중추신경을 자극해서 정신 활동을 활발하게 하는 약) 파는 사람 알아?

나: 잘 해낼 거야. 무엇보다도 석사 세미나는 필기시험이 끝나고 방학 때 열리잖아.

안나: 어, 정말 짜증 나. 원래는 석사 논문을 쓰기 전 마지막 방학 때 소소하게 세계 일주를 하려고 했는데, 이 염병할 집중 세미나를 해야 한다니.

소소한 세계 일주는 몇 군데를 돌고 오는 걸까 궁금하다. 항공료만 해도 엄청날 텐데. 나는 가끔 재미로 저가 항공권 사이트에 들어가, 코스타리카나 일본 또는 네팔 등등 멋지다고 생각하는 곳의 장거리 비행 요금을 살펴본다. 그냥 심심풀이다. 그러다가 출발일의 연도와 달과 날짜를 바꾸어 가격이 어떻게 달라지는지 살펴보고, 이따금 정말 엄청나게 저렴한 가격이 나타나면 예매하기 직전 상태까지 간다. 하지만 내년 5월 5일에 무슨 일이 벌어질지 어떻게 미리 안단 말인가.

안나: 언제 같이 앉아서 석사 논문에 대해 브레인스토밍을 좀 할까?

나는 재미있다는 표정으로 안나를 본다. '같이 앉아서 브레인스토밍을 좀 한다'라는 게 무슨 뜻인지 우리 둘 다 알기 때문이다. 하지만 안나는 정말 절박해 보이고, 레드불 블루베리도 줬으니, 나는 맛있는 음료수를 한 모금 마시고 대답한다. "좋아. 하지만 네가 생각하기에 중요하고 흥미 있는 주제 두어 가지를 미리 생각해 와."

안나는 풀이 죽은 표정으로 고개를 끄덕이고 말한다: "틸다, 고마워. 공부벌레 중에 네가 제일 좋아."

클라인 교수님이 문을 연다. 내가 인사를 하며 지나가는데 그가 말한다. "슈미트 씨, 오늘 세미나 후 내 상담 시간에 잠깐 오세요."

왜 그러지? 나는 걱정스러운 마음으로 세미나실에 앉는다. 다른 친구들이 논문의 초기 아이디어에 관해 토론하는 소리가 귀에 들어오지 않는다. 내가 요즘 수업 시간에 너무 자주 결석했나? 나는 클라인 교수님 수업에 결석했던 횟수를 세어보고는 이번 학기에 좀 심했다는 걸 깨닫고 놀란다. 좋은 성적으로 잦은 결석을 상쇄할 수 있다고 믿은 건 잘못인지도 모르겠다. 나는 클라인 교수님과 나 사이에 암묵적인 합의가 있다고 생각했다. 가끔 또는 자주 결석하는 대신, 연습문제와 필기시험을 오답 없이 푼다는 합의. 교수님에게 뭐라고 말해야 하지? 절대 사실대로 말할 수는 없다. "엄마가 알코올중독자라서 동생을 엄마와 둘만 두고 싶지 않고, 트램을 타고 학교까지 오는 데 한 시간이 넘게 걸려요." 엄마가 현재 일을 하지 않아서 내가 아르바이트 시간을 늘렸다고 설명하거나, 사랑에 빠졌는데 낭만적인 장거리 연애 중이라고 거짓말을 할까. 엄격하고 냉정한 클라인 교수님은 마지막 핑계가 매우 불편할 것이다. 아마도 바로 받아들이고, 내가 자세히 설명하기 시작하면 쫓아낼지도 모른다. "우린 데이팅 앱으로 만났어요. 그 사람 이름은 로베르트이고 영화배우랍니다."

세미나가 끝난 후에 나는 곧장 교수님의 연구실로 가서 기다린다. 교수님이 도착해서 문을 열어준다. 나는 아르바이트 시간을 늘렸다고 말할 예정이다. 그게 사실이고, 로베르트 이야기가 꽤 그럴듯한 상상이긴 해도 내가 제일 좋아하는 교수님을 속이고 싶지는 않으니까.

마주 보고 앉자마자 교수님이 바로 용건을 꺼낸다.

클라인 교수: 슈미트 씨. 당신 앞날에 대해 이야기하고 싶습니다.

살려주세요.

나: 저는 사실 원칙적으로 제 미래에 대해 이야기하지 않아요.

클라인 교수: 나도 그 원칙에 원칙적으로 반대하지 않아요. 하지만 지금 이 경우는 예외로 해주길 바랍니다.

끄덕끄덕.

클라인 교수: 얼마 전에 내가 세미나에서 훔볼트대학교의 확률이론 전공 박사 과정 모집 공고를 언급한 적이 있지요.

나는 신경이 날카로워진다.

클라인 교수: 그 자리에 꼭 지원하면 좋겠어요. 물론 내가 추천서를 써줄 겁니다.

나: 저는 아직 석사 논문도 쓰지 않았는데요.

클라인 교수: 그건 지금 쓰고 있잖아요. 석사를 마치고 박사 과정으로 매끄럽게 연결되니 완벽하지요.

클라인 교수님의 연구실을 나오니 모든 게 현실처럼 느껴지지 않는다. 어디로 가야 할지 모르겠다. 머릿속에서 대혼란이 일어나는 동안 나는 사람이 너무 많은 캠퍼스를, 사람이 너무 많은 시내를, 교외 주택가를 지나 그저 계속 걷는다. 행복하면서도 혼란스럽다. 슬프다. 피곤하다. 눈에 경련이 일어나고, 땀이 흐르고, 뭔가 결정을 내릴 수 있는 상황이 아닌 것 같다. 베를린. 굉장하다. 베를린 훔볼트대학교에서 박사 과정이라니. 박사 과정. 언젠가 이곳을 떠나는 게 장기적인 목표이기는 했지만 곧장 베를린으로 갈 생각은 없었다. 무엇보다도, 그건 이다가 충분히 성장한 뒤의 계획이었다. 나는 포도나무를 지난다. 얼굴에서 눈물이 아니라 땀이 흘러내린다. 아주 잠깐 베를린에서의 미래를 생각해 본다. 아침이면 전철을 타고 학교에 가고, 두 명의 박사 과정 학생들과 함께 연구실을 사용하겠지. 그곳에서는 내가 원하는 만큼 얼마든지 계산하고, 책을 읽고, 일을 하고, 그사이에 학생 식당에서 식사를 하고 커피를 마시며 쉴 거야. 커피 메이커 옆 찬장에는 내 컵이 있을 테고. 저녁이면 집에 가서 발코니에 앉아 어쩌면 맥주나 와인을 한잔 마시고, 해넘이를 보면서 이다에게 전화를 할 테지. 이다는 그날 있었던 일을 말하고, 좋아하게 된 남자아이나 여자아이, 자기가 그린 그림들, 상태가 좋을 때도 있고 나쁠 때도 있는 엄마에 대해 이야기할 거야. 그러다가 문득 트위티 잠옷 차림으로 겁에 질려 창백한 얼굴로 내 앞에 서 있던 금요일 밤 이다의 모습을 떠올린다.

나는 숲 가장자리에 있는, 폐허가 된 성터까지 올라간다. 땀으로 흠뻑 젖은 채 성벽에 앉아 시내를 내려다보며 이성적으로 생각하려고 애쓴다. 뺨에 흐르는 땀방울을 닦아낸다.

1월에 가려면 앞으로 5개월 남았다. 5개월 동안 이다를 준비시켜야 한다. 이다는 전사가 되어야 하고, 나는 이다를 무장시켜야 할 것이다. 영화 〈베스트 키드〉의 미스터 미야기와 다니엘 또는 〈밀리언 달러 베이비〉의 프랭키와 매기처럼. 이다가 무장을 해야만 내가 떠날 수 있으니까. 이다는 전사가 되어야 하고, 나는 이다를 무장시켜야 한다. 낭비할 시간이 없어. 나는 잠시 눈을 감고 뻐근한 다리 근육을 이완한 후에 성벽에서 뛰어내려, 시내의 비디오 가게로 달려간다. 그곳은 에로틱한 영화와 게임 코너가 점점 더 넓어지더니 지금은 물 담배까지 팔아서 온갖 기괴한 존재들이 모여드는 장소가 됐다. 내 계획은 이렇다. 첫 번째 단계, 대중문화를 이용해 이다를 밀리언 달러 베이비로 기르기 위해 〈헝거게임〉과 〈스노우 화이트 앤 더 헌츠맨〉, 〈킬 빌〉을 빌릴 생각이다. 〈500일의 썸머〉나 〈커피 인 베를린〉처럼 아프거나 자기가 원하는 게 뭔지 정확히 모르는 주인공이 등장하는 감상적인 독립영화는 이다를 성장하게 도와주지 못한다.

추가 대책도 세워야 하지만 지금은 아니다. 오늘은 너무 피곤하다.

나는 버스에 앉아서 머릿속을 비우고 눈을 똑바로 뜨려 애쓰며, 〈헝거게임〉의 캣니스와 〈스노우 화이트 앤 더 헌츠맨〉의 스노우 화이트를 생각하면서 어떤 영화부터 봐야 할지 고민한다. 그리고 염소와 선크림과 풀 냄새를 풍기는 수영장에 마침내 도착한다. 땀에 젖은 옷에 불이라도 붙은 것처럼 재빨리 벗고 내 물건을 우르줄라의 벤치에 집어 던진다. 샤워도 하지 않고 풀장에 뛰어들자 물이 지친 몸을 부드럽게 감싸며 내가 흘린 땀과 혼란스러운 감정을 씻어낸다. 나는 최면에 빠진 것처럼 레인을 스물세 번 수영한 뒤에 우르줄라 옆자리에 앉아 빅토르를 지켜본다.

우르줄라: 저 남자가 너한테 무슨 짓이라도 했어?

나: 누구요?

우르줄라: 러시아인.

"누구라고요?" 나는 다시 한번 묻는다. 우르줄라가 빅토르를 그렇게 부르는 게 마음에 들지 않는다.

우르줄라: 아, 틸다. 금발 미남 말이야. 내가 누굴 말하는지 잘 알면서 그래.

나: 아뇨. 아무 짓도 안 했는데, 왜요?

우르줄라: 너 저녁마다 나달과 페더러의 테니스 랠리라도 보는 것처럼 저 남자가 수영하는 걸 지켜보잖아.

나는 고개를 젓는다.

나: 전혀 아니에요. 하지만 멋진 비유네요.

우르줄라: 아니, 맞아. 너 매일 저녁 수영을 마치고 나면 저 남자가 레인을 다 돌 때까지 지켜보다가 돌아간다고.

나는 입을 다물고 있다. 이러면 안 된다. 나는 그에게 거의 사로잡혀 있는데, 그 이유를 모르겠다. 아니, 어쩌면 알 것도 같다. 그는 내가 풀고 싶은 수수께끼, 이해하지 못하는 수학 과제 같다. 나는 수학 과제를 금방 이해하지 못할 때면 무척 화가 난다. 출발대에서 처음 본 순간부터, 그는 다른 것들로 꽉 차 있는 내 머릿속을 비집고 들어왔다. 그가 거기서 도무지 뭘 하려는지 모르겠다. 머릿속에서 내보내고 싶기도 하고 왠지 그대로 두고 싶기도 하다. 레인을 스물두 번 도는 그를 지켜보면 마음이 차분해진다. 그는 무척 아름답게 헤엄친다. 그의 얼굴은 이반과 전혀 다른데도 이반을 떠올리게 한다. 나는 그의 얼굴이, 헝클어진 금발이, 잿빛으로 그을린 단단한 윤곽이, 곧게 뻗은 코가, 깔끔하게 다듬은 눈썹이, 가느다란 입술이, 그리고 그의 웃음이 좋다. 그의 새파란 눈동자를 좋아한다. 거의 말을 하지 않지만 그의 거친 목소리가 좋다. 그 목소리로 말하는 얼마 안 되는 문장들이 좋다. "운전을 하면 마음이 차분해지니까." 우리 집 앞에서 기다렸던 일이 좋다. 라이젠탈 장바구니를 들고 장을 보는 게 좋다. 어제저녁, 나는 노트북을 켜고 석사 논문을 쓰는 데 필요한 몇 가지 논문과 책을 찾아보려고 했다. 그런데 결국은 내가 아는 얼마 안 되는 정보를 가지고 두 시간 동안이나 빅토르에 대해 검색했다. '빅토르 볼코프', '빅토르 볼코프 해커', '빅토르 볼코프 IT', '빅토르 볼코프 런던', '빅토르 볼코프 MIT', '빅토르 볼코프 매사추세츠'……. 아무것도 나오지 않았다. 검색 결과는 아예 없고 사진도 없었다. 사고 기사는 몇 개 있지만 그건 절대 읽고 싶지 않다.

나: 저 사람에 대해 아는 거 있어요?

우르줄라는 이 동네 사람이라면 모두 알고 있고, 동네의 모든 사람이 우르줄라를 알고 있다.

우르줄라: 나도 남들이 아는 정도만 알아. 여기선 사건이랄 게 별로 일어나지 않으니까.

나: 그러니까 그게 뭐예요?

우르줄라: 천재였잖아. 컴퓨터 너드이고. 예전에 해킹 사건도 있었잖아. 쟤는 멍청한 러시아인들 중에 대학 입학 자격 시험을 치른 몇 안 되는 사람 중 한 명이야. 그 후에는 미국에 가서 돈을 많이 벌어서 돌아왔지. 그 돈으로 자기 가족에게 집과 자동차를 사줬어. 그러고 나서 자동차 사고가 났고, 그는 사라졌어. 비극이야. 그게 언제였는지 기억도 안 난다.

나: 5년 전 8월 9일이죠.

우리는 입을 다문다. 우르줄라가 한숨을 내쉰다.

나: 최근에 어디 살았는지 알아요?

우르줄라: 아니. 내가 어떻게 알겠어? 네 또래잖아. 네가 직접 물어봐.

우르줄라: 그리고 너 예전에 저 남자 동생이랑 친구였잖아? 너희가 함께 있는 모습을 자주 봤어. 말 목장 옆 들판에서

피크닉을 하곤 했지. 네 친구 마를레네랑 너랑 마약 딜러랑.

　나: 이반이에요.

피크닉을 했다. 그렇게 말할 수도 있겠군. 우리는 그해 여름에 셋이서 피크닉을 했다. 6월 1일부터 8월 9일까지. 이반은 그 여름의 시작에 우리와 친구가 됐고, 그 여름의 절정에 죽었다.

6월 1일, 그저 그랬던 그 여름날 저녁에 마를레네와 나는 친구 몇 명과 함께 킬리안의 주말농장에 늘어져 있었다. 전자음악이 흐르고, 조인트가 여러 번 돌고, 맥주도 마셨다. 우리는 활기 없고, 피곤하고, 조인트에 취하고, 지루했다. 특히 마를레네가 그랬다. 음악을, 우리 친구들을, 늘 똑같이 흘러가는 이 저녁을, 자기 가족을, 이 소도시를 지겨워했다. 백팩을 메고 태국에서 돌아온 뒤로 모든 것이 지루하다고 했다. 이 '빌어먹을 도시'를 떠나고 싶어 했다. 달라진 마를레네는 상대하기 몹시 힘들었다. 마치 제2의 아르바이트 같았다.

마를레네가 진정한 자신을 찾겠다며 휴학할 동안, 나는 가을에 시작되는 수학 전공 대학 학비를 벌기 위해 슈퍼마켓에서 풀타임으로 일했다. 똑같은 나날이 흘러갔다. 나는 이 지저분한 곳에서의 삶이 미래에도 비슷하게 이어질 거라는 사실을 받아들이려 애썼다. 아침에는 이다를 유치원에 데려다준 뒤 그길로 슈퍼마켓에 일하러 갔고, 늦은 오후에 이다를 다시 데려왔다. 집에 와서는 이다와 함께 시간을 조금 보냈는데, 가끔은 엄마가 이다를 맡기도 했다. 돌이켜 보면 그 시절엔 엄마의 상태가 무척 좋았다. 그때는 엄마가 이다와 내가 아침에 집에서 나갈 때까지 자고 있거나, 저녁에는 이다에게 토스트 빵에 누텔라만 발라주는 게 아주 많이 신경에 거슬렸다. 지금 와서 생각하면 내가 그 시절을 제대로 누리지 못한 게 화가 난다. 그 후에 이다와 나에게 어떤 일이 닥칠지 미리 알았더라면. 이다가 잠자리에 들면 엄마와 나는 대부분 거실에서 빈둥거렸다. 티브이를 켜둔 채로 나는 책을 읽었고 이따금 엄마도 뭔가를 읽었다.

고향에 돌아온 마를레네는 지루함을 벗어나려고 거의 이틀에 한 번씩 저녁에 나를 불러냈다. 나는 마를레네와 함께 마약을 하고, 숲에서 열리는 레이브나 다리 밑에서 춤을 추고, 이상한 사람들과 어울려야 했다. 마를레네가 어디선가 우연히 만났다는데, 예상한 것과 달리 그다지 재미있는 사람들은 아니었다. 나는 그냥 피곤했다. 6월 1일 저녁, 우리가 킬리안의 주말농장에 늘어져 있었을 때 마를레네가 갑자기 엑스터시를 하고 싶다고 했지만 나는 그저 피곤하기만 했다.

마를레네: 나 엑스터시 하고 싶어.

나는 속으로 한숨을 쉬었다. 암페타민을 한 게 겨우 엊그제였는데.

킬리안: 그래, 나도. 가지고 있어?

마를레네: 없음.

이름이 기억나지 않는 킬리안의 친구: 그 러시아인에게 전화해.

우리 모두 그 러시아인의 이름이 이반이라는 걸 알고 있었다. 같은 유치원과 같은 학교를 다녔으니까. 하지만 그 러시아인에게 이름이 있다는 사실을 다들 모른 척했다.

우리는 러시아인에게 전화를 걸었고, 그가 왔다. 거의 흰색에 가까운 밝은 머리카락, 차가운 눈빛. 키가 큰 이반은 우리를 경멸하듯 오만한 웃음을 짓더니, 알약 다섯 알에 100유로를 요구했다. 나는 마를레네가 이반을 지루하게 생각하지 않는다는 걸 알아챘다.

킬리안의 멍청한 친구: 한 알에 20유로라고? 진심이야?

이반: 한 알에 12유로, 배달비 8유로.

마를레네가 웃음을 터뜨렸다. 슬쩍 곁눈질을 해보니 마를레네의 관자놀이에 소름이 돋아 있었다.

킬리안과 멍청한 친구는 항복하고 이반의 손에 50유로짜리 지폐 두 장을 쥐여줬다. 이반은 검정 이스트팩 웨이스트백에 돈을 쑤셔 넣고 작은 비닐봉지를 건넸다. 그 얼굴에 더욱 짙은 비웃음이 떠오르더니 고개를 끄덕이고 몸을 돌렸다. 그가 정원 문에 거의 다다랐을 때 마를레네가 소리쳤다. "어이, 이반! 수영장 갈래?"

이반이 걸음을 멈추고 고개를 돌렸다. 그러고는 마를레네를 바라보며 싱긋 웃었다.

그는 대답 없이 그냥 다시 고개를 돌려 정원을 나갔다. 마를레네가 벌떡 일어나 나를 잡아끌고 그의 뒤를 쫓아갔다. 나는 마를레네를 따라서 뛰었다. 그날 이후로 우리 셋은 거의 저녁마다 호숫가나 들판에서 빈둥거렸다. 무척 덥고 습한 여름이었다. 이반과 마를레네는 사랑에 빠졌고, 나는 그 현장에 함께 있었다.

우르줄라: 지금 함부르크에 사는 거 아냐? 차 번호판이 함부르크던데.

나는 왜 번호판 볼 생각을 못 했을까? 우르줄라는 정말 믿을 만하다.

저녁상이 차려져 있다. 아주 오래전에 보고는 못 본 저녁상이다. 자른 빵이 빵 바구니에 담겨 있다. 버터 용기. 치즈. 햄. 장미 모양으로 썬 빨간색 둥근 무. 엄마가 장을 봤구나. 내가 이 평화를 믿어도 되는지 모르겠다. 이다도 침묵을 지키고 있다. 엄마가 마지막으로 저녁상을 차린 게 언제였더라? 사건 다음 날에는 언제나 계란프라이를 하는데. 그런데 저녁상을, 그것도 이미 사흘이나 지나고서? 통계상 후회하는 단계는 이미 오래전에 지나갔을 시간이다. 사실 나는 이 집에서 제대로 된 저녁상을 한 번도 본 적이 없다. 마를레네 집에서 만 봤다. 아버지가 우리를 떠나고 이다가 아직 태어나기 전, 나는 학교가 끝나면 매일 마를레네 집으로 갔다. 냉장고에 학교 시간표가 붙어 있었으므로 리자 아주머니는 우리가 언제 집에 돌아오는지 항상 알고 있었고, 늘 점심을 준비해 두었다. 메뉴는 매일 바뀌었고, 가끔은 케밥을 사다두기도 했다. 완전 최고였다. 우리는 식사를 한 후에 부엌 식탁에서 숙제를 했고, 숙제를 마치면 마르쿠스 아저씨가 퇴근해서 올 때까지 신나게 놀거나 편안하게 쉬었다. 아저씨가 퇴근하면 온 식구를 위한, 그리고 나를 위한 저녁상이 차려졌다. 부엌이 아니라 주방의 대형 전나무 식탁에 차리는 저녁상은 엄청났다. 다양한 종류의 빵과 프레츨도 자주 올라왔고 샐러드도 항상 곁들여졌다. 대부분은 상추샐러드였지만 가끔은 누들과 페타 치즈 또는 레드비트가 들어간 화려한 샐러드일 때도 있었다. 언제나 토마토나 오이피클로 장식된 햄과 치즈 플래터, 병에 든 겨자, 은제 버터 용기, 가끔은 과일 접시도 놓였다. 모두의 앞에 접시 하나와 작은 샐러드 그릇, 그리고 냅킨이 준비되어 있었다. 처음에는 어떻게 해야 할지 몰라서 마를레네가 하는 대로 뭐든 그냥 따라 했다. 마를레네가 프레츨을 집으면 나도 집었고, 프레츨에 크림치즈를 바르면 나도 발랐다. 그러던 어느 날 저녁, 마를레네가 통밀빵을 한 조각 집어 들더니 거칠게 간 소시지를 잔뜩 바른 다음 바나나 몇 조각과 포도를 올려 포크로 으깨고, 구역질 나는 이 토핑 위에 다시 스위트머스터드를 한 숟가락 올리고 마지막으로 소금을 뿌렸다. 나는 당연히 이 모든 것을 따라 했다. 토핑이 똥처럼 보인다고 생각하면서도 용감하게 이것저것 바른 빵을 내가 입에 막 넣으려는 순간, 마르쿠스 아저씨와 레온과 리자 아주머니와 마를레네가 웃음을 터뜨렸다.

마를레네: 내가 말했잖아! 얘가 나 따라 한다고!

정말 창피했다. 그날 이후 나는 이런 저녁상에 익숙해지기 시작했고, 시간이 흐르면서 점점 더 용감하게 토핑을 올렸다. 내가 프레즐에 버터를 바르고 선지햄과 스위트머스터드와 얇게 썬 오이피클 조합에 이르렀을 때쯤, 마를레네는 갑자기 자기 부모님을 창피해하고 짜증스러워하기 시작했다. 집에 있기 싫어하고 공원에서 다른 사람들과 마리화나를 했다. 그때쯤 이다가 태어나서 나도 같이 어울리는 일이 점점 드물어졌다. 동생과 더 많은 시간을 보내고 싶었고, 또 보내야 했기 때문이다. 힘들기는 해도 아름답고 흥미진진한 시기였다. 엄마랑 둘만 사는 게 아니라 작고 새롭고 순결한 생명체가 불현듯 우리 집에 살게 됐으니까. 아무 생각 없는 엄마 대신 내가 이다의 이름을 지었으니 이다는 어느 정도 내 아기이기도 했다. 이다가 태어남으로써 이미 오래전에 잃어버렸다고 생각했던 가족이라는 닻을 다시 찾았다. 물론 마를레네와 함께했던 시간이 그리웠지만 왠지 그렇지 않기도 했다. 그저 그런 사람들과 그저 그런 공원에서 조인트를 피우는 것보다 마를레네와 티브이 앞에서 막대 아이스크림을 먹는 게 더 좋았다. 나는 조인트를 피우기 전의 마를레네가 그리웠다. 무엇보다도 그 집의 저녁상이 그리웠지만, 마를레네는 더 이상 그때를 그리워하지 않으니 거기 함께 앉는 일이 더는 없을 터였다. 어차피 나는 우리 집에서 도망칠 수 없었다. 이 가족이 깨지지 않도록 지키기 위해 이다에게 신경을 써야 했으니까. 언젠가 마를레네의 부모님이 그녀 방에서 마리화나를 발견해서 외출 금지를 당한 적이 있다. 마를레네는 나와 함께 있겠다고 고집을 부렸고, 나는 그 집 저녁상에 다시 앉게 된 것이 기뻤다. 하지만 마를레네는 내가 카망베르-호박씨 빵에 다른 토핑을 미처 올리기도 전에 폭발했다. "엄마 아빠가 싫어." "정말 부당해." "누구나 마리화나를 피운다고!" 마를레네가 신경질적으로 고함을 질렀다. 나는 마를레네가 창피하고 짜증났지만 당연히 친구 편이었다. 마를레네가 그 후로 가족과 함께하는 저녁 식사를 격렬하게 거부했기 때문에 안타깝지만 그날이 나의 마지막 저녁 식사였다. 하지만 이다가 커가고 엄마의 상태가 점점 더 악화되면서 어차피 못 갈 형편이었으므로 괜찮았다.

나는 당시 마를레네 집에 있을 때처럼 조심스럽게 이다와 함께 식탁에 앉는다. 이 저녁상은 마를레네 가족의 것보다 훨씬 간소하고 성의 없지만 우리는 그것들을 보며 어쩔 줄을 모른다. 햄과 치즈는 PB 상품 포장에 그대로 들어 있고, 샐러드는 없지만 빨간 무를 장미 모양으로 썰어 담은 접시가 있다. 이다도, 나도 빵에 손을 뻗지 않는다. 엄마가 우리 접시에 빵을 한 조각씩 올려주며 웃는다. 엄마가 정말로 웃는다.

엄마: 아, 이 고집쟁이들. 금요일은 상황이 엉망진창이었어.

나는 이다를 보고, 이다는 자기 앞에 놓인 빵 조각을 본다.

엄마: 이제부터 달라질게. 미안해.

나: 달라지겠다는 말 지금 벌써 열일곱 번째야.

엄마: 이번에는 진짜라니까.

나: 진짜라는 말은 열세 번째고.

엄마: 이렇게 숫자를 세는 너 때문에 미치겠다.

나: 난 엄마 때문에 미치겠어.

엄마: 틸다, 미안하다고. 응? 난 해낼 수 있어.

나는 이번에도 숫자가 포함된 반박을 꿀꺽 삼킨다. 엄마가 아니라 이다를 위해서. 엄마가 식탁을 치우는 동안 나는 칩스를 그릇에 담는다.

엄마: 아, 우리 같이 영화 보는 거야?

나는 원래 주인공에 대해 중요한 점을 적어보고, 관람 가이드와 핵심 질문을 이다에게 미리 주어 준비시킨 뒤 내 방에서 둘이 영화를 보려고 했지만, 할 수 없이 거실에서 셋이 함께 본다. 이런 일이 잦은 건 아니니까.

〈헝거게임〉.

우리는 엄마를 사이에 두고 소파에 앉아, 헝거게임에 나가기 전에 캣니스가 프림로즈와 엄마와 작별하는 모습을 지켜본다. 캣니스가 엄마에게 말한다. "엄마, 이제 또 숨으면 안 돼. 그럴 수 없어. 아빠가 돌아가신 후에 그랬던 것처럼. 나는 이제 없잖아. 얘한테는 이제 엄마뿐이야. 엄마 상태가 어떻든 이번에는 이 아이를 위해 옆에 있어야 해. 알았지?"

너무 기이한 상황이다. 소파에 앉은 우리 셋은 화면 속의 셋을 보며 똑같은 생각을 한다.

엔딩크레디트가 올라가는 동안 우리는 말없이 소파에 앉아 있다. 영화를 보는 내내 한마디도 하지 않았다.

이다: 언니, 언니는 캣니스 같아.

나: 말도 안 되는 소리.

엄마: 맞아. 나도 계속 그 생각을 했어. 너도 전사야. 게다가 외모도 비슷하네. 매서운 눈빛에 갈색 머리카락까지. 네가 활과 화살을 들고 돌아다닌다고 해도 이상하게 생각할 사람

은 없을 거야. 너한테 아주 잘 어울려.

이다: 그리고 언니도 자발적으로 게임에 참가할 거고. 나를 위해서.

나: 이다, 이건 영화야. 그리고 너도 전사이고.

이다가 고개를 흔드는 모습을 보니 마음이 아프다.

엄마: 이다, 네 언니가 자발적으로 참가하면 내가 네 옆에 있을 거야.

정말 멍청한 소리다. 엄마는 너무 멍청하다.

나: 난 자발적으로 참가하지 않을 거야. 이건 그냥 개같은 영화일 뿐이라고! 그리고 엄마, 빌어먹을 가정법 헛소리는 우리에게 전혀 도움이 되지 않아.

우리는 침묵한다.

엄마: 내가 앞으로 더 자주 너희 둘 옆에 있을 거야.

나: 미래시제 헛소리도 마찬가지고.

엄마: 나는 이제 더 자주 너희 옆에 있어. 약속한다고. 이 건방진 것.

이다: 남은 시제 또 있어?

나는 웃음을 터뜨린다. 이다는 내가 아는 한 제일 재미있는 존재다.

엄마: 나는 참 나쁜 엄마야.

나는 엄마에게 팔을 두르고, 이다는 엄마 무릎에 머리를 내려놓는다.

"그래, 엄마. 나쁜 엄마지." 나는 이렇게 말하고 원을 그리며 엄마 등을 쓰다듬는다.

그러고는 우리가 좋아하는 영화 〈커피 인 베를린〉을 본다. 나도 니코처럼 베를린이 낯설지 궁금하지만, 어차피 난 어디서든 이방인이라고 느낀다.

저녁에 매트리스에 누워, 5년 전 마를레네랑 이반과 함께 들판에 피크닉 깔개를 깔고 누워 있던 시간을 생각한다. 마를레네는 이반의 배를, 나는 마를레네의 배를 베고 누워 있었다. 사랑에 빠진 둘은, 아니 마를레네는 언제나 그랬듯이 더 크고 넓은 세상에서의 앞날을 상상했다.

마를레네: 난 하루 종일 아무것도 입지 않거나 모닝 가운만 입고 지낼 거야. 아침에는 일단 신선한 조인트를 한 대 피운 다음 포트폴리오 작업을 하고, 어쩌면 네덜란드어도 조금 배우고 말이야. 저녁에는 바와 클럽에서 멋진 사람들을 사귀어야지.

마를레네는 그래픽 디자인을 공부하려고 했지만 받아주는 대학이 한 군데도 없어서 10월부터 암스테르담에서 포트폴리오 강좌에 참가할 예정이었다. 마를레네의 아버지는 치과의사다.

마를레네: 이반, 미안해. 방금 말한 것들은 네가 나를 따라 오기로 결정하기 전부터 정해져 있던 일이야.

이반은 대학 입학 자격시험을 치른 후에 자동차 정비 교육을 마치고 정비소에서 일했는데, 그해 겨울부터 아헨에서 자동차 정비학과 공부를 시작할 예정이었다. 나는 그가 왜 자동차 정비를 전공하려는지 물어본 적은 없지만 왠지 당연하게 느껴졌다. 그는 자동차를 사랑했다. 언제나 친구의 골프나 BMW를 슬쩍 수리해 주곤 했고, 운전도 즐겼다. 마를레네의 피아트로 이동할 때면 항상 이반이 운전석에 앉았는데, 마를레네와 나도 그게 좋았다. 그는 운전을 잘했고 마를레네는 정말 개똥같이 했으니까. 우리는 이반과 그의 가족이 타운하우스로 이사온 지 1년쯤 됐을 때 그들을 알게 되었다. 그들이 막 이사 왔을 때 동네에 요란한 소문이 돌았다. 다들 IT 천재가 자기 가족에게 집을 사줬다고 말했다. 나는 빅토르가 학교를 졸업한 뒤로 그를 본 적이 없었다. 이반은 빅토르가 런던에 살고 있을 거라고 했다. 이반은 그 일이나 자기 형에 대해 이야기하는 것을 아주 싫어했다. 왠지 모르겠지만 불편해하는 것 같았다. 그의 형이 어떻게 큰돈을 벌게 됐는지, 그리고 학교를 졸업한 후에 뭘 했는지, 호기심이 무진장 많은 내가 캐물어도 이반은 그저 어깨만 으쓱했다. 무엇보다도 이반은 소도시와 집을 떠나고 싶어 했다. 정비소 일과 주식 부업으로 학비와 집을 구할 돈을 모아두었다. 그는 그때 정비소 일을 막 그만뒀고 9월에 마를레네를 따라 암스테르담으로 가서, 봄에 아헨으로 가기 전까지 그곳 항구에서 일할 계획이었다.

이반: 틸다, 너는 정말 여기 남을 거야?

나는 이 질문에 대답하는 게 슬슬 피곤해져서 그냥 아무 대꾸도 하지 않았다.

이반: 공부가 기대돼?

나: 응.

이제 더는 아침부터 저녁까지 역겨운 슈퍼마켓 계산대에 앉아 있지 않아도 된다. 다시 자기 계발을 조금 할 수 있게 되어 기뻤다. 수학도 기대가 됐다. 8학년 때 진로 상담을 한 이후로 이미 나는 수학을 공부하기로 결심했었다. 붉은 곱슬머리에 덩치가 크고 당시 50대 중반이었던 선생님은 이런 말을 했다. "네가 어떤 과목에 아주 큰 흥미를 느끼고, 그걸 좋아하고, 게다가 성적까지 무척 좋다면 축하할 일이야. 수학을 전공하렴. 그러면 일자리는 언제든지 있어."

마를레네: 내가 한마디 해둘게. 난 언젠가 너를 여기서 데리고 나갈 거야. 이다가 열여덟 살이 될 때까지 여기서 썩을 순 없어. 틸다, 너도 혼자 잘 해냈잖아.

마치 자기가 나를 여기서 데리고 나갈 수 있다는 듯이. 나는 이따금 마를레네가, 마를레네의 무지가 싫었다. 나에게는 정성껏 차린 저녁 식탁이 없었다. 치과의사 아버지는커녕 그냥 아버지도 없었다. 무책임한 청소년처럼 행동하는 엄마와 그런 엄마를 둔 다섯 살짜리 동생밖에 없었다. 그리고 동생에게는, 그런 엄마와 나뿐이었다.

나는 못된 말을 억지로 삼키려고 애썼다. 대답을 하나씩 차례로 삼켰다. '네 아빠가 제2의 포트폴리오 강좌와 집을 지원해 주신대?' 꿀꺽. '나도 피아트 500을 받는 거니? 되도록 빨간색이면 좋겠네.' 꿀꺽. '그 전에 태국에 여행 다녀와도 될까?' 꿀꺽. 그러고 이렇게 말했다. "네가 나를 여기서 데리고 나갈 일은 없어. 혹시 나간다고 해도 내 힘으로 나갈 거야."

정적.

마를레네: 못된 계집애.

이반의 손이 내 손 위에 놓였다. 우연이었을까? 나는 궁금했다. 찌르는 듯한 더위에도 그 손은 놀라울 만큼 시원했다. 그의 엄지가 부드럽게 내 손등을 쓰다듬었다. 우연이 아니었다.

그 기묘한 월요일이 지난 뒤 일주일은 비교적 순조롭게 흘러간다. 복사기도 네 번 중에 세 번은 제대로 작동한다. 닷새 중 사흘 동안 비가 내린다. 저녁상은 화요일과 수요일, 목요일과 금요일, 토요일에도 차려진다. 100퍼센트다. 엄마는 술을 마시지 않는다. 어쨌든 정신이 맑고 안정되어 보인다. 이다는 괴물을 그리지 않는다. 빅토르는 수요일과 목요일에 나에게 고개를 끄덕여 인사하고, 목요일에는 나도 고갯짓으로 화답한다. 그러고 금요일에 우리는 평범한 또래들처럼 처음으로 대화를 나눈다. 그런데 평범하다는 게 도대체 뭘까.

그 금요일은 수영하기 좋은 날씨가 아니라 고무 튜브를 타기에 적당한 날씨였다. 나는 튜브에 누워 새파란 하늘에서 도망치며 날아가는 구름을 쳐다봤다. 불어오는 바람에 구름이 날렸다. 튜브를 타기에 완벽했다. 판다의 얼굴에서 서서히 몸이 생겨나고, 독수리가 점점 더 넓게 날개를 펼쳤다. 해와 함께 놀던 구름 동물들은 해를 괴롭히는 듯싶더니, 나중에는 해를 따라다니며 밀어냈다. 해에게는 원래의 자유로운 궤도가 있지만 두 동물은 결국 이 노란 불덩어리를 완전히 없앴다. 해가 언제 얼마나 오래 비칠까에 대한 나의 단기 예측은 이번 금요일에도 틀렸다. 바람과 구름과 해는 도무지 예측이 되지 않는다. 구름의 놀이가 끝날 무렵 내 몸은 추위 때문에 튜브 안에서 꼼짝도 하지 않았고, 하늘은 잿빛이었다. 내가 졌다. 해가 완전히 사라지는 순간 빅토르가 나타났다. 눈을 반짝이는 그의 얼굴이 불현듯 내 옆쪽 물속에서 솟아올랐다. 그가 나처럼 레인 로프를 꽉 잡고 나를 보며 싱긋 웃었다.

빅토르: 아하, 또 햇살을 즐기는 거야?

그의 거친 목소리.

나: 적어도 계획은 그랬지.

정적.

빅토르: 해가 나오지 않을 때면 언제나 튜브에 누워 있어?

나는 그를 빤히 본다. 그는 이제 웃지 않는다. 뭔가 묻는 듯한 눈길, 좁아진 미간. 나는 눈을 감고, 그가 정말 궁금해하는 것 같아서 대답해 준다. "해가 나타나는 순간 때문에 그래."

정적.

빅토르: 차가운 구름에 익숙해지면 햇살을 더 잘 즐길 수 있는 건가?

나는 그의 질문에 대해 곰곰이 생각한다.

나: 모르겠어. 몸이 떨리는 건 너무 싫어. 항상 그래. 하지만 구름에 가려지지 않은 해가 이따금 아주 잠깐 너무 강렬해서, 피부에 묻은 차가운 물방울이 증발하고 잿빛 구름의 냉기가 차가운 몸에서 밀려나는 걸 느낄 때가 있어.

그가 고개를 끄덕이고, 나는 말을 계속 잇는다: 그럴 때면 나는 완전히 작동을 멈추지. 알아? 튜브에는 그저 내 몸만 누워 있어. 늘 기분이 다른 구름이, 자기가 얼마나 강하고 따뜻한지 매번 새로 보여주는 해가, 그리고 어느 날은 해와 같은 편이다가 다음 날은 구름과 동맹을 맺는 바람이 있을 뿐이야. 바람과 구름과 해, 냉기와 온기. 사실은 아주 간단해.

그는 내가 한 말이 완벽하게 의미 있고 논리적이라는 듯이 다시 고개를 끄덕인다.

빅토르: 그런데 너 이름이 뭐야?

나는 그가 나를 안다는 사실을 알고, 그는 내가 자기를 안다는 사실을 안다. 하지만 아마 그는 내 이름을 잊어버렸을 것이다.

나: 틸다. 너는?

그가 나에게 악수를 청한다: "빅토르."

"K를 써? 아니면 C?" 나는 그에 대해 전혀 생각해 본 적이 없다는 걸 드러내려고 묻는다.

빅토르: K.

"알았어." 나는 이렇게 말하고 그가 내민 손을 잡고는 새파란 그의 눈동자를 들여다본다. 그의 손은 차고 물에 젖어 축축한데도 강하고 따뜻하게 느껴진다.

빅토르: 네 눈 밑의 흉터는 뭐야?

이게 웬 적절하지 못한 질문이지?

"자전거 사고였어." 나는 거짓말을 한다.

그가 내 입술을 바라본다. 사람들이 키스하려고 할 때 가끔 보이는 그런 표정이다. 나는 원래 이 눈빛을 싫어한다. 이 눈빛이 싫다.

빅토르: 네 입술이 파래. 오늘은 더 이상 해가 나지 않을 거야. 너도 돌아가는 게 좋겠어. 안 그러면 감기 걸려. 또 보자.

내가 뭐라고 대답도 하기 전에 그의 머리가 물속으로 사라지더니 풀장 가장자리에서 다시 나타난다. 그러고는 물을 박차고 올라와 풀장에서 나가 짧게 샤워를 하고 탈의실로 들어간다. 1분 후에 와인색 나이키 트레이닝팬츠에 헐렁한 흰색 셔츠, 슬리퍼 차림으로 탈의실에서 나온다. 내가 자기를 빤히 쳐다보는 걸 보고는 재미있다는 듯이 싱긋 웃더니 손을 들어 작별 인사를 하고 문으로 나간다. 나는 튜브에 누워 있다. 움직이기 싫다. 내 몸이 마비됐다. K를 쓰는 빅토르.

일요일에 레온이 전화한다.

레온: 피자를 가져갈게. 어떤 거 먹을래?

나: 그냥 패밀리 사이즈 피자를 가져와.

레온: 아니, 나는 나누는 거 아주 싫어해.

나: 난 네가 집단 소속인 줄 알았는데.

레온: 음식 앞에서는 나눔이 멈추지.

나: 거기서부터 시작해야 하는 거 아니야?

레온: 아이고, 이 들고양이.

나: 하와이안이랑 버섯 피자.

레온: 안드레아 아주머니는?

나는 엄마를 본다: 레온이 피자를 가지고 온대. 어떤 거 가져오라고 할까?

엄마가 고민한다. 엄마는 원래 우리와 엄마의 남자 친구들을 빼고는 다른 사람들과 어울리지 않는다. 이다와 나를 찾아오는 사람은 없지만 레온은 예외다. 예전에 이다가 태어났을 때, 나는 마를레네와 자주 돌아다니지 못했고 또 그럴 마음도 없었다. 그래서 마를레네가 나랑 같이 우리 집에 몇 번 온 적이 있다. 당시에 레온이 저녁에 자동차로 자주 마를레네를 데리러 왔는데, 그럴 때면 집에 잠깐 들어오기도 했다. 하지만 반항기가 점점 더 심해진 마를레네가 우리 엄마를 도발했고, 어느 날 저녁에 '자기 아이들을 돌보지 않는 이기적인 알코올 중독자'라고 표현했다. 엄마는 "나가!"라고 소리치며 그녀를 내쫓았다. 우리는 마를레네 집으로 도망쳤다. 내가 저녁에 돌아왔을 때, 건물 입구에서부터 이다의 울음소리가 들렸다. 이다는 거실 베이비 가드 안에 서서 뭔가에 찔리기라도 한 것처럼 울부짖고 있었다. 이다를 품에 안고 부엌문을 열었다가 경악했던 일을 나는 아직도 기억한다. 엄마가 피와 유리 조각과 보드카가 뒤섞인 웅덩이에 앉아 있었다. 손과 팔을 베었는데, 키친타월로 어설프게 둘둘 감아두었다. "미끄러졌어." 엄마가 웅얼거렸다. 나는 이다의 눈을 가리고 놀이울에 다시 내려놓은 다음 응급 의사를 불렀고, 엄마를 의자에 앉히고 상처를 살펴봤다. 다행스럽게도 아주 깊지는 않았다. 나는 엄마의 살에서 유리 조각을 빼냈다. 아마도 넘어지다가 손과 팔로 바닥을 짚은 듯했다. 손목에서 피를 흘리며 앉아 있는 엄마를 처음 봤을 때 나는 더 끔찍한 일을 짐작했었다. 사이렌 소리가 들렸다. 응급 의사가 왔는데, "아주 나쁜 상황은 아니다"라고 했다. 나는 이 모든 게 이미 아주 나쁜 상황이라고 생각했지만 아무 말도 하지 않았다. 의사가 "너희 엄마는 금방 다시 돌아오실 거야"라고 말해서 나는 고개를 끄덕였다. 의사는 엄마를 데리고 병원에 갔고, 나는 꼼짝도 하지 않고 놀이울에 앉아서 나를 쳐다보는 이다와 함께 남았다. 어린 이다의 눈은 나에게 뭔가 묻는 듯했지만 나는 그저 어깨만 으쓱했다. 부엌으로 가서 대혼란의 흔적을 치우고, 마를레네에게 이제 더는 오지 말라고 말해야겠다고 결심했다.

한두 해가 지난 후에 레온이 베를린에서 올 때마다 이따금 만났고, 만난 후에 그가 우리 집 문 앞까지 나를 가끔 데려다주기도 했다. 어느 날 저녁, 문 앞에서 레온과 키스하는데 엄마가 유리창 너머로 소리쳤다. "레온, 반가워. 식사하고 가." 우리는 피자를 주문했다. 레온은 늘 그렇듯이 매력적이었고, 엄마는 금방 사랑에 빠졌다. 나보다 더 레온을 사랑하는 것 같았다. 그때 이후로 레온은 베를린에서 올 때마다 의무적으로 한 번은 피자를 먹으러 왔고, 이다와 나는 그게 좋았다. 그때는 엄마가 멀쩡하게 행동했으니까.

엄마: 사계절 피자.

엄마는 피자 의식이 생기기 전부터, 그러니까 레온이 나랑 같은 반이었던 카이 발링을 마구 두드려 팼을 때부터 그를 좋아했다. 내가 악취를 풍겨서 우리 아버지가 새 가족을 찾게

된 거라고 카이가 떠들어댔기 때문이다. 당시에 엄마는 내 옷을 빨아주거나 나더러 샤워하라고 말할 상태가 아니었다. 그후에 물론 나는 두 가지 모두 하게 됐다. 당시 나는 중고등학교에 막 입학했을 때였는데, "틸다 슈미트와 레온 회퍼는 교장실로 오세요"라는 방송을 듣고 교장실로 향했다. 그곳에 눈이 퍼렇게 멍들어 부어 있고 코피를 흘리는 카이 발링이 있었다. 그리고 레온이 손에 붕대를 감은 모습으로 교장실로 들어왔다. 그때가 내 학창 시절에서 정말 행복한 순간 중 하나였다. 물론 같이 식사할 때마다 엄마는 이 카이 발링 이야기를 늘어놓는다. 나는 의자에 등을 기대고, 베를린에서의 생활과 그가 하는 예술에 대해 질문하는 엄마와, 자세하게 대답하는 레온을 지켜본다. 레온은 세심한 성격이고, "일은 어떤가요?"라거나 "여행 계획이 있어요?"라거나 "어떻게 지내세요?"와 같은 평범한 질문들을 엄마에게 할 수 없다는 것을 잘알고 있다. 하지만 묻지도 않았는데 엄마는 잘 지낸다고, 카페에서 일을 할까 생각 중이라고, 젊을 때 자주 서비스업에서 일했다고 말한다. 엄마는 사실 일을 해본 적이 없다. 석사 졸업 직전에 나를 임신해서 문학 공부를 중단했다. 그러고 아버지와 함께 대도시를 떠나 이 소도시로 왔는데, 그건 고모할머니 집이 비어 있었기 때문이다. 엄마는 대부분의 시간을 집에서 보냈고, 독문학 박사 과정을 밟고 있던 아버지는 대도시와

이 소도시 사이를 오갔다. 엄마는 아버지가 우리를 떠나고 나서 1년 정도 클라라의 서점에서 일했다. 그 일을 좋아하긴 했지만 여러 번 술에 취해서 나타나거나 또는 말없이 결근하는 바람에 해고됐다. 그때 이후로 우리는 아버지가 주는 생활비와 아동수당과 내 아르바이트 급료로 살았다.

이다와 나는 눈길을 주고받는다. 나는 이다도 이 대화를 기괴하게 느낀다는 걸 알아챈다. 우리는 마주 보며 재미있다는 듯이 슬쩍 미소를 짓는다.

나: 이다, 레온이 네 그림을 보고 싶대. 괜찮아?

이다는 어깨만 으쓱한다.

내가 일어난다: 너도 같이 갈래?

이다가 고개를 젓는다.

레온은 이다의 그림이 붙은 벽 앞에 서서 모든 그림을 아주 자세히 살펴본다. 가까이 다가갔다가 다시 세 걸음 뒤로 물러나고, 전등을 켰다가 끄고 보더니 말한다. "그림이 마음에 들어. 이다는 재능이 있고, 무엇보다도 상상력이 뛰어나네." 나는 무척 기쁘다. 내가 옆으로 다가가자 그가 고개를 돌리고 내 눈을 바라본다. 그 얼굴에는 질문이 떠올라 있는데, 나는 그게 무엇인지 모른다. 아니, 질문은 알지만 답을 모른다. 그가 한 손을 내 뺨에 올린다. 아주 부드럽게. 그러고는 손가락 끝으로 아주 부드럽게 내 뺨을 쓰다듬는다. 나는 뒤로 물러서야 하지만 잠시 그의 손길을 느끼고 싶어서 그렇게 하지 못한다. 잠시만 더. 나는 그를 쳐다보며, 예전처럼 그에게 키스하고 싶은 걸까 궁금해진다. 내 손을 그의 손에 올리고 싶은지, 뺨을 만지고 싶은지 궁금하다. 그의 손은 왜 이렇게 좋은 향기를 풍기는지 궁금하다. 테레빈유와 물감과 니베아 냄새, 그리고 뭔가 더 있다. 예전에는 달랐다. 그의 손에서 테레빈유, 물감, 니베아, 여름의 향기가 난다. 테레빈유가 내 이성을 마비시키는 걸까. 그가 내 뺨에서 손을 떼고 고개를 저으며 한 걸음 뒤로 물러선다. 왜일까.

레온: 네 차례야.

나: 그게 무슨 뜻이야?

레온: 항상 내가 먼저 다가갔잖아.

나: 너, 드라마를 너무 많이 보는구나.

그가 미소를 지으며 고개를 젓는다.

레온이 언제부터 이렇게 고개를 자주 저었지?

나: 언제부터 이렇게 고개를 자주 저었어?

레온: 나는 네가 본인이 원하는 걸 모르는 게 문제라고 늘 생각했어. 하지만 지금은 네가 스스로 뭘 원하는지, 뭘 원하지 않는지 아주 정확하게 안다고 생각해.

나: 레온.

그가 나를 포옹하고는 아무 말도 없이 자리를 뜬다. 나는 여기 그대로 서 있지만 그를 따라 달려가서 꼭 붙잡고, 아까처럼 내 뺨을 어루만져 달라고 억지를 부리고 싶다. 하지만 그냥 여기 서 있다. 말없이 뻣뻣하게 굳은 채. 말없이 뻣뻣하게 굳은 채 여기 서서, 내 뺨을 타고 흐르며 테레빈유와 물감과 니베아와 여름의 냄새를 씻어 내리는 눈물의 짠맛을 느낀다. 이 작별은 그가 다시 베를린으로 갈 때면 함께 겪었던 소소한 모든 작별과는 무척 다르게 다가온다. 우리 관계는 그가 여기 더는 살지 않게 되었을 때, 그 작별과 함께 시작한 것이나 다름없었다. 마를레네가 태국으로 막 떠난 가을 어느 날 저녁, 그가 나에게 전화해서는 중요한 손님이 왔는데도 부모님이 배신자들처럼 어느 결혼식에 참석하러 가버렸다고, 그 넓은 집에 혼자 있기 두렵다고, 혹시 들러서 자기를 좀 봐줄 마음이 있냐고 물었다. 나는 그럴 마음이 있었다. 첫 만남이 사실 가장 흥미진진했다. 흐르는 긴장감 속에서, 내가 그를 사랑하게 됐다고 확신했기 때문이다. 그가 나를 강렬한 눈빛으로 바라볼 때면 언제나 신경이 곤두섰다. 그가 다시 떠나기 전날 저녁, 우리는 같이 잤다. 그때 이후로 그는 언제나 보조개를 품은 미소와 "다음에 만날 때까지"라는 말로 작별했다. 내가 그에게서 약간 거리를 둔 후에도 문장 끝에 물음표가 살짝 붙긴 했지만 여전히 "다음에 만날 때까지"라고 말하곤 했다.

이번에는 "다음에 만날 때까지"도, 그 뒤에 붙는 작은 물음표도 없다. 작별에 익숙한 내가 느끼기에 이것은 진짜 마지막이다. 나는 작별하기의 진정한 전문가다. 자녀들이 넓은 세상으로 나가 그곳에서 성장하는 동안 고향에 남은 엄마, 할머니가 되었는데 손주들이 어느 도시에 사는지 전혀 알지 못하는 여인처럼. 정확하게 말하자면 제일 먼저 떠난 사람은 아버지였고 그다음은 레온이었지만, 이미 말했듯이 그때는 이번처럼 끔찍하지 않았다. 그다음은 대학 입학 자격시험 후에 마를레네가 태국으로 갔고, 같은 학년의 많은 아이들이 백팩을 짊어지고 오스트레일리아나 캐나다로 도망쳤다. 또 다른 아이들은 바로 대학교 공부를 시작하러 떠났다. 이곳에 남은 아이들도 많았지만 나와 친구였던 아이는 없었다. 1년 후에 마를레네가 돌아왔다. 그 후에는 이반이 떠났다. 마를레네는 혼자 암스테르담으로 갔고, 그러는 내내 나는 이곳에 남았다. 나는 내내 이곳에 있었다. 대학 입학 자격시험 이후로 6년 내내, 친구들이 떠나고, 이사하고, 여행 가고, 한 친구는 죽는 내내 나는 6년 동안 이곳에서 일하고, 공부하고, 이다를 돌보고, 마를레네나 레온이 가끔 방문하면 기뻐했다. 마치 할머니처럼.

이다: 언니, 왜 울어?

이다가 내 앞에 서서 손을 잡는다. 나는 여전히 이다 방에 있다.

나: 울지 않아.

나는 내 파스텔색 나이키 후드 스웨터를 입고 나를 올려다보며 무슨 말을 해야 할지 몰라 당황하는 이다를 내려다본다. 이다가 입을 열었다가 닫는다. 고민할 때면 늘 그렇듯이 미간에 작은 주름이 잡혀 있다.

이다: 나도 안 울어.

이런 순간이면 나는 내가 아무것도 후회하지 않으며, 그 누구와도 내 자리를 바꾸고 싶지 않다는 것을 깨닫는다. 나는 요란하게 웃고, 이제 내가 울지 않아서 기쁜 이다는 미소를 짓는다. 나는 여전히 눈물을 흘리지만 큰 소리로 웃기도 한다. 나에게는 이다가 있고, 이다에게는 내가 있으니까.

나는 서서히 긴장을 조금 풀 용기를 낸다. 엄마는 13일째 술을 마시지 않고, 매일 저녁상을 차린다. 나는 저녁마다 오늘 저녁상이 차려져 있는지 궁금하고, 혹시 그렇지 않을까 봐 두려워하면서 집으로 거의 달리다시피 한다. 아무도 맛있게 먹지는 않지만 보기에 예쁜 장미 모양 빨간 무가 담긴 그릇이 저녁 식탁에 놓인 걸 보면 나는 안도의 한숨을 내쉰다. 그러고 내면에서 행복 비슷한 감정을 느끼며 쓴맛이 나는 장미를 입에 넣는다. 문에 비스듬하게 걸린, 빈 누텔라 병만 들어 있는 '클라라의 서점' 마섬유 에코백을 곁눈질한다. 상태가 조금 나은 시기도 있지만 자주는 아니다. 엄마가 활동적이거나 인내심을 보이는 일은 절대 없었다. 나는 이 시기가 어떻게 끝날지 상상하는 것을 스스로에게 금지한다. 좋은 시기에 술을 덜 마실 때면 엄마는 저녁에 가끔 우리와 함께 앉아서 이다에게 학교생활은 어떤지 묻기도 하지만, 이런 상황은 순식간에 바뀐다. 물론 나는 엄마가 이런 상태를 오래 유지하지 못하고 우리가 남들처럼 저녁상을 차리는 가족이 아니라는 사실을 늘 기억해야 한다는 걸 알고 있지만, 그래도 어느 정도 꿈은 꿀 수 있는 게 아닌가. 엄마는 그날 자기가 뭘 했는지 저녁에 이야기한다. 노동청에 다녀왔다고, 장을 봤다고, 카페와 레스토랑 일자리 면접을 봤다고, 옷장을 정리했다고 말한다. 이다와 나에게 질문도 한다. 우리는 처음에 응, 아니, 좋아, 라고 짤막하게 대답한다. 하지만 이다는 점차 용기를 낸다. 어제는 4학년 마지막 체육 시간에 생긴 일을 이야기했다. 뜀틀을 할 때 같은 반 친구 나딘이 성난 황소처럼 콧방울을 부풀리고 발굽으로 바닥을 긁다가 지나치게 역동적으로 도움닫기를 하며 뜀틀로 질주했는데, 결국은 뜀틀을 넘지 못하고 부딪쳤다. 뜀틀이 넘어졌고, 아이들과 선생님은 이 강력한 등장과 거센 충돌에 너무 놀라서 아무도 웃지 못했다. 그러다가 카를로가 웃음을 터뜨렸고, 방과 후에 나딘에게 붙잡혀서 배에 주먹질을 당했다고 한다. 나딘은 정말 강하다. 모든 면에서 그렇다. 엄마와 나도 웃을 용기를 거의 내지 못할 정도로 강하다.

저녁에 침대에 누운 나는 베를린에서의 미래를 매일 조금씩 더 상상해 본다.

다음 날 아침, 이다와 함께 집을 나서는데 하늘이 짙은 보라색이다. 날도 매우 무더워서 시간이 지나면서 천둥번개가 칠 가능성이 무척 높다. 오늘은 이다의 초등학교 마지막 등교날이다. 이런 날에는 부모가 아이들에게 뭔가 특별한 말, 축하한다거나 행운을 빈다거나 학교생활을 돌아보는 말 같은 걸 해야 하는지 궁금하다. 하지만 나는 그런 말을 들은 기억이 없고, 지금 적당한 말이 떠오르지도 않는다.

나: 새 학교에 갈 일이 기대돼?

이다는 연석 위에서 균형을 잡는 데 집중하는 표정으로 어깨만 으쓱한다. 그러다가 어느 순간 다시 내 옆에 와서 걷는다.

이다: 언니?

틸다: 음?

이다: 레온을 사랑해?

틸다: 아니, 아닐 거야. 너는?

이다가 킥킥거린다: 아니야.

틸다: 이다?

이다: 음?

나: 레온이 네 그림을 보더니, 재능이 있고 상상력도 풍부하대.

이다가 땅바닥을 뚫어지게 내려다본다.

나: 무슨 일이 생겨도 계속 그려. 네가 자신을 표현하는 방법을 찾은 건 정말 멋진 일이야. 그리고 엄마 때문에 벌어지는 온갖……. 내가 무슨 말을 하는지 너도 알 거야.

이다가 고개를 끄덕인다.

나: 우린 뭐든 해낼 수 있어.

이다는 이런 대화를 나누기 싫은지 나를 지나쳐 연석 위에서 다시 균형을 잡는다.

이다: 옛날 옛적에 틸다라는 용감한 기사가 살았어. 틸다는 무척 강하고 아름다웠지. 많은 왕자와 기사들이 틸다 기사의 마음을 얻고 싶어 했어. 그중에는 레온 왕자도 있었어. 하지만 틸다는 자기가 레온을 사랑하지 않는다고 생각했지. 그러던 어느 날, 외로운 선원 한 명이 왕국에 나타났어. 그가 어디서 왔는지, 뭘 하려고 하는지 아는 사람은 아무도 없었어. 하지만 그 남자의 눈은 매우 슬펐지. 틸다는 그 선원의 눈이…….

이건 심하다. 이 어릿광대가 언제 이런 생각을 했지? 나는 이다를 앞지른다.

나: ……무척 슬프다고 생각했어. 틸다는 바깥의 수많은 괴물과 싸워야 했지. 그래서 선원을 무시하고, 남자들을 원칙적으로 멀리하고, 자기가 무척 좋아하는 수학에 헌신하기로 마음먹었어.

이다가 나를 앞지른다.

이다: 하지만 틸다가 저녁에 바다로 수영을 하러 가면 거기 선원도 있었어. 그는 틸다 기사보다 수영을 더 잘했지. 틸다 기사는 수영하는 그를 언제나 지켜봤어.

이런 악마 같으니라고. 나는 이다를 앞지른다.

나: 그러던 어느 날, 나타날 때와 마찬가지로 불현듯 선원이 사라졌어. 틸다는 수학자가 되고, 어리고 별 볼일 없던 집안의 노예는 예술가가 됐지. 둘은 바닷가에 작은 오두막을 짓고 하루 종일 그림을 그리고, 계산하고, 수영을 했어. 그리고 아마도 그들은……

이다가 나를 앞지른다.

이다: 오래오래 행복하게 살았대. 그림을 그리고 계산을 하면서. 밤이면 틸다는 슬픈 눈을 한 선원의 꿈을 꿔.

우리는 학교 앞에서 걸음을 멈춘다. 이다가 이겼다. 그럴 만했다.

나: 5시 전에 천둥번개가 치면 수영장에 가자. 그때까지 비가 안 오고 여전히 무더우면 가지 말고. 알았지?

이다: 알았어.

이다가 교문으로 가다가 몸을 돌리고, 나를 행복하게 만드는 짓궂은 미소를 짓는다. 우리 꼬맹이 이다.

5시에도 여전히 비가 오지 않아서 나는 도서관에 조금 더 있기로 한다.

그사이에 하늘은 거의 새까만 색으로 바뀌었다. 멀리서 천둥소리가 들리고 으스스한 바람이 분다. 폭우가 내릴 때까지 기다리려고 했지만 7시가 될 때까지 여전히 전조만 보여서 그냥 짐을 싼다. 건물을 나서자마자 역시나 빗방울이 떨어지기 시작한다. 천둥이 너무 크게 울려서 바닥이 흔들린다. 1초 후에 아주 길고 위험한 번개가 내 쪽으로 날아온다. 3분 거리인 정류장으로 달려가는 동안 하늘이 부서지며 모든 것을 쏟아낸다. 번개와 천둥이 치고, 폭우와 우박이 내리고, 세찬 바람이 분다. 트램 안에서 내 몸이 걷잡을 수 없이 떨리기 시작한다. 트램에서 내리자 폭우는 지나갔지만 엄청나게 춥고 보슬비가 내린다. 날씨가 바뀌었다. 집으로 달려갔는데, 차갑게 얼어붙은 손가락 때문에 빌어먹을 건물 문을 열 수가 없다. 초인종을 누르지만 아무도 문을 열어주지 않는다. 겨우 문을 열었는데 우리 집 현관문에서도 같은 문제를 만난다. 드디어 집에 들어서서 현관문을 세차게 닫고, 물이 뚝뚝 떨어지는 차가운 옷을 얼른 벗는다. 백팩에서 수건을 꺼내 몸을 감고 부엌을 들여다보다가 저녁상이 차려지지 않은 걸 보고서 등줄기에 소름이 돋는다. 14일 동안 매일 있던, 장미 모양 빨간 무가 들어 있는 그릇도 보이지 않는다. 15일째, 이제 더는 저녁상이 없다.

나: 이다!

대답이 없다.

나: 엄마!

대답이 없다.

엄마는 잠자는 말 또는 방금 싸움에서 패배한 괴물처럼 거실 소파에 절반쯤 몸을 기대고 누워 있다. 이다가 어디 있는지 물어도 아무런 반응이 없다. 빌어먹을, 빌어먹을, 빌어먹을. 나는 위층으로 뛰어 올라간다. 이다의 방문이 열려 있지만 이다는 거기 없다.

"무슨 일이 벌어진 거야?" 나는 고함을 지르며 괴물에게 달려간다.

괴물을 흔들어보지만, 괴물은 그저 웅얼거리기만 한다.

나: **무슨 일이 벌어진 거냐고?!**

괴물: 도망쳤어. 엄마랑 케이크 굽기 싫다더라.

나: 어디로 갔어?

괴물: 몰라. 고 어린 것이 말을 안 해. 맨날 그림만 그려. 내내, 계속 그림, 그림, 그림.

격렬한 증오. 나는 괴물을 끝장내고 싶다.

거리에 나온 나는 내가 수건과 실내화 차림이라는 걸 깨닫고는 다시 집으로 가서 토끼 셔츠를 입고 수영장으로 달려간다. 문은 이미 닫혔다. 빌어먹을. 수영장 관리인의 골프 자동차와 빅토르의 G클래스가 아직 남아 있다.

너무 절망한 나는 빅토르의 차 옆에 서서 그를 기다린다. 나를 본 그가 당황한 표정으로 멈춰 서더니, 금세 의중을 알 수 없는 눈빛을 되찾고 발걸음을 옮긴다. 그러다가 바로 앞까지 와서 나를 자세히 본 그의 얼굴이 평소와 달라진다. 거의 보이지 않는 미간 주름 아래로 걱정과 불안이 약간 담긴 눈이 반짝인다.

빅토르: 틸다, 무슨 일이야?

나: 이다가 사라졌어.

눈물이 걷잡을 수 없이 쏟아진다.

나: 도망쳤는데, 어디로 갔는지 모르겠어. 도망친 적이 없거든. 이렇게 춥고 비가 내리는데, 그 아이는 아직 어려. 그리고 이제 어둡고, 또……

빅토르: 진정해. 혹시 친구에게 갔을까?

나: 친구라고 할 만한 아이가 없어.

빅토르: 친척은?

나: 친척도 없고.

빅토르: 너, 그 애랑 같이 어디에 자주 가지?

나: 수영장.

빅토르: 여기 말고는?

나: 몰라. 아침에 내가 이다를 학교에 데려다주고, 저녁에
는 비가 오면 같이 수영장에 와.

빅토르: 비가 안 올 때는?

나: 가끔 숲에 가.

빅토르: 숲속에 특정한 장소가 있어?

나: 개울가 빈터.

빅토르: 그럼 지금 거기로 가보자.

불안해서 구역질이 나고 몸이 미친 듯이 떨린다.

그의 차를 타고 해가 넘어간 숲으로 들어가는데, 이다가
이곳 어딘가에 혼자 있다고 생각하니 토할 것 같다. 개천을
따라 비탈진 숲길을 달리는 동안 내 맥박이 공중제비를 넘
는다.

전조등 불빛에 빈터가 서서히 모습을 드러내고, 벤치에 앉
아 있는 이다가 눈에 들어온다. 나는 안도의 환호성을 지르
고, 차에서 뛰어내려 이다에게 달려가 아이를 끌어안는다. 품

에 안고 있는 내내 나는 운석이 심장에서 떨어져 나간 것처럼 마음이 가벼워지는 것을 온몸으로 느낀다. 눈을 감고 운석이 바닥과 충돌하기를 기다리지만 그런 일은 일어나지 않는다. 하늘을 쳐다보니 어떤 결정체가 우주로 날아가는 모습이 보이는 듯하다. 사실은 그렇지 않지만, 불현듯 만사가 아주 가볍고 아름답게 느껴진다.

이다: 언니가 올 줄 알았어.

나: 저녁에 숲으로 달려오다니……. 이다, 이건 아주 멍청한 짓이야.

이다: 언니도 자주 그러잖아.

나: 무슨 일이 있었어?

이다가 나지막하게 흐느낀다. 이다는 원래 울지 않는 아이였기에, 나는 충격을 받는다. 이다는 언젠가 더는 울지 않겠다고 마음먹었다. 하지만 이제 그 결정을 철회한 듯, 지난 몇 년 동안 쌓여 있던 눈물을 모두 흘린다. 오늘의 이 두 번째 폭우가 끝나기까지는 족히 13분이 걸린다. 그 후에 2분 동안 딸꾹질을 하며 내 품에 안기고서야 호흡이 완전히 진정된다.

이다: 언니를 여기까지 태워다주다니, 친절한 선원이네.

그는 차에 기대 팔짱을 낀 채 우리를 바라보고 있다.

나: 응, 친절한 선원이야. 그의 배려심을 너무 남용하지는 말아야지. 자, 넌 얼른 따뜻한 욕조에 들어가야 해. 몸이 다 젖

어서 아주 차가워.

나는 차에 타고 나서야 퍼렇게 멍이 든 이다의 뺨을 본다. 정말이지 괴물을 끝장내고 싶다. 그래서 이다는 수영장이 아니라 숲으로 달려온 것이다. 사람이 없는 곳으로.

빅토르는 우리 집을 지나쳐 가면서 백미러로 나와 이다를 본다.

빅토르: 오늘 밤에 우리 집에서 자고 가도 돼.

나는 고개를 끄덕인다.

이다는 너무 지쳐서 차에 오르자마자 내 무릎을 베고 잠이 들었다. 나도 몰려오는 잠을 느낀다.

빅토르: 틸다?

나: 음?

빅토르: 다른 때에 빈터에 가면 뭘 해?

나: 벤치에 앉아 있어. 이다는 그림을 그리고.

빅토르: 너는?

나: 계산을 하거나 책을 읽지.

빅토르가 고개를 끄덕인다.

엄마가 눈에서 불을 뿜으며 식탁에 앉았는데 수영장에 가기에는 날씨가 너무 좋을 때면, 이다와 나는 거의 언제나 숲 속 빈터로 도망친다. 엄마는 부엌에 와서 "자아, 부지런한 내 딸들"이라거나 "자아, 귀여운 내 딸들"이라고 말한다. 언제나 바보같이 '자'를 길게 뽑으며 말한다. 이다와 나는 엄마가 술을 마셨다는 것, 너무 많이 마셨다는 것을 금방 냄새로, 모습으로, 소리로 안다. 그럴 때면 대부분 엄마는 우리 옆에 앉아서 셋이 뭔가 하기를 제안한다. 요리, 빵 굽기 또는 아이스크림 먹으러 가기 등이다.

엄마: 우리 같이 뭐 좀 할까? 아이스크림 카페에 갈까?

엄마는 우리와 아이스크림 카페에 간 적이 한 번도 없다. 그리고 지금도 가려고 하지 않는다. 이다와 나는 엄마가 지금 아이스크림 카페에 가려는 게 아니라는 것, 사랑이 가득한 할머니가 아니라는 것, 못된 늑대라는 것을 알고 있다. 엄마의 커다란 눈, 특히 거기서 타오르는 불길을 보고 뭔가 파괴하려고 한다는 걸 알아챈다. 이다와 나는 엄마가 그저 싸우기 위해 구실을 찾는다는 것을 알고 있다. 아이스크림 카페에 가려는데 옷을 찾을 수 없다고, 우리가 훔쳤으니 당장 내놓으라고, 또는 요리를 하려는데 평범한 가정이라면 반드시 있어야 할 중요한 재료가 없다고 한다. 빌어먹을, 왜 휘핑크림이 없어? 그러면서 울화를 터뜨린다. 그래서 이다와 나는 엄마가 눈에서 불길을 뿜으며 식탁에 앉았는데 수영장에 가기에는 날씨가 너무 좋을 때면 짐을 챙겨 숲속 빈터로 간다.

나는 이다의 얼굴에 붙은 젖은 곱슬머리를 쓸어 넘기고, 멍든 뺨까지 포함하여 온통 알록달록한 모습으로 잠들어 있는 이다를 자세히 살펴본다. 흰색이지만 이제 갈색이 된 짝퉁 컨버스 척, 진흙이 묻은 분홍색 줄무늬 레깅스, 형광 초록색인 내 후드 스웨터. 내 눈이 따끔거린다. 이 어린 록 스타만 혼자 괴물 옆에 남겨둘 수 없다. 내가 없었더라면 오늘 이다에게 무슨 일이 벌어졌을까? 그래도 숲으로 달려왔을까? 어둡고 축축한 빈터에 얼마나 오래 앉아 있었을까? 그곳에서 밤을 새웠을까? 아니면 누군가 이다를 데려갔을까? 그 생각을 하니 어지럽다. 내가 떠나든, 남든 이런 일들이 계속될 수는 없다. 이다를 이런 상황에 더 잘 대비시켜야 한다. 영화 몇 편만으로는 부족하다.

우리는 신규 개발 지역 한쪽의 경계가 되는 방음벽을 따라 차를 타고 움직인다. 주택가 회전교차로에 접어들자 나는 신경이 날카로워진다. 예전에 마를레네와 나는 여기 사는 아이들을 부러워했다. 멋진 놀이터가 있고, 놀이터와 놀이터로 개방된 도로에서 언제나 노는 아이들이 많이 살았기 때문이다. 나는 이곳에 사는 가족들은 모두 행복하다고 생각했다. 이제 이 주택가는 그다지 행복해 보이지 않는다. 하얀 타운하우스는 잿빛이 되고 새 놀이터는 낡았으며, 젊은 부모들은 나이가 들고 불행해지고, 우리처럼 이제 더는 아이가 아닌 당시의 아이들은 다른 도시로 떠났다. 이제 자기 자녀를 낳은 아이들도 많을 것이다. 지금 이곳에 사는 아이들은 어린 시절이 길지 않고 금세 나이 들고 불행해진다. 20년 후에는 집들이 더욱 잿빛이 되고 놀이터도 좀 더 낡고 망가질 테지. 어쩌면 울타리를 두르고 '출입 금지' 또는 '부모님들은 아이를 보살피십시오'라는 표지판도 세울지 모른다. 오히려 아이들이 부모님을 보살피겠지, 나는 그런 생각을 한다. 우리는 예전에는 하얀색이었지만 지금은 잿빛이 된, 그 옆의 모든 집들과 똑같아 보이는 타운하우스 9번지 앞에 멈춰 선다. 아니, 똑같아 보이지 않는다. 텅 비었고 구슬프다. 나는 이 집에 들어간 적은 없지만, 이 집이 다른 집들과 똑같아 보일 때 이 앞에 서 있던 적은 한 번 있다. 초인종 옆에는 여전히 '볼코프 가족'이라고 쓰여 있다.

나는 집의 내부가, 그 공허와 슬픔이 두렵다. 입구 벽에 그의 부모님과 형제자매 사진들이 걸려 있다. 이반과 사샤, 니카는 21세, 14세, 9세였다. 이반의 웃는 얼굴을 보니 머리가 핑 돈다. 그가 웃을 때면 온 얼굴이 빛났고 눈 속에 든 얼음이 녹았다. 내가 사고에 대해 말한 적이 없으니 이다는 아마 아무것도 모를 것이다. 하지만 이곳이 좀 다르다는 것, 여기에 가족이 살지 않는다는 것은 느낄지도 모른다. 그래도 질문은 하지 않는다. 음식 냄새도 나지 않고 다양한 크기의 신발이나 그 외 잡동사니도 없으며 소란스럽지도 않다. 이곳은 숲과 가을 향기를 풍긴다. 빅토르가 종일 환기를 하는 모양이다. 깨끗하고, 잘 정리되어 있고, 싸늘하고, 무엇보다도 조용하다. 거실 티브이 탁자 옆 선반에 디브이디와 책과 사진들이 몇 개 간간이 세워져 있거나 눕혀져 있지만, 이미 많은 것을 정리한 듯하다. 빅토르는 우리가 집에 들어온 뒤로 뭔가 이상하다. 평소보다 더 그렇다. 그는 언제나 이상하고 주변과 거리를 두기는 하지만, 그 거리감은 이제 새로운 차원으로 도약한 듯하고 무척 산만하다.

빅토르: 소파에서 자도 괜찮겠어? 아니면 내 매트리스에서 잘래?

나는 그의 부모님과 형제자매의 침실이 이미 정리되었는지 아니면 그대로인지 궁금하다. 아마 후자일 것 같다.

나: 소파면 돼. 고마워.

빅토르: 이불과 옷을 소파에 가져다 둘게. 욕실은 위층 오른쪽이고, 수건은 세면대 아래 수납장에 있어. 부엌에는 먹을 게 있으니까 알아서 가져다 먹어.

빅토르는 한 번에 층계를 세 칸씩 뛰어넘으며 위층으로 올라간다. 그가 위층에 도착하자 이다가 그 뒤를 따라 터벅터벅 올라가서 욕실로 들어간다. 나는 소파에 자리를 잡고 그냥 앉아 있다. 맞은편의 하얀 벽을 바라보는 동안 몇 분이 흘러간다. 빅토르가 옷과 이불을 가지고 계단을 내려와 나에게 건넨다. 그의 눈빛이 "미안"이라고 말한다. 나는 "괜찮아"라고 대답하고 싶다. 내 눈빛이 "괜찮아"라고 말했기를 바란다.

빅토르: 난 할 일이 좀 있어. 먹을 건 부엌에 있어.

나: 알았어.

그가 "잘 자"라고 말하고, 나도 "잘 자"라고 말한 다음 그가 몸을 돌린다. 나는 이번에는 한 번에 한 칸씩 천천히 계단을 올라가는 그를 쳐다본다.

"고마워." 내 말에 그가 잠깐 발걸음을 멈추지만 돌아보지는 않고, 나지막하게 "미안"이라고 말하고는 계속 올라가 눈에 보이지 않게 사라진다.

그는 이다에게는 밤비가 인쇄된 니카의 노란 잠옷을, 나에게는 그가 수영장에서 자주 입는 와인색 나이키 트레이닝복을 가져다주었다. 이다가 몸에 수건을 감고 계단을 내려와, 말없이 잠옷을 입고 소파에 누워 이불을 둘둘 감고 눈을 감는다. 이다는 아무 말도 하고 싶어 하지 않는다. 나는 이다의 숨소리에 귀를 기울이다가 한 시간이 지나 마침내 이다가 잠들자 샤워를 하러 간다. 영원처럼 생각될 만큼 긴 시간 동안 뜨거운 물과 차가운 물을 번갈아 맞다가 마지막에 찬물로 샤워를 끝내고, 빅토르의 트레이닝복을 입고서 이다 옆 소파에 등을 대고 누워 천장을 노려본다. 얼마나 끔찍하게 개같은 하루인가. 나는 그해 여름을, 끈적끈적하게 더웠던 5년 전의 여름

을 생각한다. 끈적거리던 여름이 갑작스럽게 끝나버린 마지
막 날을, 이반과 함께한 마지막 날, 8월 8일을. 무덥고 습한 날
이었다. 마를레네와 이반은 자주 그랬듯이 내 일이 끝나자 나
를 데리러 왔고, 우리는 함께 호숫가로 향했다.

호숫가에 도착해서야 이반이 다음 날 가족과 함께 친척을
방문하러 일주일 동안 러시아로 간다는 말을 꺼냈던 것을 나
는 아직도 기억한다. 원래 같이 갈 생각은 없었지만, 안 간다
고 하니 엄마가 너무 섭섭해서 가는 거라고 했다. 마를레네
와 나는 그가 여전히 가족과 함께 여행을 간다고 놀렸다. 하
지만 물론 진심이 아니었다. 사실 우리는 그게 좋다고 생각했
고, 그가 좀 부러웠다. 마를레네는 열네 살인가 열다섯 살부
터 부모님과 사이가 좋지 않아서 심리치료를 받기까지 했다.
가족을 동물로 그리라고 했을 때 그녀는 아버지를 들쥐로, 엄
마를 양으로 그렸다. 마를레네가 부모님과 마지막으로 여행
한 것은 열다섯 살 때였고, 나는 일곱 살이 마지막이었다. 그
때 난 엄마 아빠와 남프랑스에 갔다. 정말 좋았다. 그 후에 마
를레네를 만나러 암스테르담에 갔을 때 우리는 두어 번 북해
에 다녀왔다. 그해 8월의 그날, 호숫가에 누워 하늘을 쳐다보
면서 나는 언젠가 이다에게 바다를 보여주겠다고 다짐했다.

나는 눈을 감고, 이반이 예전에 살던 텅 빈 슬픈 집의 소파
가 아니라 호숫가 풀밭에 누워 있다고 상상한다. 내 옆에는

이반이, 이반 옆에는 마를레네가 누워 있다. 나는 슬픈 거실의 어둠이 아니라, 두껍게 먹구름이 낀 하늘을 본다.

나: 난 언젠가 이다와 여행을 가서 바다를 보여줄 거야. 그 애가 크면 말이야.

마를레네: 이반이랑 나도 같이 갈게. 알았지?

나: 알았어.

이반: 우리 집 차가 크니까 그걸 타고 슬로베니아를 거쳐 크로아티아로 갈 수 있어. 류블랴나를 거쳐 바닷가 피란으로, 거기서 해안을 따라 크로아티아로 가는 거야. 풀라와 메둘린, 리예카로.

우리 모두 등을 대고 누워 먹구름이 움직이는 하늘을 보고 있다. 이반은 우리를 볼 수 없지만, 마를레네와 나는 고개를 끄덕인다. 이반은 중간에, 나는 그의 왼쪽에, 마를레네는 오른쪽에 누워 있다. 나는 이반이 있는 오른쪽으로 얼굴을 돌린다. 이반의 얼굴은 왼쪽을 향해 있다. 우리는 마주 보며 미소를 짓는다.

마를레네: 약속해.

이반: 뭘?

마를레네: 이다와 틸다, 너랑 내가 너희 집 차를 타고 슬로베니아와 크로아티아로 떠나는 거.

이반은 여전히 나와 마주 본 채로 약속한다.

마를레네가 그에게로 몸을 돌린다.

마를레네: 어이! 바람피우면 안 돼!

마를레네는 이반의 얼굴을 양손으로 잡고 자기 쪽으로 돌린 다음 키스를 퍼붓는다.

우리는 늦은 저녁까지 호숫가에 누워 있었다. 마를레네는 자기가 좋아하는 디제이가 디제잉을 하는 알테 바헤 클럽 파티에 기필코 가겠다고 했다. 이반은 다음 날 아침 6시에 가족과 출발해야 했기에, 나는 피곤하고 다음 날 일을 해야 했기에 집에 가려고 했다. 하지만 마를레네를 피할 도리가 없었다. 우리는 '그냥 잠깐 들르기'로 타협하고 얼른 맥도날드에 갔다가 알테 바헤에 들렀다. 그리고 부분적으로 필름이 끊겼다. 마약이 없으면 음악을 제대로 느낄 수 없다며 기필코 조금 하겠다던 마를레네의 모습이 지금도 떠오른다. 이반은 그때 가지고 있는 게 없었고, 우린 잠깐 들르기만 할 작정이었다. 마를레네는 고집을 부렸고, 이반이 약을 가진 사람을 알고 있다고 했다. 마를레네는 우리도 약을 함께 해야 한다고 우겼다. 우린 함께 했다. 그 이후 모든 것이 강렬하고 시끄럽고 이상해졌다. 나는 그 빌어먹을 일을 분명히 겪었는데 그게 어땠는지 거의 기억나지 않는다. 우리가 어떤 약을 했는지도 모르겠다. 아마 LSD였을 것이다. 뒤섞인 감정, 그리고 두려울 만큼 지금도 생생하게 느껴지는 산발적인 장면들만 기억난다. 처음에는 익히 알고 있는 따뜻한 행복감뿐이었다. 하지만 그 감정이 퍼지는 대신 상황이 바뀌었다. 눈을 감은 나는 5년 전부터 가지 않았고 앞으로도 가지 않을 그 숨 막히는 클럽에 다시 와 있다. 블랙 라이트, 번쩍이는 레이저, 베이스, 비트. 비트가 내 핏속에서 심장의 리듬을 결정한다. 마를레네와 이반이 내 옆에 있다. 나머지 전체가 지나치게 많기는 하지만 나는 이 전체와 하나다. 베이스는 스피커가 아니라 내 안에서 나온다. 비트가 더 빨라지고, 내 심장도 더 빨리 뛴다. 멋지다. 비트가 더 빨라지고, 내 심장도 더 빨리 뛴다. 나는 경악한다. 비트가 점점 더 빨라지면 어떻게 되는 거지? 또는 비트가 멈춘다면? 심장이 멎을까? 음악이 멈추면 안 된다. 그러면 이다가 혼자 남는다. 내 심장이 더 이상 뛰지 않는다면 누가 이다를 유치원에 데려다주지? 살아남으려면 나는 여기 있어야 한다. 계속 춤을 취야 한다. 비트를 내 핏속에 흘려 보내야 한다. 하지만 누가 이다를 유치원에 데려다주지? 이반과 마를레네가 내 옆에서 서로 꽉 껴안고 있다.

나는 두 사람을 톡톡 치고, 베이스가 스피커가 아닌 내 안에서 나온다는 걸 보여주려고 양팔을 벌린다.

내가 소리친다: 베이스가 스피커가 아니라 내 안에서 나와!

둘이 웃음을 터뜨린다. 이건 웃기지 않은데.

내가 소리친다: 이건 웃기지 않아.

내가 소리친다: 내 심장이 멎으면 너희가 이다를 유치원에 데려다준다고 약속해 줘.

마를레네가 소리친다: 그 말, 웃기지 않아.

내가 소리친다: 그리고 데려오겠다고 약속해.

어떻게 데려오는 걸 잊을 수 있지?

내가 소리친다: 그리고 너희가 이다를 슬로베니아와 크로아티아에 데리고 가서 바다를 보여주겠다고 약속해 줘!

마를레네가 소리친다: 그 말, 웃기지 않다고.

내가 소리친다: 나도 알아. 이반, 나는 도시 이름을 모두 외웠어. 그러니까 한 곳도 빼놓으면 안 돼. 약속해!

이반이 소리친다: 틸다, 그거 정말 웃기지 않아.

내가 소리친다: 류블랴나, 피란, 풀라, 메둘린, 리예카.

상황이 악화한다. 공간이 좁아진다. 아주 검은 벽들이 나에게 다가온다.

점점 더 가까이 다가오며 공격적으로 춤추고, 나와 같이 춤추는 주변 사람들의 반짝이는 얼굴이 나를 비웃으며 고함을 지른다. 사람들의 뼈가 녹아 형광 올챙이처럼 보인다. 내뼈도 녹는 것 같다. 사방이 뜨거운 물이다. 나는 숨을 쉬지 못한다. 나는 올챙이가 아닌데. 여기서 나가야 한다. 하지만 어떻게? 내 심장은 어떻게 될까? 심장이 너무 빨리 뛴다. 비트가 너무 빠르고 너무 시끄럽다.

나는 여성 디제이에게 음악을 천천히, 소리를 좀 더 줄여 달라고 소리친다. "내 심장"이라고 고함을 지른다.

디제이가 웃는다. 디제이의 얼굴이 달라진다. 파란 눈이 커지면서 갈색으로 변하고, 검은 머리카락도 갈색으로 기다랗게 늘어지고, 얼굴 윤곽은 강하고 나이 들어 보인다. 들창코와 작은 입. 엄마다. 엄마가 나를 비웃는다.

"엄마!" 내가 고함을 지른다.

내가 소리친다: 내 심장! 엄마가 나를 죽이고 있어.

내가 소리친다: 이다는 어떻게 해?

내가 소리친다: 내가 죽으면 엄마가 이다를 돌볼 거야?

누군가 나를 물속에서 건져내자 맑은 공기가 불어온다. 드디어. 나는 바닥에 누워 하늘을 쳐다본다. 빗방울이 떨어진다. 비가 온다. 소나기다. 하늘에서 번개가 친다. 무척 아름답다. 천둥소리. 땅이 울린다. 내가 얼마나 오랫동안 이 사나운 날씨 속에 누워 있었는지 알 수 없다. 3분일 수도, 여덟 시간일 수도 있다. 하지만 이렇게 아름다운 장면을 지금껏 본 적이 없다는 사실은 안다. 그러다가 비가 그치고, 이반이 옆에 누워 내 오른손을 잡고 있다는 것을 깨닫는다. 이반이 얼마나 오랫동안 여기 누워서 내 손을 잡고 있었는지 궁금하다. 나는 모든 것이 괜찮다고, 모든 것이 잘될 거라고 생각한다.

이반: 자, 정신 차려.

그 후에 아무 말도 나누지 않았다면 좋았을 텐데. 가끔 모든 것이 상상이었다고 스스로를 설득하기도 한다. 하지만 단어 하나하나가 모두 내 머릿속에 각인되어 있다. 나는 정확히 그런 말이 오갔다는 것을 알고 있다.

이반: 같이 러시아로 가자.

나: 뭐?

이반: 그러면 너도 여기서 한 번 벗어날 수 있잖아.

나: 너희 차 꽉 찼잖아.

이반: 형이 있을 때는 네 명이 뒷좌석에 자주 앉아. 자리는 충분해. 니카와 사샤는 둘을 합쳐도 어른 한 명보다 자리를 덜 차지해.

나: 마를레네는?

이반: 다섯 명은 너무 많아.

나는 이반 쪽으로 고개를 돌린다. 뚫어지게 바라보는 진지한 눈빛으로 볼 때 농담이 아니다.

그가 내 손을 잡고 나도 그의 손을 꽉 쥐는 순간 마를레네가 온다. "이 배신자들." 그녀가 이반에게 달려들어 키스하면서 소리친다.

마를레네와 이반과 나는 동이 틀 때 들길을 걸어 집으로 왔다. 머리가 복잡하고 시끄러웠다. 6시 직전에 우리는 이반의 집 앞에 도착했다. 짐을 가득 실은 차가 서 있었다. 나는 차에 올라타면 어떤 기분일까 잠깐 상상했다. 아주 간단한 일이었을 텐데. 문을 열고 앉으면 끝. 하지만 마를레네와 이다는? 나는 차에 타지 않았다. 이반과 나는 시선을 주고받았다. 내 시선은 "미안해"라고, 그의 시선은 "괜찮아"라고 말했다. 우리는 그렇게 작별했다.

나는 눈을 뜨고, 퍼렇게 멍든 이다의 뺨을 쓰다듬고 다시 눈을 감는다. 내가 차에 탔더라면 무슨 일이 벌어졌을까. 일련의 사건이 달라져서 사고를 피했을까, 아니면 나도 죽었을까. 이반이 운전을 했는지 궁금하다. 5년 전에 동생과 작별했던 그 집에 내가 와 있는데 빅토르에게 이 이야기를 해야 할지, 하지 않으면 잘못인지도 궁금하다.

다른 날과 마찬가지로 아침 7시에 알람이 울리자, 나는 이곳이 어디인지 바로 알아채지 못한다. 그러다가 노란 밤비 잠옷을 입고 뺨이 퍼렇게 멍든 이다를 보고 나서야 여기가 어딘지, 우리가 얼마나 빌어먹을 하루를 보냈는지 알게 된다.

나는 부엌으로 살금살금 들어가다가 깜짝 놀란다. 빅토르가 초록색 복서 반바지에 흰색 티셔츠를 입고 노트북이 놓인 식탁에 앉아 있다. 그가 고개를 들고 살짝 미소 짓는다. 헝클어진 머리카락과 피곤해 보이는 눈 때문에 어리고 순진한 소년처럼 보인다.

빅토르: 안녕.

나: 안녕.

나는 우리 둘 모두 잘 잤는지 서로 물어볼 엄두를 내지 못해서 다행이라고 생각한다.

빅토르: 커피?

나: 응, 좋아.

자리에서 일어난 그는 어제와 달리 산만해 보이지 않는다.

빅토르: 우유나 설탕은?

나: 블랙으로.

빅토르: 블랙은 생각도 못 했네.

나는 그에게 커피를 어떻게 마시는지 물어볼 필요가 없다.

그가 커피를 가득 따른 큰 컵을 식탁에 놓고 앉자, 우리는 잠시 마주 보다가 서로 눈길을 피한다. 내가 내면에서 느끼는 무거운 불안과 부담이 그의 얼굴에서도 엿보인다. 지난밤에 우리 사이에 어떤 변화가 생겼다는 것을 둘 다 알고 있지만, 뭐가 변했는지 그에게 물어볼 용기가 나지 않는다. 이다가 온다. 밤비 잠옷을 입은 채 부엌으로 터벅터벅 걸어오는데 뺨은 이제 진한 파란색이고 약간 부어 있다.

나: 잘 잤어?

이다는 시선을 바닥에 고정한 채 내 옆에 앉는다.

빅토르: 배고파?

이다가 어깨를 으쓱한다.

빅토르: 콘플레이크?

끄덕끄덕.

빅토르: 시니 미니스, 아니면 콘푸로스트?

이다: 시니 미니스.

빅토르가 일어나 머리를 긁적이고는 이다에게 시니 미니

스와 우유, 숟가락과 얼굴이 그려진 노란 그릇을 준다. 이 그릇은 우리 집에도 있었다. 파란색과 노란색 그릇. 언젠가 알디 슈퍼마켓이나 치보 카페에서 팔았던 것 같다. 처음에는 파란 그릇이, 그다음에는 노란 그릇이 깨졌다. 파란 그릇은 늘 그랬듯이 엄마가 바닥에 떨어뜨렸다. 엄마는 어린아이보다 더 부산하니, 사실 우리 집에서는 플라스틱 그릇만 사용해야 한다. 노란 그릇은 내가 어릴 때 순진한 마음에 집에서 술을 감추면 엄마가 술을 마시지 않을 거라고 생각하고 감췄을 때 엄마가 나에게 던져서 깨졌다.

이다: 혹시 시니 미니스와 콘푸로스트를 섞어도 돼?

이 질문이 그에게 치명적이었던 것 같다. 빅토르는 눈을 휘둥그레 뜨더니, 내가 지금까지 한 번도 본 적 없는 감정의 동요를 보인다. 이내 고개를 끄덕이고 찬장에서 콘푸로스트를 꺼내 온다.

우리는 말없이 식탁에 앉아 있다. 이다는 그릇에 시선을 고정한 채 콘플레이크를 떠먹고, 나는 차라리 혀를 데면 신경이 다른 곳으로 쏠릴까 싶어 뜨거운 커피를 물처럼 마신다.

빅토르가 관자놀이를 문지른다. 그의 새파란 눈동자가 내 눈빛과 불쑥 부딪치더니 뾰족한 고드름처럼 나를 파고든다.

빅토르: 틸다, 안 되겠어. 너희가 여기 있는 거. 이다가 저 잠옷을 입고 있는 거. 누군가 다른 사람이 너희를 도와야 할

것 같아. 나는 도울 수 없어. 미안해.

나는 자리에서 벌떡 일어난다.

나: 이다, 일어나. 가자.

이다는 마치 그 말을 기다렸다는 듯이 숟가락을 그릇에 바로 떨어뜨리고 의자에서 곧장 일어나 내 손을 잡는다.

나: 잘 있어, 고마워.

이다: 잘 있어, 고마워.

빅토르: 미안해.

나: 나도.

우리가 문을 나설 때, 나는 그가 여전히 문간에 서 있다는 것을 느낀다. 내가 몸을 돌리고 말한다.

나: 네 성은 너와 잘 어울려.

그가 슬프게 미소 짓는다.

빅토르: 그러면 도망쳐.

트램에 거의 다 왔을 때에야 나는 이다가 아직도 밤비 잠옷을, 나는 붉은 트레이닝복을 입고 있다는 걸 깨닫는다.

이다: 빅토르 성이 무슨 뜻이야?

나: 늑대.

이다가 고개를 끄덕인다.

이다: 불쌍한 늑대.

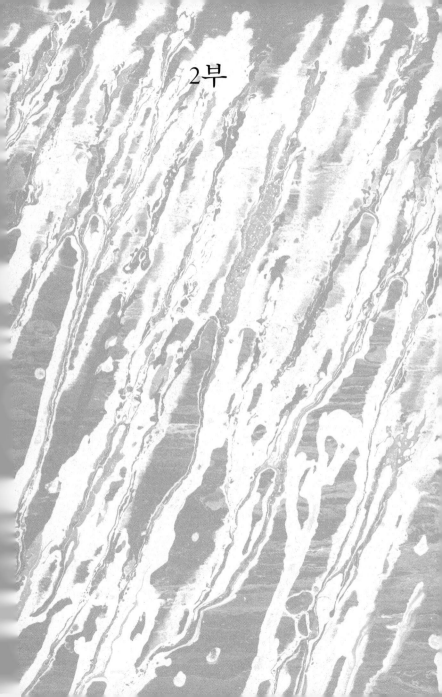

2부

당근, 방울토마토, 양송이버섯, 사과, 전지 우유, 전지 우유, 토파스 시리얼, 라이언 시리얼, 통밀 토스트, 쌀, 꿀, 본 마망 대황 잼, 과일 요거트, 한쪽 구석에 초코볼 토핑이 들어 있는 요거트, 파울라 바닐라 초콜릿 푸딩, 저지방 크바르크 치즈, 생크림, 휘핑크림, 고다치즈, 빨간 모자 카망베르, 햄, 카프리썬 멀티비타민, 네오지오 미니 게임기. 나는 구매자를 알아맞히지 않고 "48유로 99센트요"라고 말하고는 고개를 든다. 아이 엄마가 나를 보며 친근하게 미소를 짓는다. 옆에 선 어린 남자아이는 한 입 베어 문 햄을 손에 들고 있다. 이 아이는 자기가 지금 얼마나 행복한지 알까.

아버지가 집을 나가기 전에 나는 엄마와 자주 장을 보러 다녔다. 가공육 판매대에서 받아먹는 햄 조각은 장보기의 하이라이트였다. 가끔 슈퍼마켓에서 장을 본 후에 시내 정육점에 가기도 했는데, 그곳 판매원은 나에게 복엽비행기를 주었다. 리옹산 햄과 살라미 한 조각을 돌돌 말아서 줬다는 뜻이다.

네 시간 후에 나는 미라콜리 파스타 대신 그와 비슷한 버전, 시니 미니스, 닥터 오트커 바닐라 소스, 파울라 바닐라 초콜릿 푸딩, 리옹산 햄과 살라미를 계산대에 놓는다. "9유로 27센트"라고 바흐 부인이 말한다. 나는 계산을 한 후에 장 본 것을 백팩에 넣고 역으로 달려간다.

대학 도서관 유리창 너머로 잔디밭에 눕거나 앉아 있는 학생들을 볼 때면 내가 느끼는 감정이 뭔지 잘 모르겠다. 그들의 감정을 나도 아주 잠깐이라도 느껴보고 싶다. 어쨌든 우리 사이에 놓인 것이 유리창만은 아니다. 세미나에서 소개할 석사논문 연구 계획과 목차를 준비해야 하는데, 구체적인 계획은 없고 그저 가고픈 방향만 있을 뿐이다. 나비에와 스토크스의 확률 편미분 방정식을 연구하고 싶다. 내 아이디어가 좋다는 느낌은 들지만 웬일인지 진전이 없다. 아직 너무 모호하다. 내 논제는 베를린 때문에라도 강력해야 한다. 나중에 내가 베를린에 가기로 결정했는데 베를린이 나를 거부할지도 모른다. 하지만 가장 중요한 것을 미루고 있으려니 오늘 내 머리는 연구 계획 작성에 집중하지 못한다. 내 머리는 이다를 생각한다. 이다는 최근 며칠 놀랄 만큼 상태가 좋았고, 엄마와의 일을 기이할 만큼 잘 견뎌냈다. 매일 색깔이 바뀌는 뺨만 아니라면 무슨 일이 벌어졌는지 거의 잊었을 것이다. 목요일 아침에 우리가 밤비 잠옷과 나이키 트레이닝복 차림으로 집에 돌아올 때, 행복로에 들어서자 이다가 물었다. "쓰레기봉투 큰 거 있어?"

나: 뭘 하느냐에 달렸지. 뭐 하려고?

이다: 방을 정리하려고.

그리고 집에 와서는 쓰레기봉투를 가지고 곧장 자기 방으로 가서 정리를 시작했다. 나는 뭘 해야 할지 몰라 부엌으로 갔다. 여전히 저녁상은 차려지지 않았고, 어제와 똑같은 상태였다. 엄마가 잠들어 있는 거실로 가서 잠든 모습을 옆에 서서 지켜봤다. 늘 그렇듯이 잠든 엄마는 너무나 평화롭고 순진하며 무엇보다도 아이처럼 보여서 나는 다시 한번 충격을 받았다. 땀이 맺힌 이마에 머리카락이 한 가닥씩 붙어 있고, 양손을 포개어 뺨에 대고, 가끔은 입가에 미소도 슬쩍 묻어 있다. 분노가 내 몸에 불을 질렀다. 이다는 여전히 무슨 일이 벌어졌는지 말하지 않았다. 나는 이다의 방문을 노크하고 들어가서 침대에 걸터앉아, 이다가 쓰레기봉투에 학용품을 던져 넣는 모습을 몇 분 동안 지켜봤다.

나: 이다, 어제 도대체 무슨 일이 있었어?

이다는 잠깐 동작을 멈췄다가 다시 노트를 쓰레기봉투에 던져 넣고 아주 작게 말했다. "엄마가 나더러 보드카를 사 오라고 했어."

빌어먹을. 이런 종류의 일이란 걸 이미 짐작했었다. 이다가 고개를 저으며 술을 사기에 자신은 너무 어리다고 말하자, 목소리가 너무 작고 겁이 많다며 엄마가 화를 낸다. 그냥 보드카를 훔치라고 하자 이다는 고개를 젓고, 엄마는 더욱 화를 낸다. 모든 게 자세하게 상상이 된다. 그러고 나서……

나: 도와줄까?

이다: 아니.

이다가 꽉 찬 쓰레기봉투를 문 앞으로 끌고 갔다.

이다: 언니는 수영하러 가.

나: 아니, 오늘은 여기 있을 거야.

이다: 아니, 가. 난 아직 여기서 할 일이 있어.

나는 정말로 뭘 해야 할지 모르겠는 데다가, 소파에 누워 편안하게 잠든 여자 때문에 견딜 수 없이 화가 났다. 결국 그냥 수영장으로 향했다. 레인을 스물세 번 수영하고 나서 풀장 가장자리를 흘낏 보니, 빅토르가 출발대에 서 있었다. 내가 고개를 끄덕이자 그도 끄덕였거나 아니면 움찔하고서 물에 뛰어들었다. 나는 풀장에서 나와 젖은 비키니 위에 바지와 셔츠를 걸치고 우르줄라에게 고갯짓으로 인사한 다음 도망쳤다. 집에 와 보니 이다의 방문 앞에 가득 찬 쓰레기봉투 네 개가 있고, 이다는 부엌에 차려진 저녁상 앞에 앉아 누텔라 토스트를 전자레인지에 넣으려고 준비하는 중이었다. 나는 오늘은 그대로 두자고 마음먹었다. 이다는 너무 개같은 일을 겪었으니까.

나: 내일부터 저녁 먹을 때 누텔라는 안 돼.

엄마가 나를 따라 부엌으로 왔다. 이다의 뺨을 보고는 문간을 붙잡고 서는 엄마의 모습이 내 눈에 들어왔다. 엄마는 자기가 전날 무슨 일을 저질렀는지 잊어버리고 있었다. 엄마가 천천히 이다에게 다가가 머리를 쓰다듬으려 했지만 이다가 머리를 뒤로 뺐다. "미안해, 우리 아기 이다." 엄마의 손이 허공에서 멈췄다. 이다는 토스트에 정신을 집중하고서 누텔라를 더 많이 발랐다. 엄마는 잠시 그대로 서 있다가 몸을 돌려 냉장고 문을 열고, 방금 전까지 허공에 멈춰 있던 그 손으로 맥주 캔을 꺼냈다. 그러고 우리에게 등을 돌린 채 부엌에서 나갔다. 나는 빨간 무를 하나 집어 들고 엄마에게 던지는 대신 두 조각으로 으깨고는 엄마 등에 대고 "건배!"라고 외쳤다.

그 목요일 이후로 수영을 하고 돌아오면 다시 저녁상이 차려져 있었다. 엄마는 우리와 함께 식사를 하지 않고 거실이나 발코니에서 맥주와 와인을 마셨고, 발톱에 매니큐어를 칠하거나 티브이를 봤다. 이다와 나는 저녁을 먹으면서 주로 전날 저녁에 본 영화 이야기를 했다. 이다는 영화 속 여자 주인공들이 언제나 '기계나 로봇'처럼 보인다며 좋아하지 않을 때가 많았다. 특히 스노우 화이트 역을 맡은 크리스틴 스튜어트는 이다를 무척 화나게 했다. "언제나 두통에 시달리는 것처럼 보여. 한 번도 웃지 않아. 재미없어." 이다는 재미있는 아이다. 내가 일을 하고 대학교에 있는 동안 낮에 뭘 했는지 물으면 어깨를 으쓱했는데, 그건 그림을 그렸다는 뜻이었다. 이다는 하루 종일 그림을 그렸고, 저녁에는 상을 차렸고, 저녁 식사가 끝난 후에는 내 방에서 나와 함께 영화를 봤다.

이다를 전사로 양육하겠다는 내 계획은 영화를 보는 것 말고는 발전이 없었다. 어차피 그 사건 이후로 베를린은 뒷전으로 밀려났다. 하지만 내가 베를린에 가든 가지 않든 방학 내내 이렇게 지낼 수는 없다. 나는 노트 가장자리에 '베를린'이라고 크게 쓰고, '이다 프로젝트'라는 제목 아래에 요점을 메모한다. 휴대폰(오늘), 도서관(오늘), 규칙?(대화), 새로운 취미(수영 클럽, 격투기?), 날씨가 좋을 때 수영장?(선글라스, 오늘), 방학 동안 할 만한 일?(대학교, 실내 수영장, 하이킹). 나는 노트에 적은 목록을 찢은 다음, 짐을 챙겨 도서관을 나선다. 카페테리아 앞 자판기에서 대학 도서관 비닐봉지를 하나 산 후에 시내로 달려간다. 대형 가전제품 매장인 미디어 마켓에서 스마트폰을, H&M에서 선글라스를 산다. 시립 도서관에 가서 도서 대출증을 만들고, 내가 이다만 했을 때 즐겨 읽은 성장소설 몇 권을 빌린다. 책과 여러 물건들로 가득 찬 대학 도서관 비닐 봉지를 들고 수영장에 가보니 터질 듯이 만원이다. 방학과 무더위는 위험한 조합이다. 오늘 사고를 칠 만한 사람은 없다는 걸 첫눈에 이미 알아보긴 했지만, 풀장을 왼쪽에서 오른쪽으로 세 번 훑어본다. 빅토르가 없다. 그가 우리 동네에 온 이후 수영장에서 안 보이기는 처음이다. 어쩌면 날씨가 너무 덥고 수영장이 너무 붐비기 때문인지도 모른다. 하지만 요 며칠 아무리 덥고 붐벼도 아랑곳하지 않고 풀장에서 레인을 돌지 않았던가. 날뛰던 아이들과 개헤엄을 치던 어르신들이 자유형으로 수영하는 그에게 존경심을 보이며 길을 터주곤 했다. 그의 집에서 자고 온 뒤로 손 인사는커녕 고갯짓도 나누지 않았다. 시선이 마주치면 그는 그저 거의 눈에 띄지 않게 움찔할 뿐이었다. 그걸 알아보려면 아주 자세히 봐야 했다. 나는 이런 상황이 여전히 너무나 화가 난다. 그가 나에 대해 아주 많이 알고 있다는 게, 나의 가장 약한 모습을 봤다는 게 메스껍다. 그런 순간을 보고 나서 나를 더 이상 알고 싶어 하지 않는다는 데 구역질이 난다. 너무 많은 것을 알면 꼭 죽고 마는 그저 그런 마피아 영화에서처럼, 그가 사라졌으면 좋겠다. 사람들을 헤치고 힘겹게 레인을 돌면서 나는 혹시 빅토르가 떠난 건 아닐까 생각한다. 그가 떠났다면 나에게는 다행이지만, 왠지 힘이 빠지는 느낌이다. 무더위 때문에 지친다. 빅토르는 내일이면 틀림없이 다시 수영장에 나타날 테니 더 이상 생각하지 말자고 다짐한다. 대신 대학 도서관 비닐봉지와 이제 곧 시작하게 될 이다 프로젝트를 떠올린다. 나는 레인을 스물세 번 돈 후에 우르줄라 옆에 앉지 않고, 곧장 옷을 입고 백팩을 메고는 대학 도서관 봉지를 어깨에 걸치고 우르줄라에게 말한다. "죄송해요. 바로 가봐야 해요. 할 일이 있어서."

우르줄라: 오늘은 볼 것도 없으니까.

나는 우르줄라의 윙크를 못 본 척하고 고개를 끄덕여 인사한다.

저녁상은 이미 차려져 있지만 이다가 부엌에 없다. 나는 이다의 방문을 빠르게 두 번, 잠깐 쉰 다음 천천히 세 번 노크하고 문을 열면서, 마치 발표를 앞두고 있을 때처럼 살짝 긴장한다. 책상 앞에 앉아 있는 이다가 잘못을 저지른 학생을 앞에 둔 교장선생님처럼 회전의자를 180도 돌린다. 오늘은 뺨이 황갈색이다. 그 개같은 일이 등교하는 마지막 날에 벌어져서 이런 얼굴로 학교에 가지 않아도 되었으니 다행이다. 적어도 타이밍은 괜찮았다.

나는 이다 앞에 서서 꽉 찬 대학 도서관 비닐봉지를 아이 손에 쥐여주고 맞은편 침대에 걸터앉는다.

나: 자, 여름방학이 너에게 힘든 시기라는 걸 나도 알아. 너

는 대부분 집에 있고, 우리가 어디로 여행을 가거나 그러는 것도 아니니까 말이야. 그래서 내가 오늘 고민을 좀 해보고, 어쩌면 네가 새 학교에 갈 준비를 하는 데에도 도움이 될 만한 계획을 하나 짰어. 일단 이 말부터 하고 싶어. 모든 건 제안일 뿐이니까 억지로 할 필요는 없어. 이렇게 하자. 네가 봉지에서 물건을 하나 꺼내면 내가 그게 어떤 제안인지 설명할게. 그러면 네가 그 제안을 어떻게 생각하는지 말하는 거야. 알았지?

이다: 알았어.

나: 잠깐. 아직 아무것도 꺼내지 마. 봉지도 제안 가운데 하나야. 1번 제안. 방학 때 너는 나랑 같이 대학교에 갈 수 있어. 대학교도 방학인데, 나는 대부분 책을 읽거나 석사 논문을 써야 해. 너는 거기서 그림을 그리거나 책을 읽을 수 있겠지.

이다: 제안 수락함.

이다가 분홍색 캣아이 선글라스를 봉지에서 꺼내어 쓴다. 너무나 귀엽다.

나: 2번 제안. 지금 일주일 넘게 비가 오지 않고, 일기예보에서도 더운 날이 좀 더 지속될 거라고 해. 나랑 같이 다시 수영장에 가는 게 어때?

이다: 제안 거절함.

나: 늦은 시각에 가면? 문 닫기 직전에 말이야.

이다: 제안 거절함.

나: 알았어.

스마트폰을 꺼낸 이다는 선글라스를 벗고 휘둥그레진 눈으로 나를 빤히 쳐다본다.

이다: 스마트폰이네?

나: 3-1번 제안. 사실 이건 제안이 아니야. 뭔가 일이 생기면 나에게 곧장 전화하면 좋겠어. 엄마가 펄펄 뛰거나 내가 어떤 이유에서든 전화를 받지 못하거나 먼 곳에 있다면 경찰서에 전화해. 알았지?

이다: 알았어.

나: 3-2번 제안. 원래는 선불폰을 사주려고 했는데, 네가 어쩌면 네 그림을 찍어서 텀블러나 뭐 그런 데에 올릴 수도 있다는 생각이 들었어. 내가 소셜미디어를 개똥처럼 생각한다는 거야 너도 알 테고, 또 너는 그런 걸 하기에는 아직 너무 어려. 하지만 레온 말로, 요즘 예술과 관련된 뭔가를 하려면 이런 플랫폼이 엄청나게 중요하대. 알아? 어쩌면 네가 거기서 다른 사람들과 교류할 수 있을지도 몰라.

이다: 제안을 살펴보겠음.

나는 이다에게 미소를 짓는다.

이다: 언니, 고마워.

우리는 서로 마주 보고 미소 짓는다.

이다가 비닐봉지에서 봉투를 집어 들고 연 다음, 도서 대출증을 꺼낸다.

나: 4번 제안. 네가 여름방학 내내 방에서 그림을 그리거나 나를 따라 대학 도서관에 갈 수는 없어. 제2의 피난처와 제2의 취미가 필요해. 시립 도서관은 무척 좋아. 사람도 적고, 앉아서 쉴 수 있는 소파와 책상이 있지. 너는 이야기를 좋아하고, 나이에 비해 언어 능력이 탁월해. 내 생각에, 너는 책을 더 읽으면 좋을 것 같아.

이다: 제안 수락함.

나: 독서를 시작하기에 좋은 소설을 내가 두어 권 빌려 왔어.

이다: 고마워.

나: 고맙긴. 5번 제안. 우리가 함께 나갈 때마다 너는 나 말고 다른 사람이랑 대화를 한 번 해야 해. 음식을 주문할 때는 네가 전화해야 하고.

이다: 제안 거절?

나: 뭐?

이다가 고개를 끄덕인다.

나: 6번 제안. 스포츠클럽에 하나 가입해. 수영 클럽은 어때?

이다: 거절함.

나는 매트리스에 누워 땀을 흘린다. 바람 한 점, 아주 미세한 바람 한 점조차 불어오지 않는다. 너무나 덥다. 나는 베를린을 생각한다. 이다 프로젝트가 전개되면서 그 도시는 다시 내 머릿속을 점령했다. 이다의 뺨이 퍼렇게 멍든 후에 박사 자리에 지원하지 않기로 결정했지만, 이제 그 생각이 다시 널을 뛰고 있다. 이다와 엄마에게 박사 자리에 대해 설명하고, 둘이 어떻게 반응하는지 보는 게 좋을지도 모른다. 나는 눈을 감았다가 다시 뜬다. 너무 덥다. 너무 시끄럽다.

맘바 젤리 한 줄, 복숭아 아이스티, 레몬 아이스티, 전날 산 아이스티 두 병의 50센트 보증금 영수증. 고개를 드니 이다의 얼굴이 보인다.

나: 1유로 60센트. 내가 곧 나갈게.

이다는 고개를 끄덕이고, 늘 그랬듯 딱 맞는 돈을 내 손에 쥐여주고 말없이 바깥으로 나간다.

밖으로 나간 이다는 분홍색 선글라스를 쓰고 슈퍼마켓 앞 벤치에 앉아 있다. 옆에는 스케치북과 작은 노트, 아이스티 두 개, 맘바 젤리 한 줄, 그리고 우리가 레몬을 좋아하지 않아서 지난 며칠 동안 남긴 노란색 맘바 젤리 다섯 개가 들어 있는 대학 도서관 봉지가 놓여 있고, 무릎에는 책 한 권이 올라와 있다. 나는 그 자리에 멈춰 선다. 분홍색 선글라스가 책의 글줄을 따라 움직이고, 이다가 책을 한 장씩 넘기는 모습을 보니 행복하다. 나는 독서가 좋은 제안이 될 거라고 이미 예상했다. 독서는 과거에 나에게 많은 것을 주었고, 지금도 여전히 많은 것을 주고 있다. 지금은 나에게 편안한 집이나 다름없는 수학에 최대한 많은 시간을 쓰지만 이따금 소설을 손에 잡기도 한다. 나는 막 5학년이 되었을 때 『잉크 하트』로 독서를 시작했다. 메기가 큰 소리로 책을 낭독하면 책 속의 대상들이 튀어나오고, 2부에서는 낯선 세계로 들어가기도 하는 설정에 나는 푹 빠져들었다. 방에 혼자 있을 때면 책을 읽으면서 다른 세계로 들어가려고 몇 번이나 시도했으나 한 번도 이루어지지 않았다. 나는 대부분 시립 도서관에서 청소년 책들을 빌렸지만, 우리 집 책장에 있는 책들을 넘겨 볼 때도 많았다. 첫 페이지를 읽고 호기심이 생기면 계속 읽었다. 아버지가 남기고 간 중세 시대 관련 잡동사니가 많았고, 엄마가 고른 제인 오스틴과 브론테 자매의 작품도 있었다. 아버지와 엄마, 평범한 어린 시절 등 많은 것을 잃어버릴 수도 있다는 사실, 안전하고 영원한 것은 없다는 사실에도 불구하고 책은 남는다는 것, 아무도 이 이야기를, 다시 말해서 내가 도망칠 수 있는 이 세계를 빼앗을 수 없다는 사실이 나를 안심시키고 상처 입지 않게 만들어주었다. 빌어먹을 일들이 아무리 많이 닥쳐와도 얼마간의 이 행복은 아무도 빼앗아 갈 수 없다는 사실을 알았다. 그리고 이제 이다도 그 사실을 아는 것 같다. 책을 읽는 동안 많은 감정이 떠오르는 이다의 얼굴과 책을 덮기 전에 페이지 귀퉁이를 접고는 잠시 허공을 바라본 후에야 다시 정신을 차리는 행동에서 알 수 있다.

이다는 거의 매일 나를 따라 대학 도서관에 가고, 내가 석사 논문과 논제를 준비하는 동안 소설에 푹 빠져 지낸다. 시험이 끝난 후에 학생들은 대부분 호숫가나 수영장에 가거나 여행을 떠났고, 이 더운 시기에 과제나 졸업 논문을 쓰려는 사람은 많지 않기에 도서관은 상당히 한산하다. 이다와 나는 말을 주고받지 않는다. 벽시계가 6시를 가리키면 이다는 책을 비닐봉지에 넣고 자리에서 일어나 기대에 찬 눈길로 나를 본다. 나는 책과 노트와 연필을 백팩에 넣고 이다와 함께 도서관에서 나온다. "진전이 있어?" 이다는 정류장으로 가는 길에 반드시 이렇게 묻는다. 나는 고개를 끄덕이거나 젓는다. 최근에는 책과 논문을 두루 읽으면서 무엇보다도 나비에와 스토크스 방정식의 폭발하는 해에 관한 현상을 이해하려고 애쓴다. "소설이 좋아?" 내가 물으면 이다는 대체로 고개를 끄덕인다.

버스에서 우리는 다시 책을 펼친다. 내가 수영장에서 내리고 이다가 자리에 남아 있는 순간이 오면 언제나 마음이 살짝 아프다.

나: 이따 만나.

이다: 이따 만나.

빅토르는 또 보이지 않는다. 벌써 아흐레째다. 나는 슬슬 초조해진다. 작별 인사도 안 하고 갈 수는 없는데. 우리가 친구나 뭐 그런 사이는 아니었지만 최소한 서로 인사하고 평범한 대화도 나누었으며, 이다와 같이 그의 집에 간 적도 있지 않은가. 어느 정도 자발적인 방문은 아니었고 결말이 좋지는 않았지만, 그렇다고 작별 인사도 하지 않고 그냥 갈 수는 없다. 매일 저녁 여기에 오다가 불현듯 나타나지 않는 건 멋없는 행동이다. 이제 그를 다시는 못 보게 될까? 잠깐 고향을 방문했던 것뿐일까? 그 쓸쓸한 집을 팔아버렸나? 어차피 나랑은 상관없는 일이다. 전혀 상관없다. 나는 그저 이 더위가 지나가기만 바란다.

나: 나는 그저 이 더위가 지나가기만 바라요.

우르줄라: 틸다, 내 말 믿어. 다음에 열사병으로 쓰러지는 사람은 내가 될 거야.

요즘은 거의 사흘에 한 번씩 응급 의사가 온다. 대부분 누군가 열사병으로 쓰러지거나, 정신 나간 듯이 노는 아이가 다치거나 아니면 다른 아이를 다치게 했기 때문이다. 어제 어린 남자아이가 3미터 높이의 미끄럼틀 사다리에서 족욕대로 떨어졌다. 나는 그때 들은 충격적인 소리에서 아직 헤어나지 못하고 있다. 아주 둔탁한 소리였다. 엄마의 비명. 우르줄라와 나는 벤치에 앉아서, 갑자기 얼어붙은 풀장의 움직임과 수영을 하거나 발장구를 치던 사람들이 응급 의사가 소년을 데리고 갈 때까지 미끄럼틀에 시선을 고정한 채 풀장 가장자리에 붙어 서 있는 모습을 바라보았다.

우르줄라가 자기 몸과 내 몸에 찬물을 끼얹는다.

우르줄라: 그 아이에게 나쁜 일이 없었으면 좋겠어.

나: 괜찮아요. 다리만 부러졌대요.

우르줄라: 정말? 어떻게 알았어?

나: 어제저녁에 병원에 전화해 봤어요.

우르줄라: 아주 잘했다. 그러면 우리가 계속 알아맞히기 게임을 할 수 있겠구나.

우르줄라: 너는 어떻게 예상해?

다들 어제 그 소년 때문에 충격을 받아서 어느 정도 미친 짓을 조심하는 중이다.

나: 사흘 후에 전형적인 열사병 발생. 아주머니는요?

우르줄라: 나는 내일 주먹질이 벌어질 거라고 예상해.

나: 여기서 주먹질이 벌어진 적은 한 번도 없어요.

우르줄라: 사람들이 예민해져 있잖아. 주먹질을 눈앞에서 직접 본 적은 없지만.

나: 나는 봤어요.

나: 그런데 사실은 서로 주먹질을 한 게 아니라 한쪽의 일방적인 케이오 승리였어요.

이반은 막스, 다른 이름으로는 유스투스의 얼굴에 주먹을 한 방 날렸고 그 애는 의식을 잃고 쓰러졌다. 끈적끈적하게 더웠던 5년 전 여름의 일이다. 무더운 7월의 어느 저녁에 킬리안이 주말농장에서 생일 파티를 열었는데 그날 저녁은 처음부터, 그러니까 이반이 멍청한 알렉산드라이트를 언급했을 때부터 분위기가 심상치 않았다. 나는 이날 저녁을 기대하고 있었다. 레온이 "다음에 만날 때까지"라고 말하고 영원처럼 느껴지는 긴 시간이 지난 뒤 주말을 맞아 베를린에서 돌아왔기 때문이다. 마를레네와 이반과 나는 언제든 대체 가능한 몇몇 인물들과 함께 자주 그러듯이 바닥에 둥글게 둘러앉아 조인트를 여러 번 돌리며 와인을 마셨다. 나는 환하게 웃으며 곧장 다가와 뺨에 입 맞추는 레온에게 미소 지었다. 레온과 마를레네가 킬리안에게 가자, 이반이 불쑥 나에게 말했다. "저 남자, 너랑 안 어울려."

나: 왜?

이반: 몰라. 너무 매끈하고, 너무 즐거워 보여.

나: 말도 안 되는 소리. 나는 뭐 슬프거나 그런 사람만 어울린다는 뜻이야? 그리고 우린 사귀는 사이도 아니야.

이반: 반드시 슬픈 사람은 아니더라도 좀 더 깊이 있는 사람이 어울려.

이반: 그는 너를 보지 못해. 알렉산드라이트를 발견한 문외한이 그게 촛불이나 인공조명을 받으면 루비로 바뀌는 알렉산드라이트라는 사실도 모르고 에메랄드라고 생각하는 거나 마찬가지야.

나: 이반, 도대체 무슨 말을 하는 거야? 그리고 그 빌어먹을 알렉산드라이트는 또 뭐야?

이반: 색깔이 바뀌는, 무척 희귀하고 가치 있는 보석 중 하나지.

나는 부담을 느꼈다. 그가 나를 놀리는 건지, 아니면 진심으로 무척 희귀하고 가치 있는 보석에 나를 빗댄 건지 몰랐으므로 입을 다물었다. 지금까지 나에게 이렇게 아름다운 말을 해준 사람은 없었다. 하지만 그때부터 레온이 왠지 다르게 보이고, 이반에게는 관찰당하는 느낌이었기 때문에 기분이 가라앉았다. 게다가 막스까지 등장했다. 막스는 건방지고, 불쾌하고, 잘난 척하는 개자식이다.

그때 우리는 같은 학년이었는데, 네 시간짜리 역사 수업에서 냉전에 관한 토론 중에 계속 부딪쳤다. 슐츠 선생님은 우리 둘이 수업 중에 포괄적인 수준의 냉전을 치르는 것과 마찬가지라고 말하곤 했지만, 나는 사실 그 누구의 편도 아니었고 그저 막스에게만 반대했다. 막스는 당연히 제국주의자의 편에 섰다. 막스가 부모님에게서―아버지는 변호사, 엄마 직업은 모름―열일곱 살 생일 선물로 흰색 BMW를, 대학 입학 자격시험 때는 시내 한복판에 옛날 양식의 주거용 집을 받고 법학 공부를 시작하자, 나는 그를 유스투스라고 부르기 시작했다. 그는 그냥 잘난 왕족 같은, 전형적인 유스투스였다. 언젠가 무슨 파티 댄스플로어에서 그와 시시덕거리며 키스하는 마를레네를 본 나는 그 둘 사이에 끼어들었다. 나중에 생각하면 조금 지나친 간섭이기는 했다. 하지만 나는 거기서 한 걸음 더 나아가, 계속 그와 만난다면 너랑 붙어 다니지 않겠다고 마를레네에게 말했다. 그 후에 이반이 나타났고, 마를레네는 그를 사랑하게 되어 유스투스를 잊었으므로 그다음 단계를 취할 필요는 없었다. 마를레네는 새 남자에게 완전히 푹 빠져버렸다. 유스투스는 갑작스러운 이별을 상당히 고깝게 받아들였다.

나는 풀장 안과 가장자리에서 정신없이 움직이는 아이들을 지켜보며, 내 피부에 닿는 덥고 무거운 공기를 느낀다. 빅토르와 이반의 얼굴이 떠오른다. 그날 저녁이 왠지 모르게 생생하고 중요하게 느껴진다. 유스투스가 끈적거리던 5년 전의 여름이 아니라 올해 여름에 우리 틈에 끼어 앉은 것 같다.

나는 눈을 감고 마를레네와 이반, 중요하지 않은 조연 몇 명과 유스투스를 내 주위에 앉힌다. 유스투스는 이반에게 기대고 있는 마를레네를 계속 노려본다. 이반이 대체 가능한 조연 중 한 명에게 작은 봉지를 건네자 갈등이 심화된다.

유스투스: 그런데 너는 왜 아직도 딜러 노릇을 하고 있어? 네 형의 사이버 범죄 행위 덕분에 러시아인들의 빈민가에서 이제 탈출했잖아.

이반은 유스투스에게 그저 미소만 짓는다. 그는 늘 차분하다. 그런 점에서 우리랑 다르다.

유스투스: 아마 너희 핏줄에 범죄 성향이 흐르고 있나 봐. 그렇지?

나: 사랑하는 유스투스, 네 아빠야의 BMW와 네 아빠야의 멋진 건물을 가지고 꺼져.

그가 눈에서 불꽃을 뿜으며 나를 쏘아본다.

유스투스: 아이고, 귀여워. 사회적 약자들끼리 뭉치다니 멋지네.

그가 내 손에 있는 와인병을 향해 고갯짓을 한다.

유스투스: 나는 알코올중독자의 아이들은 자기 부모처럼 될까 봐 두려워서 술을 마시지 않는다고 늘 생각했는데 말

이야.

나: 네 아빠야가 설명을 잘못 해줬네. 알코올중독자의 아이들은 대부분 부모보다 더 심각한 알코올중독자가 돼. 그리고 취하면 부모보다 더 심하게 때리고. 사랑하는 유스투스, 그러니까 조심해.

레온: 틸다.

경고하는 말투로 '틸다'라고 말하는 레온. 나는 구역질이 날 것 같다. 바로 그 순간 이반이 민첩한 퓨마처럼 일어나더니 성큼성큼 세 걸음 달려와 주먹으로 유스투스를 단번에 때려눕힌다.

우르줄라: 응급 의사가 왔었어?

나는 고개를 끄덕인다.

이다는 오늘 처음으로 저녁상에 올릴 빨간 무 장미를 만들었다. 무가 자동차에 치인 것처럼 보인다.

나: 네가 빨간 무에게 본때를 보여줬어.

이다가 웃음을 터뜨린다.

이다: 그 사람 다시 왔어?

나는 고개를 젓는다.

나: 내 생각에 그는 아마 함부르크, 아니, 어디든 원래 있던 곳으로 돌아간 것 같아. 우린 아마 그를 다시는 못 볼 거야.

나는 분노를 누르며, 교통사고를 당한 빨간 무를 반으로 자른다. 무는 이제 장애를 입은 작은 심장처럼 보인다.

이다가 고개를 젓는다.

이다: 아니, 난 그렇게 생각하지 않아.

나: 왜?

이다: 작별 인사를 할 거야. 그 사람은 이성적이니까.

나: 우리 아버지들처럼 비이성적이지 않다고?

이다가 화난 표정으로 나를 노려본다. 우리는 원래 우리 아버지들에 대해 말하지 않는다.

특히 이다의 아버지에 대해서는. 그 사람은 존재하지 않으니까.

이다는 그를 한 번도 못 봤고, 우리는 그에 대해 아는 게 전혀 없다.

"나 임신이야. 5개월. 낙태하기에는 너무 늦었어." 어느 날 저녁, 엄마가 거의 감정이 없는 목소리로 말을 던졌다. 나는 어떻게 해야 할지 몰랐다. 엄마가 낙태를 자주 했는지, 술을 마시는 게 태아에게 얼마나 안 좋을지 궁금했다. "이제 술을 마시면 안 돼." 내 말에 엄마가 고개를 끄덕였다. "누구 아기야?" 내가 묻자 엄마는 "어떤 개자식의 아이"라고 대답했다. 계산을 해보니 어떤 남자가 개자식인지 짐작이 가긴 했지만 사실 누구든 별로 상관없었다. 그러니까 이다와 내가 이다의 아버지에 대해 아는 것이라고는 그가 개자식이라는 사실뿐인데, 그것만으로도 충분하다.

나: 이성적이라니, 무슨 말이 그래? 넌 나이에 비해 너무 어른처럼 말해. 할머니 같아.

나는 차에 치인 빨간 무를 입에 넣는다. 먼저 먹던 것만큼 씁쓸한 맛이다.

이다는 어깨를 으쓱한다.

초인종이 울린다. 엄마다. 엄마는 왜 문을 열기 전에 항상 초인종을 누를까? 19시 25분이다.

원래는 언제나 19시쯤에 온다. 지난 며칠 동안 엄마는 일주일을 장염으로 앓고 난 후에 다시 일을 시작한 카페에서 돌아오면, 거의 매일 저녁 우리와 함께 잠깐 앉아 있었다. 내가 카페에 전화해서 엄마 몸의 모든 구멍에서 분비물이 얼마나 많이 쏟아지는지 설명하자 다행스럽게도 카페에서는 의사 진단서를 요구하지 않았다. 일을 다시 시작한 뒤로 엄마는 하도 끔찍하게 굴어서, 옆에 앉으면 우리는 거의 숨이 막힌다. 엄마는 너무 많은 질문을 연거푸 쏟아낸다. "자, 어때?" "자, 오늘 하루 어땠어?" "자, 너희들 오늘 뭐 했어?" 다행스럽게도 '자'를 길게 뽑지는 않았지만, 엄마는 우리 대답에 관심이 없다. 빵을 하나 먹은 다음 "발코니에 잠깐 나가서 저녁 햇살을 즐길게"라고 말하면 우리는 안도의 한숨을 내쉬고 다시 긴장을 푼다. 이번에는 계란프라이도 만들지 않고, 후회 단계도 건너뛴 뒤 '이제부터 나는 다시 쓰레기' 스위치를 바로 눌러서 나는 의아하게 생각한다. 하지만 어쨌든 이다가 잘 지낸다는 게 중요하다.

엄마: 자아아아아, 우리 이쁜이들 어디 있지?

우리는 문 쪽을 돌아본다. 이다의 몸이 뻣뻣하게 굳고 숨이 멈춘다. 이다도 들은 것이다. 엄마가 술을 마셨다는 것. 게다가 그 양이 적지 않다는 것. 지금까지는 언제나 일이 끝나고 나서 우리와 앉아 있다가 발코니나 소파에서 제대로 술을 마시기 시작했다. 나는 붉은색 짧은 원피스 차림으로 히죽거리며 흔들리는 다리로 문간에 서 있는 엄마를 보고 숨을 꿀꺽 삼킨다. 물론 나는 상황이 다시 안 좋아지는 게 그저 시간문제에 불과하다는 사실을 이미 알고 있었다. 최근 며칠, 엄마는 째깍거리는 시한폭탄이었다. 오늘은 아주 요란하게 째깍거린다. 엄마가 우리 옆에 앉자 나는 엄마를 자세히 관찰한다. 화장을 한 무표정한 눈, 상기된 뺨, 땀에 젖은 머리카락.

째깍, 째깍.

엄마는 모든 면에서 너무 과하다. 너무 친절하고, 너무 흥분하고, 너무 시끄럽다. 화장을 너무 진하게 하고, 향수를 너무 많이 뿌린다. 질문은 너무 많이 하면서 대답은 들으려고 하지 않는다. 무엇보다 여기는 너무 덥다. 그냥 모든 것이 너무 과하다. 아직 뚜렷하지 않은 석사 논문 논제, 경련을 일으키는 내 눈, 이제 없는 빅토르. 없어도 나랑은 상관없는 일이지만 한마디 말도 없이 그냥 간 것은 뻔뻔한 행동 아닐까. 괴물이 두려워 입을 다물고 앉아 있는 이다. 괴물은 여기 앉아 웃으면서 이다에게 학교생활은 어땠는지 묻는다.

째깍, 째깍, 째깍, 째깍.

나: 벌써 3주 전에 여름 방학이 시작됐어.

우리는 지난 몇 주 동안 엄마에게 이다가 방학이라고 이미 여러 번 이야기했다.

괴물: 아, 좋겠구나. 그래, 방학에는 뭘 하지?

내가 자리에서 일어나자 이다도 따라 일어나서 내 손을 잡는다.

나: 이다는 아이들이 보통 여름 방학에 하는 일을 하지. 여행을 가고, 할아버지 할머니를 방문하고, 야외 수영장에 가고, 친구를 만나. 하지만 제일 많이 하는 일은 괴물인 엄마를 두려워하는 거야.

이제 괴물은 분노한다. 괴물은 높은 혈중 알코올 농도 때문에 이해가 무척 늦어서 나는 괴물의 얼굴 윤곽이 분노로 변하는 모습을 지켜볼 수 있다. 시끄러워진다.

괴물: 틸다, 넌 괴물이야!

째깍, 째깍, 째깍, 째깍, 째깍, 째깍.

나는 웃음을 터뜨린다.

괴물: 웃지 마, 못된 계집애. 나는 감사라고는 모르는 빌어먹을 아이들을 위해 이렇게 일을 많이 하는데.

괴물이 딸꾹질을 한다.

괴물: 매일 일을 한다고.

딸꾹.

괴물: 나는 훌륭한 엄마야. 이 못된 계집애야.

딸꾹.

괴물: 저녁마다 너희 옆에…….

딸꾹.

괴물: 앉아 있고……

괴물: 일을 너무 많이 해.

째깍, 째깍, 째깍, 째깍, 째깍, 째깍, 째깍, 째깍.

나는 딸꾹질과 혀 꼬부라진 패악질을 보며 울고 비명을 지르고 싶지만, 요란하게 웃음을 터뜨리고 몸을 돌려 이다를 잡아당긴다. 이다도 여길 떠나고 싶어 하니 사실 당길 필요도 없다.

"너희들, 꼴도 보기 싫다!" 괴물이 우리 등 뒤에 대고 고함을 지르고, 뭔가가 바닥으로 떨어진다. 나는 이다에게 "내일 하이킹을 가자"라고 말한다.

나: 미네랄워터와 뮤슬리바, 선크림과 하이킹 지도를 백팩

에 챙겨 산장 식당으로 가서 녹인 치즈를 얹은 스테이크에 믹스 샐러드를 곁들여 먹고 큰 사이즈 콜라도 마시고, 후식으로는 애플파이를 먹고 돌아오는 거야. 잘난 척하는 가족이나 정정한 노부부처럼. 어떻게 생각해?

　이다: 제안 수락함.

예전에, 그러니까 아버지가 우리를 떠나고 이다는 아직 태어나지 않았을 때, 나는 매일 방과 후에 마를레네 집에 놀러만 간 게 아니라 봄과 여름, 가을에 거의 2주에 한 번씩 그 가족과 함께 하이킹을 갔다. 하이킹은 즐거웠지만 슬프기도 했다. 가족의 일원이 아니면서 그 온전한 가정에 끼는 일은 때로 고통스러웠다. 하지만 레온과 마를레네와 내가 마를레네의 아버지인 마르쿠스 아저씨 목덜미에 들장미 열매를 던져 아저씨가 우리를 뒤쫓아 달려올 때면, 또는 녹인 치즈를 산더미처럼 얹은 엄청나게 큰 스테이크가 내 앞에 놓일 때면 나는 그저 행복했다. 마르쿠스 아저씨와 리자 아주머니는 거의 언제나 손을 잡고 다녔는데, 어린 나는 그 모습이 무척 낯설었다. 두 분이 여전히 손을 잡고 있는지 확인하려고 몇 번이나 고개를 돌려 봤다.

잠에서 깨어났을 때, 그 긴 세월이 흐른 뒤 오늘 다시 하이킹을 간다고 생각하니 왠지 모르게 느낌이 이상했다. 하지만 이다와 나란히 서서 땀을 흘리며 산을 오르다 보니 기분이 좋다. 예전에 마를레네의 온전한 가족과 함께했을 때보다 훨씬더. 우리는 온전한 가족이고 전체의 절반이기 때문이다. 우리는 한 가족이다. 우리는 온전한 조직이고 함께 작동한다. 우리 가족의 나머지 일원 때문에 방해를 받을 뿐이다. 그러니우리는 대체로 온전한 가족이다. 66.67퍼센트는. 자매로서는온전하다. 100퍼센트다.

이다: 언니 생각에는 엄마가 언젠가 건강해질 것 같아?

나는 거짓말을 하지 말자고 결심하고 대답한다. "아니."

이다가 고개를 끄덕인다.

이다: 내 생각에도 그래.

나: 우리가 엄마를 도울 수 없다는 사실을 이제 받아들여야 할 것 같아.

이다가 다시 고개를 끄덕인다.

나는 며칠 전부터 머릿속에서 떠돌던 말을 다시 한번 정리하고 입을 뗀다.

나: 이다, 이제 두려워하면 안 돼. 두려워하는 널 더는 보지못하겠어. 너는 강하고 똑똑해. 네가 무슨 생각을 하는지 제대로 말해야 해. 엄마에게도, 또 바깥세상의 사람들에게도.

이다는 바닥만 내려다본다.

나: 엄마가 너를 망치게 그냥 내버려두면 안 돼. 네가 하고

싶은 말을 하고, 네가 하고 싶은 일을 해. 다른 사람들을 두려워할 필요 없어. 너는 사람들을 차분하게 만들 수 있어. 그러니 그냥 말해. 새 학교에 가면 멋져 보이는 반 아이들에게 말을 걸고, 너에게 못되게 구는 아이들에게는 소리를 지르거나. 뭐, 그래, 때려도 돼. 우르줄라 아주머니가 예쁜 옷을 입고 있으면 옷이 예쁘다고 말하고, 아이스크림을 살 때는 판매원에게 두 스쿱 값으로 세 스쿱을 줄 수 있는지 물어봐.

이제 이다는 휘둥그레진 눈으로 바닥이 아니라 나를 쳐다본다.

나: 그리고 내일 수영 강습에 가.

이다는 입을 다물고 있다. 4분 동안. 한꺼번에 너무 많이, 엄하게 요구한 걸까? 하지만 지금 말해야 한다.

나: 클라인 교수님이 나를 베를린에 있는 대학교 박사 과정에 추천하고 싶대.

이다: 그게 무슨 뜻이야?

나: 어쩌면 내가 지원할지도 모른다는 뜻이지.

나: 네가 괜찮다면 말이야.

이다: 언제?

나: 내년에 시작돼.

이다는 말이 없다. 125초 동안.

이다: 박사 과정이 끝나면 언니 이름 뒤에 '박사'가 붙겠구

나. 그렇지?

　나: 맞아.

　이다: 언니가 그렇게 똑똑한지 몰랐어.

　나는 그저 어깨만 으쓱한다.

　나: 나는 수학이 좋아.

　이다: 나는 싫어.

　나: 알았어.

　나: 그러니까, 그 말은 내가 지원하면 안 된다는 뜻이야?

　47초 동안 침묵.

　이다: 언니 바보야? 지원해야지.

　83초 동안 침묵.

　이다: 틸다 슈미트 박사. 이상하게 들리네.

　이다가 킥킥거린다. 나는 목을 꽉 막은 덩어리를 억지로 삼키고, 터져 나오는 눈물을 참으려고 애쓴다.

　이다의 작은 손이 내 손을 잡는다. 우리는 그렇게 손을 잡은 채로 말없이 산장 식당 앞에 있는 마지막 산을 오른다. 우리는 걸음이 빨라서 매일 저녁상을 차릴 것 같은 가족 세 팀과 나이가 많아도 정정한 노부부 네 쌍을 앞지른다. 나는 슬프면서도 행복해서, 행복보다 슬픔이 더 큰지 아니면 슬픔보다 행복이 더 큰지 모른다. 두 가지 감정이 아름답고, 고통스럽고, 도수가 높은 칵테일처럼 뒤섞여 내 몸 전체를 꽉 채워서 분간할 수 없다.

우리는 산장 식당에 말없이 자리를 잡고, 계속 침묵하며 메뉴판을 살펴본다. 요리 가짓수가 많지 않다. 기본 스테이크, 녹인 치즈를 얹은 스테이크, 갈색 소스를 얹은 스테이크가 있고 곁들여 먹는 음식으로는 믹스 샐러드와 구운 감자뿐이지만 3쪽짜리 메뉴판이 마치 장편소설이라도 되는 것처럼 꼼꼼하게 읽는다.

이다: 제안 수락함.

나는 여전히 메뉴판에 열중하고 있는 이다를 바라본다.

나: 무슨 제안?

이다: 월요일에 수영 강습에 갈게.

그런 다음 산장 식당 마당에서 펼쳐진 광경을 나는 평생 잊지 못할 것이다. 분홍색 캣아이 선글라스를 쓴 이다가 손을 들어 검지를 세워 종업원을 부르고, 다가온 종업원에게 크고 또렷하게 말한다. "녹인 치즈 얹은 스테이크 두 개와 큰 사이즈 콜라 두 잔 주세요."

종업원: 샐러드도요?

이다: 네, 그것도요.

우라노프 대공 보드카 한 병, 블랑쉐 로제와인 두 병, 빨간 모자 샴페인 한 병. 신기록이다. 엄마는 날이 갈수록 술을 더 많이 마신다. 이제 클라라의 서점 마섬유 에코백을 이틀마다 한 번씩 가지고 나가서 버려야 한다. 엄마 상태가 좀 더 나았을 때는 일주일에 한 번만 비웠다. 그때보다 더 나은 시절, 그러니까 엄마가 술을 막 시작했을 때는 유리병 쓰레기를 본인이 직접 치웠다. 가장 좋던 시절, 그러니까 엄마가 이다를 임신했다는 걸 깨달았을 때부터 모유 수유를 마칠 때까지는 에코백에 빈 병이 하나도 없었다.

엄마는 내가 열세 살이 되자 빈 병으로 가득한 클라라의 서점 마섬유 에코백을 처음으로 건네며, 등굣길에 얼른 비울 수 있을 거라고 했다. 유리병을 분리 배출하는 대형 쓰레기통이 학교 가는 길에 있는 것도 아니었다. 엄마가 에코백을 건네기 전에 이미 나는 엄마가 특히 저녁에는 평소와 달리 바보처럼 굴거나 괜히 기분이 좋거나 왠지 공격적일 때가 많다는 걸 눈치챘지만, 엄마가 술을 마신다는 사실을 제대로 깨달은 순간은 같은 반 아이들과 스케이트장에서 술을 마시려고 시도해 본 후였다. 손에 증류주 병을 들고 눈을 반짝이며 웃는 얼굴로 어딘지 모르게 멍청하게 구는 마를레네를 보고 그 사실을 깨달았던 게 지금도 기억난다. 그리고 얼마 지나지 않아 엄마의 음주와 내 운동 가방 옆에 걸려 있는 클라라의 서점 마섬유 에코백은 내 생활의 확실한 일부가 되었다. 서점 에코 백이 아직 꽉 채워지지 않았을 때는 얼마나 안도했던가. 운동 가방에 더해 서점 에코백까지 들고 나가야 할 때면 얼마나 짜증이 났던가. 그게 여전히 똑같은 클라라의 서점 에코백이라는 게 재미있고, 10년이 지나는 동안 그렇게 많은 병을 날랐는데도 가방이 아직도 멀쩡하다는 사실이 놀랍다. 엄마가 음주를 얼마나 오래 지속하는지에 따라 다르겠지만, 어쩌면 내가 전통을 깨고 더 큰 자루를 부엌에 걸어놓아야 할지도 모르겠다.

유리병 쓰레기통은 재미있는 장소다. 튼튼한 서점 에코백과 거의 맞먹을 만큼 재미있다. 평범한 용의자들이 쓰레기통 옆에 차를 세우고 시동도 끄지 않은 채 뛰어내려, 증거물을 재빨리 처리한다. 눈 맞춤을 철저하게 피하고 인사도 금기다. 타인을 알아서는 안 되는 익명의 장소다. 그 사람이 이웃이든, 예전 지리 선생님이든. 서점 에코백을 백팩에 쑤셔 넣고 있자니 머릿속이 다시 복잡해진다. 내가 이다를 이 에코백과 병과 엄마 옆에 홀로 남겨둬도 될까?

식탁에서 다 프라토와 자브치크의 『무한 차원의 확률 방정식』을 훑어보는데 엄마가 부엌으로 온다. 엄마는 오늘 일을 쉰다. 나는 신경이 곤두선다. 18시 30분. 이제 강습이 시작되겠지. 원래 이다를 실내 수영장에 데려다주려고 했지만 이다가 혼자 가겠다고 했다. "하려면 제대로 해야지." 이다가 한 말이다. 벽에 걸린 시계가 18시 31분을 가리킨다. 나는 이다가 강습에 참가하기를 진심으로 바라지만 왠지 느낌이 좋지 않다. 엄마가 식탁에 앉자, 나는 베를린 이야기를 어떻게 꺼내는 게 제일 좋을지 궁리한다. 아직 완전히 결정한 건 아니지만 일단 방향은 정하고 싶다. 엄마는 어차피 관심도 없을지 모른다. 나는 책을 덮고 할 말을 준비한다. 엄마가 대형 슈퍼마켓 광고지를 넘긴다. 구미가 당기는 특별 할인 품목을 찾는다기에는 넘기는 속도가 너무 빠르다. 그러다가 불쑥 말한다. "나, 만나는 사람이 있어."

나는 숨을 꿀꺽 삼킨다. 이런 종류의 말이 나올 거라고 이미 예상했다. 늘어나는 술병, 지나치게 좋은 기분, 들뜬 표정, 화장과 향수, 이 모든 것으로 미루어 볼 때 그랬다. 이게 결국 어떤 결과로 이어질지 우리 둘 다 알고 있다.

나: 어디서?

엄마: 일하는 카페에서.

엄마에게 남자들이란 트리거 역할을 하는 검붉은 천이다.

엄마: 틸다, 이번은 달라.

틸다: 여덟 번째.

엄마: 아, 틸다.

틸다: 아, 엄마. 어떻게 될지 우리 둘 다 알잖아. 이번은 다르니까 모든 게 멋지고 아름답겠지. 그러다가 그 남자가 떠나고, 엄마는 쓰러지고, 항우울제를 복용하고, 이다와 내가 빌어먹을 온갖 뒤처리를 해야 할 거라고.

엄마: 그 말은 부당해.

나: 그래, 엄마. 이건 부당해.

나는 자리에서 일어나 부엌을 나와, 운동화를 신고 달리기 시작한다.

분출하지 못한 분노는 나를 갈기갈기 찢는다. 그래서 나는 달린다. 있는 힘껏 빨리 달린다. 내 안에는 힘이 전혀 없는데도 행복로를 질주해서 숲 입구로 올라간다. 기력이 없다는 것을 더는 느끼지 못한다. 오로지 분노뿐이다. 눈물과 땀 때문에 눈이 따끔거린다. 숲길의 초록이 나를 완전히 에워싸는 순간, 나는 무거운 분노가 조금 빠져나가는 것을 느낀다. 숲길을 달려 올라간다. 맞은편에서 오던 남자가 히죽거리며 엄지를 치켜세우자 나는 그에게 중지를 올려 응수한다. 내 폐가, 허벅지가 불타는 것 같다. 목적지인 숲속 빈터가 보인다. 마지막 스퍼트를 낸다. 위쪽 빈터에 도착한 나는 양팔을 벌리고 눈을 감은 채 빙빙 원을 그리며 돈다. 그러고 분노를 내보낸다. 분노를 소리쳐서 쏟아낸다. 고함을 질러 분노를, 이 빌어먹을 분노를, 빌어먹을 몸에서 몰아낸다. 개같은 소시민들이 사는 이 개같은 소도시를 향한 분노를, 엄마 노릇도 못 하고 파울라 바닐라 초콜릿 푸딩을 사는 대신 술을 마시고 사랑에 빠지기나 하는 엄마를 향한 분노를, 빌어먹을 입 좀 열라고 말하고 싶은 이다를 향한 분노를, 내가 이 개같은 소도시의 엄마 옆에 혼자 내버려둘 수 없는 그 아이를 향한 분노를, 말도 없이 그냥 사라진 빅토르를 향한 분노를, 모든 것을 향한 분노를, 그리고 무엇보다도 너무 아름답고 너무 좋은 향기를 풍기는 이 숲을 향한 분노를. 나는 숲에서 달려 나간다. 행복로를 따라 내려가 우울한 우리 집을 지나고 행복한 가족들이 사는 새 주택가도 지나서 이제 행복한 가족이 살지 않는, 불빛도 새어 나오지 않는, 그리고 무엇보다도 검은 G클래스 자동차가 서 있지도 않은 집으로 달려간다. 초인종을 짧게 한 번 누르고, 2분 동안 미친 듯이 마구 누르다가 입구 계단에 쓰러진다.

한 시간 후에 터덜터덜 집에 걸어와 보니 이다가 우리 건물 현관문 옆쪽 담에 걸터앉아 있다. 나는 이다 옆에 앉는다.

나: 너, 강습에 안 갔지?

이다가 고개를 끄덕인다.

이다: 언니는 무슨 일이야?

나는 고개를 젓는다.

나: 다 괜찮아.

이다: 다 괜찮아질 거야.

이다가 내 어깨에 머리를 기댄다.

마이카 미니 비니 줄줄이 소시지 한 병. 그것뿐이다. 작은 줄줄이 소시지가 채워진 병 하나가 전부다. 어릴 때 그 광고를 보고 광고 속의 아이들처럼 마이카 미니 비니 소시지 한 병이 내 앞에 놓이는 것보다 더 좋은 일은 없을 거라고 상상했던 게 지금도 선명하게 기억난다. 광고 속 아이들은 모두 한 병씩 받았다. 그러다가 내가 이 소시지를 처음 먹었던 날도 눈앞에 떠오른다. 마를레네의 일곱 번째 생일에 그 집 정원에서 열린 생일 파티에서였는데, 너무 많이 먹어서 앉아 있을 수도 없었다. 이 빌어먹을 소시지가 아직도 팔린다니 웃긴다. 오늘 계산대에서 본 물건 중 가장 시대착오적이어서, 구매자를 추측하는 걸 잊어버리고 "3유로 99센트요"라고 말하고는 고개를 든다. 석사 세미나에 참가하는 괴짜 수학 천재 페르디난트의 얼굴을 보고 "안녕"이라고 인사한다.

페르디난트는 고개를 끄덕이고 소시지 병을 백팩에 넣는다. 그는 말수가 매우 적고, 어쩌다 말을 한다고 해도 최소한의 단어만 사용한다. 나는 그게 마음에 든다.

페르디난트: 금요일 준비됐어?

금요일에는 석사 논문 논제와 구성을 소개하는 집중 세미나가 열린다.

나: 거의. 너는?

페르디난트: 거의. 그 후에 하이파이브?

나는 무슨 뜻인지 몰라서 그를 쳐다본다. 우리 관계에 비해 이 질문은 약간 부담스럽게 느껴질 정도지만, 그가 어쩌다 나에게 말을 걸었는데 마음에 상처를 주기는 싫다.

나: 오케이, 네가 원한다면?

그가 당황한 나를 무표정한 얼굴로 바라본다.

페르디난트: 하이파이브는 새로 생긴 술집이야. 다들 거기로 간대.

나는 웃는다. 그는 웃지 않는다.

나: 아, 그렇구나. 오케이.

페르디난트: 오케이, 안녕.

"즐거운 점심 식사를 위해 미니 비니를 잊지 마세요!" 나는 그의 등 뒤에 대고 소시지 광고를 외친다. 그는 물론 반응을 보이지 않는다.

수영장이 있는 정류장에 조금 못 미쳐서 내가 일어서는데,

이다는 버스에 그대로 앉아 있다. 저녁에 수영을 하지 않으면 나는 이 무더운 날들을 견뎌내지 못할 것이다. 아침에 알람이 울릴 때 이미 그날의 열기가 풍겨오면 저녁에 차가운 물에 뛰어드는 순간을 생각하며 자리에서 일어난다. 나는 매일 이다의 마음을 바꾸려고 노력하지만 전혀 먹히지 않는다.

나: 정말 안 내릴래? 주차장이 어제와는 달리 아주 한산해.

이다는 소설에 푹 빠진 표정으로 고개를 젓는다.

나는 버스에서 내려 땀에 젖고 지친 몸으로 통로를 지나가면서 염소 냄새를 들이마신다. 백팩을 우르줄라의 알록달록한 바구니 옆에 던지고, 머리 위로 옷을 끌어 올려 벗고는 머리부터 물에 뛰어들어 레인을 일단 스물세 번 대신 스물두 번 수영한다. 그런 다음 깊은 곳까지 잠수하여 바닥에 앉아서 풀장에서 일어나는 일들을 관찰한다. 오늘은 대체로 균형을 잡지 못하고 버둥대는 아이들의 다리가 많고, 어느 정도 균형을 잡고 흔드는 노인들의 다리가 몇몇 있고, 잠수하는 아이들의 몸과 풀장 가장자리의 이런저런 다리가 보인다. 수영하기 좋은 무더운 날씨에 대부분 그렇듯이 무척 즐거워 보인다. 그때 로켓 하나가 물속으로 발사된다. 누군가의 몸이다. 나는 싱긋 웃고서 힘차게 바닥을 차고 나와 우르줄라 옆에 앉는다. 그가 다시 나타났다. 15일 만에 돌아온 것이다.

나: 내 석사 논문 주제를 찾은 것 같아요.

우르줄라: 뭔데?

나: 나비에와 스토크스 확률론적 방정식의 선험적 한계.

우르줄라가 반응을 보이기까지는 최소한 1분이 걸린다.

우르줄라: 예전에 내가 딸 이름을 엠마라고 짓겠다고 할머니에게 설명했더니, 할머니는 "건강이 제일 중요하지 뭐"라고 하시더라.

나: 딸이 있다는 거 몰랐어요.

우르줄라: 손주도 두 명 있는걸. 사라와 요하네스.

나: 사위도 있어요?

우르줄라가 눈썹을 찌푸리고 나를 빤히 본다.

우르줄라: 사위가 없는데 손주를 어떻게 보겠어.

나: 사위는 아직 아이랑 아내랑 함께 살아요?

우르줄라는 그제야 내 말뜻을 이해한다.

우르줄라: 응.

우르줄라: 사위가 엠마를 떠난다면 내가 마구 두드려 팰 거야.

우리는 마주 보며 고개를 끄덕인다.

빅토르가 레인을 열일곱 번째 도는데, 내 백팩에서 휴대폰이 짧은 간격으로 세 번 울린다. 나는 얼른 휴대폰을 꺼낸다. 이다가 문자를 보냈다. '엄마가 요리를 했어. 새 남자 친구와. 둘이 시끄러워.'

나는 일어나서 흠뻑 젖은 수영복 위에 그대로 옷을 입고, 우르줄라에게 "가야 해요"라고 말하고는 출구로 달려 나온다.

행복로 7번지에서부터 이미 음악 소리가 들린다. 하프트베펠이라는 래퍼의 '나와 내 선글라스'다. 엄마가 왜 하프트베펠의 노래를 듣지? 부엌 유리창에 김이 서려 있다. 나는 전쟁터로 돌진한다. 그들이 거기 앉아 있다. 사랑에 빠진 두 사람이 힙합 그룹 KIZ의 노래를 듣고 있다.

엄마: 틸다, 너 흠뻑 젖었구나. 이쪽은 얀이야.

나는 그의 모든 것이 싫다. 흐릿하고 음흉한 눈빛으로 나를 위아래로 훑어보는 모습, 술배에 너무 꽉 끼는 분홍 폴로셔츠, 와인 잔을 움켜쥐고 있는 그의 오른손, 그리고 무엇보다도 엄마의 목덜미에서 윗옷 속으로 들어가는 그의 왼손.

엄마: 앉아. 시금치를 넣은 팬케이크가 있어. 어릴 때 네가 아주 잘 먹었지.

나: 아니. 나는 계피와 설탕을 넣은 팬케이크를 좋아했어. 시금치는 언제나 개같았다고.

엄마: 우리 틸다 정말 달콤하게 사랑스럽지. 얀, 안 그래?

얀: 캐러멜처럼 달콤하네.

"당신은 개자식이고." 나는 이렇게 대꾸하고 몸을 돌려 나가면서 부엌문을 쾅 소리 나게 닫는다. 복도에서 자기 방으로 달려가는 이다가 보인다. 나는 그 뒤를 따라간다. 우리는 침대에 나란히 앉아, 맞은편 벽의 그림들을 바라본다. 그림 몇 장은 이다의 정리 작업에 희생됐다. 다행스럽게도 분홍색 돼지는 여전히 남아 있다. 백설공주와 라푼젤도 있다. 그 옆에 커다란 새 그림이 보인다. 싹트는 숲의 푸르름 한가운데서 찍은 사진 같다. 광대버섯 뒤에 머리카락이 파란 요정의 얼굴이 보이고, 나무우듬지에는 작은 요괴가 앉아 있다. 숨은그림찾기 같다. 나무와 그 나무의 뿌리가 살아 있고, 나무껍질에서 친근한 눈과 온화한 미소가 보인다. 나무우듬지에 알록달록한 머리카락을 하고 개구쟁이처럼 웃는 요정들의 얼굴이 여럿 보인다. 나는 숲속 우리만의 빈터로 지금 당장 도망치고 싶다. 거기서 열심히 찾다 보면 요정을 발견할지도 모른다. 숲에 가서 요정을 찾지 않는다는 게 우리의 문제 아닐까.

나: 미안.

이다: 나도 그 남자가 개자식이라고 생각해.

나는 웃음을 터뜨린다.

잠자는 숲속의 공주가 있던 자리에는 새로운 그림이 걸려 있다. 수채화다. 거칠고 어두운 강에 뜬 뗏목 그림이다. 뗏목에 요리사 모자를 쓴 소년과 토끼 귀를 한 공주가 있다.

나: 소년이 다시 왔네.

이다가 나를 보며 미소 짓고, 나도 미소로 화답한다.

이다: 드디어 왔어.

이다는 엄마 들쥐 그림도 떼어냈다. 다행이다. 나는 그 그림이 싫었다.

나: 뭐 좀 먹었어?

이다가 고개를 젓는다.

이다: 내가 상을 차리려고 했는데.

"난 너를 서니라고 부르고 싶어. 아, 아, 아, 아, 아. 지금부터 모든 게 쉬워질 거야. 이제 더는 네가 없으니까. 아, 아, 아, 아." 래퍼 크로의 노래가 부엌에서 들린다.

나: 되너 케밥 먹을래?

이다가 고개를 끄덕이고 벌떡 일어난다.

나도 일어났는데, 이불에 짙은 얼룩이 보인다. 나는 여전히 젖은 수영복을 입고 있다.

나: 이런, 빌어먹을. 미안해.

이다: 괜찮아. 이제 내 침대에서 수영장 냄새가 날 테니까.

며칠 전부터 눈에 경련이 일어나는데, 이 떨림을 멈출 수가 없다. 죽을 만큼 지쳐서 침대에 누워 잠들려 해보지만, 온갖 생각과 부엌에서 들리는 독일 랩 세대 플레이리스트 소리가 내 피곤함보다 더 크다. 나에게 다가오는 것은 신선한 공기가 아니라 한 자리에 머물면서 흔들리는 열기뿐이다. 연구 계획은 이제 완성됐지만 '이다 프로젝트'는 막혀서 덜컹거리는 상태다. 이다는 받아들인 제안들을 실행하긴 하는데 어딘지 모르게 내가 예상했던 것보다 그다지 효과적이지 않다. 대학교에 기꺼이 같이 가고 책을 무척 많이 읽지만 성격이 외향적으로 바뀌지는 않았다. 아주 오래전부터 수영장에 가지 않고 더운 날에는 무엇보다도 독서와 그림 그리기로 시간을 보낸다. 다른 아이들처럼 수영장에 뛰어드는 게 아니라 침대에서 맡는 수영장 냄새에 기뻐하는 걸 보니 내 마음이 아프다. 그렇다고 이다가 불행해 보이는 건 아니다. 오히려 반대다. 학교 수업을 마치던 날부터 기분이 상당히 좋다. 나는 이다가 여러 번 차렸던 저녁상을, 차에 치인 듯했던 빨간 무를 생각한다. 이다의 방문 앞에 놓였던 쓰레기봉투 네 개를, 뗏목에 탄 요리사 소년과 토끼 귀를 한 공주 그림을 떠올린다. "싫어"라고 소리치는, 다시 공주로 바뀐 토끼를 생각한다. 내 옆에 앉아 "다 괜찮아질 거야"라고 말하던 이다를 생각한다. 정말 다 괜찮아질지 궁금하다.

나는 이다가 나 없이 생활할 준비가 되어 있지 않을까 봐, 무너지는 엄마에게 대처하지 못할까 봐 불안하다. 전자와는 달리 후자가 일어날 확률은 의심할 여지 없이 100퍼센트이고, 아마도 곧 일어날 것이다.

"우린 구름이 다시 보라색이 될 때까지 남아 있을 거야."

가수 마르테리아와 미스 플래트넘, 야샤가 부엌에서 노래한다.

하이파이브. 클라인 교수님이 고개를 끄덕이며 "슈미트 씨, 아주 잘했어요"라고 말한 뒤에, 나는 하이파이브로 가기보다는 모든 참가자와 멋지게 하이파이브를 하고 수영장으로 도망치고 싶었다. 하지만 이다에게 사회적 능력을 요구하면서 내가 비사회적으로 행동할 수는 없지 않은가. '느긋하게 굴어. 모두에게 기회를 줘.' 나는 굳게 마음먹으며 경련이 일어나는 눈을 여러 번 꾹 감았다가 뜬다. 하지만 복고풍 거실 가구 인테리어를 갖춘 술집에 들어서자마자 이미 후회하는 마음이 든다.

안나는 주거 공동체에 함께 사는 괴상한 남자 이야기를 한다. 그는 지금 피트니스와 요리 강습에 참가하고 있는데, 하루에도 열 번쯤 스무디 메이커를 요란하게 사용하고, 지방을 연소한다는 무슨 허브를 심고, 냉장고에 빨간 줄을 설치해서 불량식품인 안나의 쓰레기와 그의 과일과 채소와 저지방 크바르크 치즈의 경계를 나눈다는 것이다.

안나: 얼마 전에 봤는데, 솜에서 무순이 자라더라고! 그래, 맞아. 너희가 제대로 들은 거야. 솜에서 아주 작은 초록 풀이 나오더라니까. 내 눈을 믿을 수 없었어. 씨가 솜을 뚫고 짠! 하

고 나타난 거야.

　모두 웃음을 터뜨린다. 예전에 엄마와 장을 보러 가면 나는 때때로 《미키 마우스》나 《웬디》 또는 《생쥐에게 물어봐》 같은 잡지를 사도 된다는 허락을 받았다. 한번은 솜에 뿌릴 수 있는 무순 씨가 부록으로 들어 있었다. 엄마는 나와 함께 씨를 뿌렸고, 일주일 후에 감자샐러드에 무순을 올리고 아빠에게 말했다. "우리가 직접 재배한 무순이야." 나는 자리에서 벌떡 일어나 솜이 든 그릇을 가지고 와서 아빠에게 보여줬다. 그날 감자샐러드는 특히 더 맛있었다. 그 후에 나 혼자 장을 보러 갔는데, 뭔가 멋진 부록이 있으면 이따금 사곤 했다. 언젠가 《미키 마우스》 부록으로 투구새우 키우기 세트가 들어 있던 적이 있었다. 안타깝게도 내가 투구새우 알을 사료와 혼동하는 바람에 살아남은 새우는 한 마리도 없었다. 그러니까 부화조차 하지 못했다는 뜻인데, 확실하지는 않다. 어쨌든 무척 실망했던 기억만 남아 있다. 그때 새우들이 부화했는지 아닌지 기억해 내려고 정신을 다 쏟고 있는 사이에 그가 하이파이브로 들어선다. 빅토르가. 통 넓은 베이지색 바지와 품이 큰 흰색 셔츠, 뉴발란스 스니커즈 차림이다. 그는 나를 보지 못하고 카운터 앞의 등받이 없는 높은 의자에 앉아 바텐더와 몇 마디 주고받는다. 바텐더가 그에게 맥주를 내놓는다. 그를 지켜보는 사람은 나만이 아니다. 카운터 옆쪽 테이블에 앉은 젊은 여성 세 명이 그에게 눈독을 들인다. 옷차림으로 봐서 수학은 절대 아니고 법학이나 경영학을 공부할 것 같은 여자들이다. 내 자리에서는 짝짓기 시도가 아주 잘 보이는데, 그 중에서도 특히 딱 달라붙는 검은색 터틀넥 원피스를 입은 갈색 머리 여자가 짝짓기 대상을 찾아 열심히 돌아다니던 중인 듯하다. 왠지 이름이 재클린일 것 같다. 재클린은 친구들과 이야기를 하면서도 빅토르를 바라본다. 그녀가 너무 크게 웃어서 나뿐만 아니라 다른 손님들도 돌아볼 정도다. 자기가 지금 얼마나 차가운 얼음덩이를 조준해서 돌진하고 있는지 재클린은 과연 알까. 나는 이제 곧 벌어질 충돌을 생각하며 히죽 웃는다. 빅토르는 당황해서 역겨운 표정을 지을 것이다. 그러나 쌤통이라며 속으로 히죽거리던 내 웃음은 순식간에 얼어붙는다. 빅토르가 경영학 전공 여학생의 육감적인 눈빛을 눈치채고 달콤한 미소로 화답한다. 그는 무언가 묻는 표정으로 눈썹을 치켜세운다. 혹시 재클린과 시시덕거리는 건가? 그 여자가 자리에서 일어나 그의 옆에 앉는다.

페르디난트: 틸다, 괜찮아?

나: 그럼, 괜찮지. 왜?

펠릭스: 너, 엄청 화난 얼굴이야.

안나: 분위기 제대로 조성하네.

나는 자리에 그대로 앉은 채, 모든 것을 증오한다. 김빠진 맥주를, 이 맛없는 맥주에 지불해야 하는 돈을, 그리고 무엇보다도 그를 증오한다. 너무나 잘 어울리는 흰색 셔츠와 통넓은 베이지색 바지 차림으로, 자아도취에 빠진 표정을 지은 채 카운터에 기대어 있는 그의 모습이 싫다. 그리고 옆에 있는 바보 같은 계집애, 매니큐어를 칠한 손을 그의 어깨에 얹은 그 멍청한 여자도 증오한다. 재클린이라는 이름도 아주 싫다. 그 여자가 빅토르에게 미소 짓는 모습을, 무엇보다도 빅토르가 그 여자에게 미소 짓는 모습을 증오한다. 왜 저 여자에게 미소 짓는 거지? 나는 그가 슬프고 불행하다고 생각했는데. 가족 모두를 잃었잖아. 그런데도 그는 여자에게 미소 짓는다. 둘은 서로를 마주 본다. 그러다가 그의 시선이 내 시선과 만난다. 그가 더 크게 미소 짓는다. 개자식. 나는 웨이스트백에서 10유로를 꺼내고 자리에서 일어나, "나 간다"라고 말하고 나온다. 하이파이브. 술집 이름을 들었을 때 바로 거절했어야 하는 건데. 눈앞에서 놓친 트램도 증오한다.

"어이!"

그의 목소리가 등 뒤에서 들리지만 나는 계속 발걸음을 옮긴다.

빅토르: 또 밤에 혼자 집에 걸어가려는 건 아니지?

기다리는 게 싫어서 다음 역까지만 걸어갈 생각이었지만, 그에게 대답할 기분이 아니다.

빅토르: 택시 불러줄게.

나: 싫어.

빅토르: 여기서 집까지 10킬로미터야.

나: 11킬로미터.

그가 걸음을 빨리해 내 옆에서 걷는다. 우리 사이는 130센
티미터쯤이고, 시선은 둘 다 앞을 향하고, 입은 꽉 다물고 있
다. 그는 우리를 자기 집에서 쫓아냈고 한마디도 없이 사라졌
으며 게다가 재클린과 시시덕거렸다. 나는 먼저 말을 걸 생각
이 추호도 없다.

그가 지난 몇 주 동안 어디에 있었는지, 이번에는 얼마나
머물 건지 궁금하지만 화가 나 있기 때문에 묻지 않는다. 사
실 우리는 친구도 아니고 그가 나에게 말해야 할 의무도 없으
니 내가 화낼 이유는 없다. 하지만 화가 날 때는 불합리한 이
유도 충분한 이유가 되기도 한다.

밤은 이루 말할 수 없이 아름답다. 하늘은 맑고 별들로 가
득하다. 여전히 덥긴 하지만 최근 며칠처럼 불편할 만큼 무덥
지는 않고, 다양한 냄새를 풍긴다. 모든 것이 지금처럼 조용
하고 온 세상이 잠든 듯한 오늘 같은 밤을 위해 살아야 할 텐
데. 모두가 입을 다문 밤, 귀뚤귀뚤 소리를 내는 귀뚜라미밖
에 없는 밤, 그리고 공기 중에 아주 많은 약속이 떠 있는 밤.

빅토르: 틸다, 이러면 안 돼. 한밤중에 사람도 없고 불빛도

없는 시골길을 술을 마신 채 짧은 원피스 차림으로 몇 킬로미터나 걸어서 집으로 가는 거 말이야.

나: 나에게 이렇게 긴 문장으로 말한 건 처음이네. 네가 이런 만연체 문장을 구사할 수 있다는 걸 몰랐어.

빅토르: 변태에게는 그런 도발적인 말투도 안 통해.

나: 이 시간에 나를 찾아내는 변태는 너뿐이야. 게다가 나는 가라테를 할 줄 알아.

그는 말없이 계속 걷는다. 나는 그가 내 농담에 웃지 않아서 살짝 짜증이 난다. 게다가 그를 변태라고 부르고 싶지도 않았다. 하지만 먼저 말을 걸기는 싫다. 원래 집까지 걸어갈 생각이 아니었다. 하지만 45분 후에 다음 역에 도착했을 때 트램이 3분 후에 도착한다는 안내판을 보고서도 우리는 말없이 무시한 채 계속 걷는다. 우리 사이는 이제 약 40센티미터이고, 시선은 똑바로 앞을 향해 있고, 둘 다 입을 열지 않는다. 내가 그에게 다가갔는지, 아니면 그가 나에게 다가왔는지, 그게 아니면 둘 다 서로에게 다가갔는지 궁금하다. 어쨌든 인도의 폭은 내내 똑같다. 내 머릿속은 질문들로 가득하다. 그동안 어디 있었어? 가족들의 침실은 이미 다 치우고 정리했어? 라이젠탈 바구니는 네 엄마가 쓰시던 거였어? 네가 제일 좋아하는 파라다이스 크림은 뭐야? 하지만 나는 이 모든 질문을 그저 꿀꺽 삼킨다. 아무것도 망치고 싶지 않으니까, 밤에 이렇게 침묵하며 나란히 걷는 게 좋으니까. 빅토르도 밤의 산책을 즐기고 있는지 궁금하다.

행복로에 도착했지만 우리 집을 지나쳐서 계속 걷고 싶다. 숲에 들어가서 찾는다면 요정을 두어 명 볼 수 있지 않을까. 하지만 빅토르는 우리 집이 있는 곳에 이르자 걸음을 멈추고 내가 건물 문에 다가갈 때까지 기다린다. 나는 열쇠를 자물쇠에 넣은 다음 몸을 돌린다. 손을 들어 작별 인사를 하고 살짝 미소 짓는다. 그도 작별 인사로 손을 올리고 미소를 살짝 짓고는 말없이 몸을 돌려 걸어간다. 나는 그가 더는 보이지 않을 때까지 뒷모습을 지켜본다. 그는 한 번도 뒤돌아보지 않는다.

일요일 아침, 하늘이 새까맣다. 정말로 칠흑 같다. 너무 어두워서 아침인데도 부엌에 전등을 켜야 한다. 이다와 나는 식탁에 앉아 있다. 이다는 책을 읽고 나는 석사 논문 작업을 한다. 엄마는 티브이를 보는데, 본다기보다는 티브이가 켜져 있는 동안 그냥 소파에 늘어져 있다. 얀은 없다. 둘은 어제저녁에 요란하게 싸웠다. 내가 그 일로 안도하는지 불안해하는지 스스로도 잘 모르겠다. 그 개자식은 화요일에 팬케이크를 먹은 이후로 매일 저녁 일이 끝나면 엄마와 함께 돌아왔다. 둘은 발코니에서 술을 마신 후에 소파나 침실로 자리를 옮겼고, 내가 아침에 이다와 함께든 혼자든 집을 나설 때까지 여전히 자고 있었다. 우리는 서로 피해 다닌다. 부엌은 이다와 나의 영역이고 발코니와 거실은 엄마와 얀의 영역이다. 수요일 아침에 내가 엄마에게 그렇게 말하자 엄마는 그저 어깨만 으쓱했지만, 어쨌든 내가 말한 대로 지키고 있다. 이따금 냉장고에서 음료수를 꺼내거나 칩이나 다른 과자들을 가져가기도 한다. 어제저녁에 엄마가 올리브나 안티파스토로 먹을 만한 게 없는지 물었을 때 나는 그 고상한 말에 크게 웃음을 터뜨렸다. 그리고 나중에 침대에 누워 있는데, 두 사람의 목소리가 점점 커졌다. 둘은 발코니에서 싸우고 있었다. 마리안네라는 사람 때문이었다. 엄마는 얀에게 그 여자에게 가버리라고 했다. 그 이름과 창녀라는 단어가 다시 몇 번 나오더니 현관문을 쾅 닫는 소리가 들려왔다. 우리가 그 개자식을 벌써 떼어낸 걸까, 아니면 어제 일은 그저 의미 없는 취중 싸움에 불과할까. 엄마의 연애는 보통 3주일쯤 지속되지만 늘 예외는 있다. 언젠가 한 번, 거의 3개월이나 이곳에 산 남자 친구도 있었다. 올리버라는 사람이었는데, 다른 건 그럭저럭 괜찮았지만 그도 알코올중독자였다. 내 생각에 얀은 오늘 저녁에 다시 올 것 같다.

10시 55분, 천둥이 치기 시작하고, 11시 23분, 빗방울이 떨어지고, 11시 24분, 소나기가 퍼붓더니 세상의 종말이 다가온다. 우박과 폭우, 천둥과 번개가 한꺼번에 몰려온다. 멈출 기미가 없다. 세상이 정말 끝날지도 모르겠다. 거리에 화분들이 날아다니고 나뭇가지와 쓰레기, 물줄기가 행복로를 따라 흘러내린다. 우리가 편안하게 식탁에 앉아 있는 동안 바깥에서 들리는 사이렌 소리는 점점 더 커진다.

나: 무서워?

이다: 아니. 언니는?

나: 안 무서워.

이다: 왠지 모르게 편안하다. 그렇지?

나: 응, 어쩐지 그래.

세상의 종말은 우리에게 아무 해도 끼치지 못한다.

12시 49분이 되자 폭풍은 지나가고 그저 소나기만 내린다. 날씨가 바뀌었다. 나는 부엌 창문을 모두 열어 시원한 공기가 들어오게 한다.

나: 기분 좋다.

나: 내일 수영장에 갈까?

이다가 고개를 끄덕인다.

이다: 혹시 이제 끝난 걸까?

나: 뭐가?

이다: 뭐긴, 더위 말이지.

그 순간, 엄마가 문간에 나타나더니 냉장고로 향한다. 울어서 눈이 부어 있다.

나: 아마도.

밤이 되자 다시 시원해지고 비 내음을 품은 바람이 다가온다. 나는 크게 웃는다. 비가 들이쳐서 창문을 닫아야 할 때까지 계속 웃는다.

월요일 오후 행복로, 우산으로 무장한 행복한 이다가 맞은편에서 나에게 다가온다. 나는 이다를 못 본 척하고 180도 몸을 돌려 수영장 방향으로 걸어간다. 뛰어오는 자그마한 발소리가 등 뒤에서 점점 더 커지더니 10초 후에는 이다가 조깅을 하다시피 뛰면서 내 옆에서 보조를 맞추려고 한다.

나: 우리 햇살, 어디 가?

이다가 혀를 쑥 내밀어 보인다.

텅 빈 주차장을 보니 이미 예감이 좋지 않다. 평소에 분필로 기온과 수온을 써두는 입구 안내판에 '폭풍우 때문에 닫음'이라고 쓰여 있다.

나: 이런 빌어먹을. 폭풍우는 어제였잖아. 지금 이건 그저 비일 뿐인데.

이다: 다음 주에는 수영장이 문을 닫아.

이제 더는 행복해 보이지 않는 이다가 몸을 돌려 자리를 뜬다.

나: 흠, 그렇다면 우리가 침입하는 수밖에 없지.

예전에 몇 번 무더운 여름밤에 술에 취해서 레온과 마를레네, 그리고 다른 몇몇과 함께 울타리를 넘은 적이 있다. 그때는 세상이 우리 것이고, 뭔가 대단한 것이 우리 앞에 있다고 생각했다. 하지만 당시에 나는 다른 아이들과 달리 내 앞에는 그다지 대단한 게 없을 거라고 이미 예감했다. 나중에 내 앞에 멋진 일이라고는 전혀 없다는 사실을 알았을 때에도 마를레네와 이반과 함께 이곳에 세 번 더 침입했다.

우리는 힘들이지 않고 울타리를 넘어 텅 빈 수영장에 들어갔다. 이다는 부담스러운 표정으로 텅 빈 풀장을, 텅 빈 풀밭을, 블라인드가 내려간 매점을 바라보며 198초 동안 그저 가만히 서 있다. 하지만 곧 풀장을 오래 기다리게 하지 않고 잠수한다. 나는 염소 냄새와 비 냄새를 맡으며 백팩을 벤치에 내던지고, 옷을 머리 위로 올려서 벗고, 머리부터 물에 뛰어들어 깊게 잠수하여 바닥까지 내려가고, 거기 앉아서 풀장에서 일어나는 일을 올려다본다. 균형을 잡지 못하고 버둥대는 아이들의 다리도 없고, 어느 정도 균형을 잡고 흔드는 노인들의 다리도 없고, 잠수하는 아이들의 몸도 없고, 풀장 가장자리에 이런저런 다리도 없다. 그저 즐겁게 잠수하는 이다와 수면을 두드리는 수만 개의 빗방울뿐이다. 평온하다. 그렇게 생각하며, 숨을 쉬지 못해 죽지만 않는다면 여기 아래에 좀 더 오래 앉아 있고 싶다. 바닥을 차고 올라가 레인을 스물두 번 수영한다. 그 후에 몸을 떨면서 한 시간 넘게 우르줄라의 벤치에 앉아 이다를 바라본다. 이다는 잠깐 쉴 때면 나를 보며 환하게 미소 짓고, 나도 미소로 화답한다. 엄청나게 춥고 몸이 떨리지만 이다가 조금 더 있을지 물을 때마다 나는 고개를 끄덕인다. 어차피 일어설 수도 없다. 온수 샤워를 포기해야 하는 게 힘들기는 하지만 잠긴 문을 신용카드로 여는 방법을 이다에게 보여주고 싶지 않다. 수영장 침입, 다른 말로 울타리 넘기만으로도 일단은 충분하다.

집에 오는 길에 나는 되너 케밥 가게 앞에서 걸음을 멈춘다.

나: 피자 먹을래?

이다가 고개를 끄덕인다.

내가 10유로 지폐를 건네자 이다는 망설인다.

나: 방금 수영장에도 침입했잖아. 그러니 패밀리 피자 하나 정도는 쉽게 주문할 수 있겠지.

이다는 화난 표정으로 나를 쏘아보더니 지폐를 받아 구겨서 되너 가게로 간다.

"4분의 1은 내가 먹을 하와이안, 4분의 1은 네가 먹을 버섯, 절반은 같이 먹을 살라미로 만들어줄 수 있는지 물어봐."

나는 이다의 등에 대고 소리친다.

10분 후에 이다는 의기양양한 미소를 띠고 가게에서 나와 피자 박스를 나에게 건넨다.

이다: 4분의 1은 언니가 먹을 하와이안, 4분의 1은 엄마가 먹을 사계절, 절반은 내가 먹을 버섯.

내가 졌다.

나는 즐겁긴 하지만 몸이 꽁꽁 얼어붙은 채, 나보다 더 즐거운 표정으로 커다란 피자 박스를 손에 들고 연석 위를 깡충 깡충 뛰어가는 이다 옆을 걷는다. 곁눈질로 보니 이다는 입꼬리가 올라가며 웃음이 나오려는 걸 참으려 하지만 감추는 데 실패한다. 나는 환하게 얼굴을 빛내는 이 귀여운 생쥐를 바라보며 웃다가 곁눈질로 얼핏 보고 우리 집에 불이 켜져 있지 않다는 사실을 깨닫는다. 이상하다. 엄마는 어둠을 싫어한다. 게다가 강도가 들까 봐 두려워서 외출할 때도 최소한 전등 두 개는 켜둔다. 현관문을 열자 섬뜩한 정적이 흐른다. 놀라서 거실로 달려간 나는 숨이 멎는다. 유리 탁자에는 보드카 병과 플라스틱 인형에 든 자그마한 직사각형 페즈 사탕처럼 보이는 길쭉한 자낙스 알약들이 놓여 있다. 엄마는 원래 술을 많이 마시지 않는 시기에만 잠들기 위해 자낙스를 복용한다. 술을 마시는 대신 잠을 자기 위해서다. 벤조디아제핀과 알코올이 섞이면 위험하다는 걸 엄마도 알고 있다. 작은 격자무늬 종이 한 장, 그리고 그 옆에 파버카스텔 HB 연필 한 자루가 놓여 있다. 내 연필이다. 브룬넨 상표 대학 노트, 가장자리가 비어 있는 그 격자무늬 종이는 내 노트에서 찢은 것이다. 대문자로 'SORRY'라고 쓰여 있다. 'Y'는 하얀 가장자리에, 나머지 철자 'SORR'은 격자무늬에 들어가 있다. 그리고 엄마. 엄마는 이다와 내가 작년 크리스마스에 선물한 말레피센트 잠옷을 입고 소파에 평온하게 누워 있다. 틸다, 침착해. 나는 스스로에게 말한다. 차분하게 숨 쉬어. 들이쉬고, 내쉬어. 이제 정신 차리고 재빨리 행동해야 해. 넌 준비가 되어 있어. 지금 바로 행동해야 한다고. 지금, 지금, 지금. 하지만 나는 그러지 못한다. 움직일 수 없다. 이다를 보니 이다 역시 숨을 멈추고 움직이지 못한다. 그래서 나는 마비 상태에서 벗어난다. 지금 해야 해.

지금: 혹시 남은 알약이 입안에 있다면 꺼낼 것. 나는 양손으로 엄마의 입을 벌린다.

아무것도 없다.

지금: 의식 확인. 당사자에게 크게 말을 걸어볼 것.

"엄마, 엄마." 나는 당사자에게 크게 말을 걸어보지만 반응이 없다.

나: 이다, 응급 의사를 불러. 112에 전화해.

지금: 호흡 확인.

나는 한 손을 엄마의 이마에 놓고 다른 손으로 턱을 들어서 머리를 똑바로 젖히고 당사자, 그러니까 엄마의 머리 위로 몸을 숙이면서 가슴이 오르락내리락하는 모습을 지켜본다. 숨소리가 들리고, 내 뺨에 엄마의 숨결과 눈물 한 방울이 느껴진다.

어린아이가 해서는 절대 안 될 말을 하는 이다의 목소리가 들린다. 준비된 사람은 나만이 아니었다. 이다 슈미트, 행복로 37번지. 엄마가 의식이 없어요. 과다 복용이에요. 자낙스. 알코올. 보드카.

이다: 엄마가 숨을 쉬어?

나는 고개를 끄덕인다.

이다: 숨을 쉬어요.

지금: 안정적인 측면 자세.

침이나 혀에 질식하지 않게 나는 당사자, 그러니까 여전히 내 엄마인 사람을 소파에서 양탄자로 끌어당겨 옆으로 돌린 다음 팔을 직각으로 구부리고, 반대쪽 무릎을 끌어올려 다른 쪽 손목을 그 위에 놓고, 구부린 팔 쪽으로 엄마를 돌리고, 머리를 젖혀 입을 열어서 피와 토사물 또는 침이 흐를 수 있게 한다.

지금: 당사자가 편안하게 호흡할 수 있게 할 것.

나는 창문을 열고 엄마에게 이불을 덮어준다. 그렇게 엄마의 의식과 호흡을 확인하고 안정적인 측면 자세로 양탄자에 눕혀 이불을 덮은 후에 우리는 독을 먹은 백설공주 옆에 머무는 두 명의 난쟁이처럼 쪼그리고 앉는다. 사악한 마녀의 얼굴이 인쇄된 디즈니 잠옷을 입은 엄마는 평온하게 잠든 아이처럼 보인다. 이다의 오른손이 내 왼손에, 엄마의 오른손이 이다의 왼손에, 내 오른손이 엄마의 뺨에 놓여 있다. 우리 셋은 사이렌 소리를 기다린다.

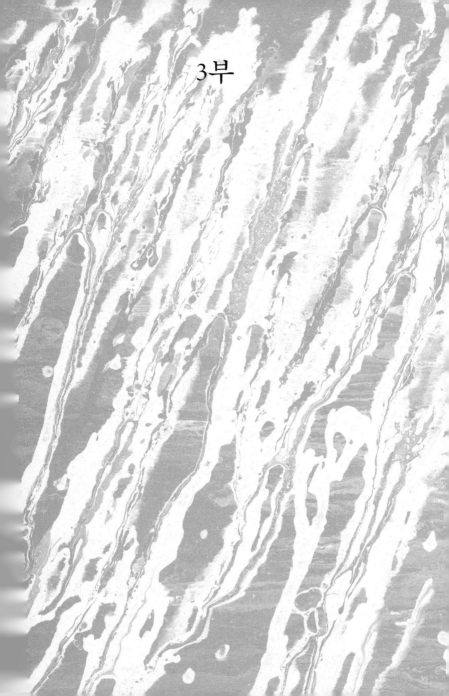

3부

사이렌 소리. 병원. 나는 아무것도 제대로 인지하지 못한다. 사방이 너무 환하고 너무 시끄럽다. 내가 대답할 수 없는 질문, 이해하지 못하는 말들이 너무 많다. 중독. 해독. 두 사람이 딸인가요? 아버지는 어디 있죠? 엄마가 얼마나 오랫동안 의식 불명이었죠? 내 몸이 뜨겁다가 차가워지기를 반복한다. 자리에 눕고 싶다. 나도 엄마처럼 저런 침대에 누우면 좋겠다. 이 사람들이 나도 도와줘야 할 텐데. 내 안에 독이 너무 많다. 나도 해독을 원한다. 해독한 후에는 어떤 느낌일까?

모든 것이 내 옆을 스쳐 지나가고, 이다가 나를 병원 건물 밖으로 잡아당긴다.

버스. 잠. 잠을 자고 싶다.

이다: 우리 내려야 해. 일어나.

일어나기 싫다. 일어날 수 없다. 내 다리. 이다가 나를 버스 밖으로 끌어낸다.

이다: 언니, 얼른. 이제 500미터만 더 가면 돼. 그러면 집에

가서 누울 수 있어.

　내가 나를, 또는 이다가 나를 끌고 집으로 간다. 발걸음을
뗄 때마다 통증이 느껴진다.

　나는 침대에 쓰러진다.

이다: 언니, 몸이 아주 뜨거워. 39.9도야.

말 한 마리가 서 있다. 어떤 남자가 말에 올라앉아 있다. 갈색 고수머리, 암녹색 망토를 걸친 남자. 기사인가? 나는 그의 얼굴을 본다. 아버지다. 아버지가 나를 내려다보지만, 자기 눈과 똑같은 내 눈을 직접 보면서도 나를 알아보지 못하는 것 같다. 아니면 그냥 모르는 체하는 걸까? 아버지가 내 눈과 똑같은 갈색 눈을 돌려, 자기에게 다가오는 어떤 여자를 본다. 여자는 긴 금발이고 빨간 옷을 입고 있다. 두 사람이 마주 보며 미소 짓는다. 둘 사이에 온기가 가득해서 나는 죽고 싶다. 아버지가 그 여자를 말 위로 끌어올리고, 여자가 뒤에 앉아 아버지를 안는 모습을 보자 내 몸에 불이 붙은 듯 고통스럽다. 아버지와 여자가 자기들에게 다가오는 두 여자아이를 향해 몸을 돌린다. 한 아이는 여자처럼 긴 금발 생머리이고, 다른 아이는 아버지처럼 갈색 고수머리다. 설마 두 아이를 말에 태우려는 건 아니겠지? 아니, 그러면 안 돼! 말은 그렇게 많은 사람을 태울 수 없어. 너무 무겁다고. 아이들에게는 따로 말을 주면 될 게 아닌가. 여자와 같이 탈 수 있는 말을. 세 사람의 체중은 기껏해야 140킬로그램일 것이다. 뚱뚱한 남자 한 명과 맞먹는 무게. 나는 고함을 지른다. "안 돼! 그건 동물 학대야!" 하지만 그들은 내 목소리를 듣지 못하고 말을 달려 나에게서 멀어진다. 속이 메슥거리고 몸이 떨리지만 마지막으로 한 번 더 애를 써본다. 나지막하지만 또렷하게 새된 소리가 흘러나온다. "아빠." 하지만 아빠는 듣지 못한다. 아니면, 들으려 하지 않는다. 아빠는 세 여자와 함께 빠른 속도로 멀어진다. 나는 토한다. 몸 안에 들어 있는 게 아무것도 없는데도 토한다. 공허함뿐이다. 그런데도 너무 고통스러워 계속 구역질을 한다. 고통을 토해내야 한다. 내 이마에 손이 놓인다. 작고 차가운 손이다. 그 손이 젖은 머리카락을 내 얼굴에서 밀어낸다.

40.2도.

여자아이 목소리가 들린다: 내가 여기 옆에 있어. 다 괜찮아질 거야.

돌고래가 인쇄된 책가방을 든 다른 여자아이가 보인다. 아이가 행복로를 따라 걸어간다. 이틀 전에 땋은 긴 갈색 머리 그대로인 아이의 얼굴이 슬퍼 보인다. 돌 하나당 두 걸음으로 연석 위를 걷는다. 집 앞에 와서 잠시 망설이더니 덤불에서 라벤더 가지를 뜯어 냄새를 맡고는 바닥에 던지고 신발로 문지른다. 아스팔트에서도 좋은 향기가 나게 하려고 그러는 것이다. 집 앞의 주차 자리가 비어 있다. 일요일에 아이 아버지가 "나, 간다"라고 말하고 가버렸다. 볼보에 오르더니 그냥 갔다. 오늘은 금요일이다. 그날 이후로 엄마는 계속 운다. 하루 종일 운다. 밤새 운다. 아이는 엄마가 도대체 잠은 자는지 궁금하다. 아이가 학교에서 돌아오면 엄마는 침대나 소파에 누워 울고 있다. 대부분은 무척 나지막하게 울어서 잘 들리지 않는다. 울음이 호흡을 대신하는 것 같다. 가끔 크게 흐느낄 때도 있다. 그럴 때면 아이는 흠칫 놀란다. 엄마가 어쩌면 저렇게 많이 울 수 있는지 의아하다. 몸 안에 눈물이 얼마나 많은 걸까. 아이는 우는 일이 거의 없고, 울어도 아주 짧고 나지막하게 운다. 아이는 엄마가 저렇게 많은 눈물을 만들려면 물을 많이 마셔야 할 거라고 생각한다. 하지만 엄마는 물을 마시지 않는다. 일요일부터 마시지도, 먹지도 않는다. 아이가 현관문을 연다. 안에서 잿빛 눈물 냄새가 난다. 아이가 부엌으로 가서 웃는 얼굴이 그려진 파란 그릇과 노란 그릇에 콘플레이크를 넣는다. 우유는 상해서 한 숟가락씩만 넣는다. 엄마가 소파에 누워 있다가 온 힘을 다해 슬픈 미소를 짜내고는 일어나 앉아 아이의 어깨를 쓰다듬는다.

엄마: 고마워, 내 작은 천사.

엄마와 아이는 나란히 앉아 소박한 식사를 한다.

아이는 콘플레이크를 씹지만 삼키기가 점점 더 힘들다. 그저 한 가지만 알고 싶다. 울고 있는 엄마에게 닷새 전부터 이 질문을 하고 싶었지만, 듣게 될 대답이 너무 두려워서 죽이 된 콘플레이크처럼 질문도 계속 삼킨다. 우유 없이 너무 빨리 삼키는 콘플레이크는 숨이 막힐 정도로 뻑뻑하다.

너무 늦어서 숨이 막히기 전에 아이는 재빨리 질문한다. "아빠가 다시 돌아와?"

엄마는 마치 아이가 때리기라도 한 것처럼 움찔한다.

엄마: 아니. 우리 둘은 교수님에게 어울리지 않나 봐.

축축한 냉기가 얼굴에서 느껴진다. 마음에 든다.

나: 더 해줘. 내 피가 끓고 있어.

41.3도.

여자아이 목소리: 차가운 욕조.

찬물이 내 몸을 에워싼다. 누군가 나에게 붙은 불을 끄려고 애쓰고 있다. 나는 고맙다고 말하고 싶지만 힘이 없다. 아버지와 이다와 내가 야외 수영장에 있다. 비가 억수같이 쏟아진다. 수영장에는 우리밖에 없다. 셋이 공 빼앗기 놀이를 하는데, 중간에 있는 나는 두 사람에게서 공을 도무지 빼앗을 수 없다. 이다가 낄낄 소리를 내며 웃는다. 이다가 내 아빠를 아빠라고 부르지만 나도, 아빠도 상관하지 않는다. 이다에게는 아빠가 없지만 애도 아빠를 가질 권리가 있으니까. 이다는 제대로 된 엄마조차 없다. 비가 갑자기 그친다. 물이 흐릿해지고, 발밑의 돌바닥이 불현듯 사라진다. 우리는 인공 호수에 있다. 이번에도 우리밖에 없다. 우리 말고는 네 척의 페달 보트만 드문드문 호수를 떠다닌다. 우리 셋은 당연히 미끄럼틀이 있는 단 한 척의 보트를 향해 수영해 가서 거기 올라탄다.

이다와 나는 느긋하게 페달을 밟으며 호수 위를 떠가고, 아버지는 책을 읽는다. 갑자기 파도가 더 커지고, 물이 더 파랗게 변하고 공기도 바뀐다. 우리 위에는 갈매기들이 새된 소리를 지르며 날아다닌다. 우리는 먼바다에 있다. 해가 비친다. 이다와 나는 곧장 짠물로 미끄러져 내려가 바다와 논다.

아버지가 보트에서 우리를 부른다: 딸들, 우리 함께 바닷가로 이사 갈까? 어떻게 생각해?

나: 엄마는 어떻게 하고?

아버지: 너희는 엄마를 떠나야 해. 엄마는 달라지지 않을 테니까. 내 말을 믿어.

이다: 아빠의 새 가족은?

아버지: 난 그들을 떠날 거야.

나: 안 돼! 아빠, 가족들을 또 떠날 수는 없어!

아버지: 그럴 수 있어. 이제 너희가 결정해야 해.

이다와 나는 서로 마주 보며 같은 생각을 하고, 내가 솔직하게 말한다.

나: 안 돼.

이다: 우린 엄마를 떠나지 않아.

아버지는 어깨를 으쓱하더니 페달 보트를 타고 그 자리를 떠난다. 우리를 먼바다 한복판에, 위험이 가득한 바다에 될 대로 되라고 그냥 내버려둔 채 떠나버린다. 아버지의 등 뒤에 대고 "기다려!"와 "아빠!"와 "우리, 물에 빠져 죽을 거야!"라고 외치지만 아버지는 이미 보이지 않는다. 나는 아버지가 백상아리에게 물려 죽기를 바란다.

이다는 죽으면 안 된다. 아직 너무 어리고 앞날이 창창한 아이 아닌가. "살려줘요!" 나는 목소리가 더는 나오지 않을 때까지 고함을 지르지만 아무 의미도 없다.

나: 해낼 수 있어. 우린 뭐든 할 수 있어. 함께라면.

이다: 언니, 사랑해.

나: 이다, 나도 사랑해.

나: 내 등에 꽉 매달려.

이다가 양팔로 내 목을 감는다. 나는 내가 오래 버틸 수 없다는 사실을 깨닫는다.

그러다가 우리는 수평선에서 우리 쪽으로 다가오는 배 한 척을 발견한다.

여자아이: 40.1도. 어제는 41.3도였어.

남자 목소리: 젠장.

책상 앞에 앉아 있는 여자아이가 다시 내 눈에 들어온다. 조금 더 나이가 들었다. 갈색 머리카락은 이제 어깨까지만 내려온다. 자그마한 플라스틱 벌이 꽂혀 있는, 아이가 직접 만든 밀랍 양초가 앞에 놓여 있다. 아이는 양초가 타는 모습을 지켜본다. 바우만 선생님이 어린이와 청소년은 불장난을 하면 안 되니, 부모님이나 조부모님에게 양초를 선물하라고 말했다. 아이는 양초를 선물할 조부모도 없고 아버지도 없다. 엄마밖에 없지만, 엄마에게는 양초를 주고 싶지 않다. 선물을 받을 자격이 없고, 요즘에는 소리를 지르고 때리기 때문이다.

아이는 엄마가 또 고함을 지르는 소리를 듣는다. 소리가 점점 커지더니 문이 열린다.

엄마가 소리친다: 미쳤어? 집에서 불장난을 하다니. 둘 다 죽일 작정이야?

엄마는 촛불을 불어서 끄고 아이의 뺨을 때린다. 아이는 일어서서 양초를 들고, 뜨거운 밀랍을 엄마 얼굴에 뿌린다.

여자아이: 다시는 나를 때리지 마.

39.2도.

나는 침대에 누워 있다. 이다는 책 한 권을 무릎에 얹은 채 바닥에 앉아 있고, 빅토르는 내 책상에 자기 노트북을 올려놓고 그 앞에 앉아 있다. 내 침대 옆에는 물과 수건이 든 양동이와 오래 사용해 온, 토할 때 사용하는 플라스틱 그릇, 물 한 병, 찻주전자, 이부프로펜 한 통이 있다. 머리가 쿵쿵 울려서 나는 눈을 감는다.

이다와 나와 선원은 해변에 앉아, 바다가 바다 역할을 하는 모습을 지켜본다. 이곳에는 우리밖에 없다. 평화롭고 아름답다. 해변을 따라 한 여자가 걸어온다. 그러다가 멈춰 서더니 바다 쪽으로 몸을 돌려 한 걸음, 한 걸음씩 물속으로 들어간다. 나는 갈색 생머리를, 굼뜬 걸음걸이를 알아본다. 엄마다. 파도와 싸우며 계속 깊은 물로 들어가더니 서툴게 수영을 하기 시작한다. 나는 물에 뛰어들어 엄마를 꺼내 오고 싶지만 그럴 수 없다. 내 몸이, 내 목소리가 말을 듣지 않는다. 나는 말을 할 수 없고 귀도 멀었다. 선원이 벌떡 일어나 해변으로 달려가더니 파도에 뛰어들어, 이제 더는 보이지 않는 엄마를 향해 자유형으로 수영해 간다. 이제 아무것도 보이지 않는다. 내 얼굴을 때리고, 나를 내던지는 물밖에 없다. 위아래가 어디인지 알 수 없고, 파도가 나를 에워싸고 찢으며 깊은 바닷속으로 끌고 들어간다. 내 폐에 가득 찬 짠물이 불처럼 타오른다. 위로 올라가고 싶은데 어디가 위인지 모른다. 어떤 손이 나를 잡고 수면으로 끌어 올린다. 선원의 얼굴이 보인다. 빅토르의 얼굴이다.

빅토르: 틸다, 이제 곧 다 지나갈 거야. 넌 아주 용감해.

그가 차갑고 축축한 수건을 내 얼굴과 다리에 올리고, 이불 커버를 새로 씌우고, 나를 앉히고 부축하여 땀에 젖은 티셔츠를 벗기고, 상체를 차가운 수건으로 서늘하게 식혀주고, 마른 수건으로 닦은 후에 새 티셔츠를 입히고, 다시 베개를 벨 수 있게 눕히고서 커버를 새로 씌운 이불을 덮어준다.

"고마워." 내가 속삭인다.

그가 커다란 손으로 내 얼굴에서 눈물 한 방울을 닦아낸다.

38.9도.

어둠. 밤. 바닥에 놓인 매트리스 두 개. 이다와 빅토르가 잠들어 있다. 나는 이게 꿈이 아니길 바란다.

38.2도.

나는 눈을 뜬다. 빅토르가 내 책상에 자기 노트북을 올려놓고 그 앞에 앉아 있다. 바닥에는 여전히 매트리스 두 개가 놓여 있다. 그러니까, 꿈이 아니었나?

나: 안녕.

빅토르가 몸을 돌린다.

그가 미소 짓는다.

빅토르: 흠, 다시 돌아왔어?

나: 잘 모르겠네.

나: 이다는 어디 있지?

빅토르: 학교에.

나: 엄마는 어때?

빅토르: 안정적이야. 내일이면 해독이 끝나.

나는 다시 눈을 감는다.

휴대폰이 울린다.

빅토르: 이다?

빅토르: 응, 맞아.

빅토르: 아니, 콘킬리에 파스타 말고 알파벳 모양 파스타를 사.

그러는 동안 나는 지금 이 상황이 꿈이라고 거의 확신한다. 팔을 꼬집으니 아픔이 느껴진다. 이상하네.

37.2도.

나는 샤워기 아래에 선다.

몸을 깨우기 위해 처음에는 차가운 물로, 그 후엔 온도 손잡이를 점점 더 온수 쪽으로 돌린다. 몸에 통증이 느껴질 때까지. 거의 끓는 것처럼 뜨거운 물에 땀과 눈물과 악몽, 지난 며칠 동안의 고통이 몸에서 떨어져 나간다. 오물을 한 점이라도 남기지 않으려고 커피와 캐러멜 향기를 풍기는 리렌 브랜드의 '더 이상의 드라마는 없어! 안티 셀룰라이트 보디 필링'을 문지른다. 기름기가 흐르고 헝클어진 머리카락을 샴푸로 두 번 감고, 효과가 좋다는 슈바르츠코프 '2 in 1 재생 트리트먼트'를 사용한다. 트리트먼트를 하는 동안 질병과 토사물의 썩은 맛을 없애려고 리스테린 '클린&프레시' 구강세척제로 5분 동안 이를 닦는다. 발톱과 손톱을 아주 짧게 자르고 사방을 면도한다. 나는 원래 면도하는 일이 드물지만, 어딘지 모르게 위생의 흐름에 휩쓸려 모든 것을 깔끔하게 정리하고 싶다. 머리카락도 자르고 싶지만, 그러면 3분 동안 지속해 온 기적의 고가 트리트먼트가 소용없게 된다. 샤워기 아래에서 나와 김이 서린 욕실에서 몸을 문질러 닦고 니베아 라벤더 보디로션을 바르고 나니, 재생된 것은 내 머리카락뿐만이 아닌 것 같다. 하얀 목욕 가운을 입으니 내가 마치 신생아처럼 느껴진다. 어쩌면 머리카락도 완전히 다 밀어버리는 편이 나았을지도 모른다.

내가 부활하는 동안 이다와 빅토르는 우리 집을 재생시켰다. 환기하느라 창문을 모두 열어서 가을 냄새가 풍겨온다. 식기세척기와 세탁기가 돌아가는 중이다. 깨끗한 옷을 가지러 내 방에 가보니 이다는 방바닥을 닦고, 빅토르는 침대에 하얀 시트를 씌우고 있다. 미심쩍은 이름이 붙은 엄마의 샤워용 제품으로 내가 느긋하게 뷰티 프로그램을 진행하는 동안, 이방인이나 다름없는 사람이 내가 땀 흘리고 토한 방을 치우다니 기분이 좀 이상하다. 그리고 이제 이 이방인이, 하지만 다른 한편으로는 어딘지 모르게 전혀 낯설지 않은 이 사람이 나에게 이루 말할 수 없이 아름다운 미소를 짓는다.

우리가 집을 나서는데, 짙은 안개가 끼어 있다. 가볍게 반짝이는 안개를 보니 그 뒤에 태양이 숨어 있다는 걸 짐작할 수 있다. 몇 년 동안이나 집에서 나오지 않은 것 같은 느낌이 든다. 바깥이 얼마나 아름답고 얼마나 좋은 냄새를 풍기는지 완전히 잊어버리고 있었다. 마지막으로 내가 바깥에 나왔을 때, 끈적거리며 떠나가지 않으려는 여름에게 가을은 무뚝뚝한 폭풍과 비 공격을 몇 번 퍼부었다. 이제 가을과 여름은 친구가 된 듯하고, 늦여름이 자신의 가장 아름다운 면을 드러내 보인다. 가을은 내가 가장 좋아하는 계절이다. 겨울과 봄, 여름도 좋지만 가을은 마법 같다. 가을은 모든 것에 마법을 거는 마법사다. 세상을 바람과 안개와 비로 감싸고, 생명의 냄새를 풍긴다. 초록이 화염으로 바뀐다. 비가 오는 날이면 화염이 갈색과 재색으로 보일 때도 있다. 그러다가 회갈색 날에 햇살이 나타나면 모든 것이 황금빛으로 빛나고 반짝인다. 그리고 향기는 또 어떤가. 마법이다.

나는 안개를 몸안 깊숙이 빨아들이고 그의 배에 오르면서, 우리 목적지가 다른 곳이라면 좋겠다고 생각한다. 이 차를 오랫동안 타고 있을 수 있다면 얼마나 좋을까. 내리는 비를 뚫고 히터가 나오는 좌석에 앉아 차를 타고 간다고, 라디오에서 그다지 좋지 않은 음악과 책 이야기가 흘러나온다고, 맥도날드에서 잠깐 정차한다고 상상하는 사이에 차는 병원 주차장에 도착한다. 이다가 내리고 빅토르와 나는 그대로 차에 앉아 있다. 이다가 내가 앉은 쪽 문을 연다.

이다: 같이 가야지?

내가 차에서 뛰어내린다.

빅토르는 고개를 젓는다: 난 여기서 기다릴게.

이런, 빌어먹을. 나는 정말 무신경하다.

나: 기다리지 않아도 돼. 우린 버스를 타고 돌아갈 수 있어.

빅토르: 주차장에 있는 건 괜찮아. 난 그냥 안에 들어가기 싫은 거야.

이다가 앞장서고 나는 그 뒤를 따른다. 나를 병실로 안내하던 이다가 맞은편에서 오는 의사에게 인사하는 모습을 본 나는 경악할 지경이다. 그러고 갑자기 당당해진 이 작은 아이의 뒤를 따르면서, 병원 주차장에서 차에 앉아 자기 가족을 떠올리고 있을 빅토르를 생각한다. 그를 이런 상황에 처하게 한 내가, 그에게 이반과의 일을 아직 말하지 않은 내가 싫다. 이다는 326호 병실 앞에 멈춰 선다. 나는 병원, 특히 병문안을 좋아하지 않는다. 엄마는 지금 세 번째 이곳에 입원했는데, 그중 두 번은 과다 복용 때문이었고 다른 한 번은 술에 취해서 깨진 유리병 위로 넘어졌기 때문이었다.

병실 문을 열기 전의 이 순간은 끔찍한 공포다. 문을 열면 어떤 장면이 나를 기다리고 있을까? 특정한 이유로 몸의 어딘가에 꽂혀서 내용물을 짜내는 호스들. 소독제, 땀, 병원 식사, 분비물, 오줌 냄새가 뒤섞인 역겨운 악취. 그리고 무엇보다도 내가 보고 싶지 않은 사람. 환자복 아래에는 아무것도 입지 않은 채, 씻지 않아 악취를 풍기며 약한 모습으로 잠을 자고 있을 그 사람. 하지만 내가 문을 여니 엄마는 멀쩡하게 깨어, 청바지와 분홍색 스웨터 차림으로 침대에 앉아 제2공영방송 요리쇼를 보고 있다. 깔끔해 보인다. 머리카락은 슈바르츠코프의 '2 in 1 재생 트리트먼트'를 사용한 것처럼 반짝이고 눈 화장까지 했다.

엄마: 자, 귀여운 내 딸들.

지금 농담하는 건가.

이다: 어때?

엄마: 좋아. 새로 태어난 것 같아. 속부터 모두 깨끗해졌어. 집에 가게 되어서 기쁘다. 물론 너희도 봐서 좋고.

미리 연습한 말처럼 들린다.

이다와 나는 서로 마주 본다.

나: 엄마, 며칠 전에 자살하려고 했잖아.

엄마: 아니야, 말도 안 되는 소리.

나는 눈썹을 치켜올리고 엄마를 노려본다.

나: 자낙스는?

엄마: 그냥 좀 힘든 날이었어. 그 개자식이 도망쳤잖아. 난 자려고 한 것뿐이야.

나는 이다를 생각해서 더는 반박하지 않는다.

엄마: 집에 가자마자 저 요리를 해줄게.

노크 소리가 들린다.

들어온 의사는 잡담에 시간을 낭비하지 않고 곧장 본론으로 들어간다.

의사: 슈미트 부인. 이제 해독이 끝났습니다. 병원에 가서 알코올중독 치료를 받을지 말지 결정하셔야 해요. 병원에 입원하시기를 적극 권합니다. 병원도 몇 군데 추천해 드릴 수 있어요.

엄마는 그 말을 들으려 하지 않는다. 단호하게 고개를 젓고 흥분하며 긴장한다. 두려운 것이다.

의사: 두 따님과 의논해 보세요.

의사가 병실을 나가자 이다가 엄마에게 한 걸음 더 가까이 가서 엄마를 똑바로 보며 크고 또렷하게 말한다.

이다: 병원에 갈지 말지 엄마 혼자 결정해야 해. 우린 엄마가 전문적인 도움 없이는 해내지 못한다는 걸 알아. 그리고 우리는 엄마가 있든 없든 잘 해낼 수 있다는 것도 알고.

이다가 하는 말을 들으니, 틀림없이 할 말을 미리 써서 외운 것 같다. 이다의 이런 행동에 엄마는 그다지 큰 인상을 받은 것 같지 않지만 나는 무척 감탄한다.

엄마: 집에 가고 싶다.

나: 알았어. 그럼 이제 가자.

그가 차에 기대어 담배를 피우고 있다.

엄마: 이 남자가 너희 친구인 빅토르야? 틸다, 잘 낚았

구나.

이런 말을 하는 엄마를 쓰레기통으로 밀어버리고 싶지만 그러기에는 엄마가 아직 너무 약하다.

빅토르가 내 손에서 가방을 가져가고 엄마에게 악수를 청한 뒤 자기소개를 하고는 가방을 트렁크에 싣는다.

이다와 나는 그가 떠나는 게 싫지만 이제 내가 열이 나지 않고 엄마가 돌아왔으니 가야 한다.

이다가 먼저 그를 포옹한다. 그런 다음 우리는 마주 서서 서로를 바라본다. 그가 한 걸음 가까이 다가와 나를 품에 안는다. 나는 "고마워"라고 속삭이지만, 그는 소곤거리는 대신 내 뺨을 쓰다듬고 엄지로 내 흉터를 만진다. 그러고 떠난다. 나는 그의 뒷모습을 바라보며, 내 뱃속에서 나비가 날지 않는다는 것을 느낀다. 단 한 마리도 날지 않는다. 그 대신 적어도 한 마리 이상의 살찐 잠자리가 엄청난 속도로 내 내면을 탐색한다. 나는 이 느낌이 두렵다.

저녁상을 앞에 두고 엄마는 기분이 좋은지 말이 너무 많다. 맛있는 단백질빵, 병원에서 먹은 끔찍한 통밀빵, 싹싹한 간호사 카르멘, 불친절한 간병인 리자와 못된 의사. 의사가 못된 이유는 아마도 진실을 말하고 힘겨운 알코올중독 치료를 권하기 때문일 것이다. 나는 엄마의 수다에 짜증이 나지만 불안하기 때문이란 걸 알기에 좀 안쓰럽기도 하다. 엄마는 이다와 내가 말을 많이 하지 않아서 불안해하지만, 우리는 연극을 할 마음이 없다. 과다 복용, 그리고 'SORRY'라고 쓰여 있던 격자무늬 쪽지 사건 후에 우리는 '만사 오케이'처럼 행동하기를 거부한다.

이다: 엄마, 언제 다시 술을 마실 거야?

누가 더 많이 놀랐을까. 엄마와 나 둘 중에.

엄마: 이다, 그게 무슨 소리니?

이다: 그냥 엄마가 무슨 생각을 하는지 궁금해서. 중독 치료를 받기 싫어하잖아. 그러니 계속 마실 거 아니야?

방금 전까지만 해도 무척 수다스럽던 엄마는 잠시 할 말을 잃고 도움을 청하듯이 나를 바라본다. 하지만 나는 엄마를 도울 마음이 없어서 이다처럼 대답을 기다리는 표정으로 엄마를 본다.

엄마: 당분간은 마시지 않을 거야. 지금 상태가 좋고, 중독 치료 없이도 해낼 수 있어.

그러고는 거짓 웃음을 지으며 고개를 젓는다.

엄마: 그건 어쩌다 일어난 실수였어. 너희는 마치 내가 알코올중독자라도 된다는 듯이 구는구나.

이다와 나는 웃음이 터진다. '실수'가 엄마를 바꾸지는 못했지만, 적어도 이다에게는 뭔가 아주 큰일이 일어난 것 같다.

가을비와 젖은 잎사귀 향기를 풍기는 부드러운 바람이 유리창을 지나서 방으로 들어온다. 시트를 새로 갈아둔 하얀 침대에 누워 빅토르의 냄새를 살짝 풍기는 베개에 코를 대고 있으려니 느낌이 평소와 다르다. 고열을 통해 정말로 뭔가 잃어버리거나 작별한 것처럼 왠지 모르게 더 가벼워졌다. 배 근처에 언제나 존재하던 무거운 것이 사라지고 없는 느낌이다. 무거웠던 그 느낌을 금방 다시 떠올릴 수 없다. 사라졌다. 정말로 사라졌다. 나는 이제 더 많은 공간이 생긴 배 안으로 가을 공기를 끌어들인다.

나지막한 노크 소리.

이다가 문을 열고 내 방으로 매트리스를 밀며 들어온다.

이다: 오늘 언니 혼자 자면 안 될 것 같아. 열이 또 날지도 모르잖아.

나: 오케이.

예전에 우리는 언제나 한 방에서 잤다. 이다가 정확하게 언제부터 자기 매트리스를 내 방으로 밀고 오지 않았는지 도무지 기억나지 않는다.

나: 예전처럼.

이다: 응, 예전처럼.

우리는 등을 대고 잠자듯이 아주 조용하게 누워 있지만, 둘 다 등을 댄 채 잠들지 못한다는 것을 알고 있다.

이다: 언니, 자?

나: 아니. 너는?

이다: 안 자.

이다: 빅토르 말로, 얼마 후에 청소년복지국에서 들를 수도 있대.

나: 흐음. 그래서 걱정스러워?

이다: 조금. 언니는?

나: 나도 조금.

이다: 빅토르가 거기서 사람이 나오면 우린 그냥 평소대로 행동하면 된대.

나: 흐음.

이다: 빅토르 말로, 우린 사실 걱정할 게 전혀 없대.

나: 빅토르가 그렇게 말했어?

이다: 응. 걱정할 필요가 없고, 나더러 언니 이야기를 하라고 했어.

나: 내 이야기를 하라고?

이다: 그러니까 언니가 언니로서 하는 일들 말이야. 나를

돌보고, 요리를 하고, 나랑 같이 수영장에 가고, 소풍도 가고, 언제나 내 옆에 있다는 말. 빅토르가 자기도 우리를 위해 진술하고 보증을 설 거래.

나: 빅토르가 너에게는 말을 많이 하는구나.

우리는 침묵한다. 나는 이다가 잠이 든 줄 알았는데, 다시 말을 꺼낸다.

이다: 내가 학교에서 돌아왔을 때, 빅토르가 언니 침대에 앉아 있던 모습이 어땠는지 언니가 봤어야 하는데.

그 모습이 정말 보고 싶긴 하다.

이다: 독을 먹은 줄리엣 옆에 있는 로미오 같았어. 빅토르가 계속 언니 손을 잡고 있었지. 언니가 비명을 지르면 뺨을 쓰다듬으면서 자기가 옆에 있다고 속삭였어.

나: 너, 벌써 사춘기야? 사랑에 빠진 이야기를 자꾸 하네. 넌 이제 겨우 5학년이 됐잖아.

나는 이다가 정말 이제 막 5학년이 됐다는 사실을 깨닫는다. 입학 날짜가 언제였지? 내가 고열에 시달릴 때구나. 나는 나쁜 언니다. 새로운 학교생활이 어떤지 전혀 묻지 않았으니.

이다: 빅토르가 언니를 사랑하는 게 확실해.

이다: 나는 사랑에 빠진 적은 없지만, 우리가 병원 주차장에 서 있는 차로 갈 때 빅토르가 언니를 보던 모습, 언니가 목욕 가운을 입고 욕실에서 나올 때 쳐다보던 모습은 오로지 사

랑에 빠진 사람에게서만 볼 수 있다고.

　　나: 아, 이다. 이건 사랑 이야기가 아니야.

세 개짜리 비피 롤 살라미 소시지, 세 개짜리 비피 롤 살라미 소시지, 세 개짜리 비피 롤 살라미 소시지. 그것뿐이다. 페르디난트로군. 내가 짐작한다. "7유로 47센트요"라고 말하고는 무표정한 페르디난트의 얼굴을 쳐다본다.

나: 안녕.

페르디난트: 별일 없어?

나: 응, 왜?

페르디난트: 말도 없이 두 번이나 결석했고, 여기 계산대에도 없었잖아. 우리 메시지에도 답을 하지 않았고 말이야.

나: 아팠어.

페르디난트: 그랬구나. 내일 만나.

나: 그래.

내가 빠져도 아무도 모를 거라고 늘 생각했는데.

이다가 또 상을 차렸다. 대표 음식이 된, 차에 치인 빨간 무를 포함해서. 날이 갈수록 조금 덜 다친 것처럼 보이기는 한다. 엄마는 퇴원한 후에 닷새 내내 우리와 함께 저녁 식사를 했지만 나흘째부터 이상하게 행동한다. 첫날 저녁 혹은 평소에 우리와 함께 식사할 때와 달리 거의 말이 없다. 엄마는 체념한 것처럼 보이고, 말을 걸거나 대화를 유지하려는 노력을 하지 않는다. 정신이 다른 데 가 있는 채로 무심하게 빵 두 쪽을 먹는다. 한쪽에는 치즈를, 다른 한쪽에는 햄을 얹어 먹고 허브차를 한 잔 마신다. 시선이 텅 비어 있다. 대답을 하지 않거나 한다고 해도 한 마디만 한다. 어때? ─ 좋아. 다시 일하러 갈 거야? ─ 어깨만 으쓱. 이런 일상을 매일 저녁 똑같이 되풀이한다. 나는 이 상태가 입원 후유증이 아니라 우울한 시기의 시작이라고 짐작하고, 엄마가 우울증 약을 다시 받을 수 있게 어제 마이어 선생님께 예약해 뒀다. 보통 엄마는 이런 시기에 되는대로 지내면서 그냥 널브러져 있고 아무것도 먹지 않았기 때문에 나는 이 상황이 어리둥절하다. 이런 행동을 어떻게 생각해야 할지 잘 모르겠지만, 로봇처럼 무디게 식사하는 모습과 텅 빈 눈빛을 보니 불안해진다.

나: 엄마, 괜찮아?

엄마: 응.

나는 차에 치인 빨간 무를 입에 넣고 쓴맛이 나는 무 덩어리를 씹으면서 할 말을 다듬는다.

나: 엄마, 내가 어쩌면 베를린의 어떤 자리에 지원하게 될지도 몰라.

엄마는 아무 반응도 보이지 않고, 두 번째 빵 조각을 들고서 햄을 얹은 다음 스물한 번 씹어 먹는다. 식탁을 바라보는 눈빛이 텅 비어 있다.

나: 엄마?

엄마: 응?

나: 내가 베를린의 자리에 지원해도 괜찮겠어?

엄마의 텅 빈 눈빛은 여전히 식탁을 향해 있다. 엄마는 놀랍게도 세 번째 빵을 집어 들어 치즈를 올리고, 마치 내가 말을 걸지도 않았다는 듯이 '빵-입에-밀어 넣기' 행위를 되풀이한다.

나: 엄마?

엄마가 열한 번 씹은 뒤에 쉰다. 눈빛은 여전히 텅 비었고 목소리도 나지막하다. "베를린에 가. 나이도 먹을 만큼 먹었잖아."

나: 여기서 엄마 혼자 이다랑 잘 해낼 수 있겠어?

이 질문에 엄마는 불현듯 최면 상태에서 깨어나 나를 똑바로 쳐다본다. 텅 비어 있던 눈에는 이제 불길이 일렁인다. 공격적인 눈빛이다.

엄마: 그동안 내내 나 혼자 잘 해냈잖아.

못돼먹은 인간.

이다: 아니야. 언니 혼자 해냈어.

엄마: 베를린으로 꺼져버려. 도대체 뭐가 문제인지 모르겠네.

나: 이다는 어떻게 해?

엄마: 이다는 열 살이야. 열 살이면 예전에는 아이도 키웠어.

나: 아니, 엄마. 열 살이면 예전에도 아이를 키우지 않았어. 그리고 돌봐줘야 할 아이와 돌봐야 할 알코올중독자 엄마 사이에는 차이가 있어. 나는 첫 번째를 선택할 거야.

엄마: 흥, 하지만 여기가 지금 소원을 말하는 자리는 아니니까. 아이 기르기는 빌어먹을 짓이라는 걸 내 경험상 확실하게 말할 수 있지.

나: 엄마는 아이를 기른 적이 없어. 그저 낳았을 뿐이지.

엄마가 나를 쏘아보고, 나도 엄마를 마주 노려본다.

엄마가 일어나서 나가면서 문을 쾅 소리 나게 닫는다.

이다는 몸을 움찔하더니 문을 쳐다본 다음 나를 본다.

나: 어쨌든 엄마가 마비 상태에서 좀 깨어나긴 했네.

이다: 엄마가 이제 다시 약을 먹어야 하지?

나: 내가 마이어 선생님에게 이미 예약해 뒀어.

이다에게 엄마의 우울한 시기와 항우울제, 마이어 선생님은 보드카 병만큼이나 일상적인 일이다. 이다는 완전히 달랐던 예전의 엄마를 알지 못한다. 그런 엄마를 나도 이제 거의 기억하지 못한다. 이다는 엄마의 눈빛이 텅 빈 잿빛이 되고, 그저 누워만 있고 식사를 하지 않고, 말도 하지 않으면 그게 무슨 뜻인지 곧장 알아챈다. 그럴 때는 마이어 선생님에게 가야 하고, 무엇보다도 약이 필요하다는 사실을 알고 있다. 아버지가 우리를 떠난 후에 엄마의 눈빛이 재색이 되고, 그저 늘어져 있기만 하고, 아무것도 먹지 않고, 말도 하지 않기 시작했을 때 나는 뭘 해야 할지 몰랐다. 엄마는 점점 더 말라가고 창백해졌다. 나는 그저 내가 엄마를 도울 수 없다는 것, 내가 거실 탁자에 차려준 식사를 하지 않는다는 것, 엄마가 평소에 좋아하던 디즈니 영화를 틀어줘도 보지 않는다는 것을 알았다. 누군가 다른 사람이 엄마를 도와줘야 한다는 것도 알았다. 그래서 내가 다니던 초등학교 옆에 있는, 내가 늘 예방

접종을 받으러 가던 주치의 마이어 선생님의 병원 전화번호를 전화번호부에서 찾아냈다. 마이어 선생님에게 엄마 상태가 아주 안 좋다고 하니 선생님이 30분 후에 행복로에 들렀다. 선생님이 소파에 있는 환자 옆에 앉아서 둘이 이야기를 나누는 동안 나는 내 방에 가 있어야 했다. 엄마는 약을 받았고, 일주일 후에는 상태가 좀 좋아졌다. 그때 이후로 나는 엄마 상태가 안 좋아질 때면 바로 마이어 선생님에게 예약을 한다. 선생님이 계속 권하는데도 엄마는 심리치료를 절대로 받으려 하지 않는다.

이다와 나는 한 개 남은 교통사고 피해자 빨간 무에 동시에 손을 뻗었다가 웃음을 터뜨린다. 둘 다 무를 그대로 둔다.

나: 아주 빌어먹을 맛이지. 안 그래?

이다가 고개를 끄덕인다.

이다: 베를린에 가도 되는지 왜 엄마에게 물어봐?

나: 무슨 뜻이야?

이다: 우리가 뭘 해도 되는지 엄마에게 물어본 적이 없잖아.

자기가 한 말을 행동으로 강조하려는 듯이 이다는 자리에서 일어나 찬장에서 누텔라 병을 꺼내 온다.

나: 그러면 내가 베를린에 가도 될지 너에게 물어봐야 할까?

이다는 내 눈길을 피하며 토스트 빵에 누텔라를 아주 두툼하게 바르더니 자리에서 일어나 전자레인지에 살짝 돌리면서 등을 돌린 채 "가도 돼"라고 말한다. 마치 전자레인지에 대답하는 것 같다. 이다는 자기가 생각해 내고 무척 좋아하게 된 누텔라 토스트를 저녁에는 먹지 말아야 하지만, 어쩌면 이제 나도 더는 막을 수 없을지도 모른다. 이다는 다시 내 맞은편에 앉아 토스트를 반으로 접어 크게 한 입 베어 문다. 그런 후에야 장난꾸러기 같은 미소를 지으며 나를 쳐다보는데, 다 녹아버린 누텔라가 입가에서 뚝뚝 떨어진다.

나: 너 혼자 엄마랑 잘 해낼 수 있어?

이다는 입에 빵을 가득 물고 나를 쳐다본다. 누텔라로 입이 갈색이 된 채 빵을 맛있게 먹으며 고개를 이리저리 흔들다가 삼키고 고개를 끄덕인다. "응."

나는 그 말을 믿고 고개를 끄덕인다. 이다는 해낼 수 있다. 이다는 변했다. 정확하게 언제 변했는지 궁금하다. 새 학교에 입학한 후에? 아니, 그 전부터 이미 그랬다. 나는 쓰레기봉투들과 차려진 저녁상, 이다가 병원에서 의사에게 인사하던 모습, 엄마에게 단호하게 말하던 모습, 그리고 무엇보다도 나를 다시 건강해지게 돌보고 빅토르에게 도움을 청했던 일을 떠올린다. 나는 물론 이 모든 일을 알고서 기뻐했지만, 개별적인 발전에 큰 의미를 두지 않고 장기적인 변화에 너무 큰 희망을 품지 않는 습관이 있었다. 상황이 얼마나 빨리 변하는 지, 좋은 방향으로 한 걸음 나아갔다가 얼마나 멀리, 얼마나 큰 힘으로 뒤로 다시 내던져지는지 나는 알고 있다. 하지만 이다는 엄마가 아니다.

이다: 베를린은 정확히 언제부터야?

나: 1월?

이다가 고개를 끄덕이고, 목에 걸린 덩어리를 꿀꺽 삼키고 는 눈을 여러 번 깜박인다. 내가 떠나지 않길 바라며 겁을 내 지만 나를 응원하는 모습에 나도 여러 번 눈을 깜박인다. 내 가 떠나면 이다에게는 학교와 집과 엄마밖에 없다. 나는 이다 가 지금 다니는 중고등학교를 편안하고 안전하게 느끼는지 궁금하다. 지금까지 이다는 학교 이야기를 거의 하지 않았다. 저녁을 먹으면서 학교생활은 어떤지 물으면 대부분 그냥 "좋 아"라고만 대답한다.

나: 그런데 새 학교는 어때?

이다: 좋아.

나: 좋아?

이다가 고개를 끄덕인다.

나: 친구가 있어?

이다: 응, 한 명 있어.

나: 이름이 뭐야?

이다: 사마라. 우린 예술 특별활동 모임에도 같이 다녀.

나: 멋지다. 그 말을 들으니 반가워.

나는 초등학교보다 중고등학교가 이다의 마음에 더 들 거라고 이미 예상했다.

이다: 빅토르랑은 어떻게 되어가?

마지막 남은 교통사고 피해자 빨간 무를 입에 넣어보니 예상대로 쓴맛이다. 나는 어깨를 으쓱하고 대답한다. "몰라. 그때 이후로 못 봤어."

우리는 전화번호를 교환하지 않았다. 어쩌다 보니 그럴 일이 없었고, 이다에게 그의 번호를 물어보고 싶지도 않다. 빅토르가 이다에게 물어볼 수도 있지 않을까. 그 주택가로 산책을 가볼까 고민한 적은 두어 번 있다. 어제 원래 숲으로 가려고 했는데 정신을 차리고 보니 불현듯 그가 사는 거리에 가 있었다. 하지만 내가 그에게 뭘 원하는지 스스로도 알지 못해서, 그리고 그가 나를 또 쫓아낼까 봐 두려워서 G클래스가 서 있는 그의 집을 그냥 지나갔다.

이다: 빅토르는 요즘 항상 실내 수영장에 가. 거기 가면 만날 수 있을 거야.

이다는 오늘 저녁에 수영 강습에 가겠다고 한다. 두 번째 시도다. 아직 너무 힘이 없긴 하지만, 나도 레인을 두어 번 돌겠다고 즉흥적으로 결정한다. 실내 수영장 주차장에 그의 자동차가 보이지 않는다. 바깥에서 유리를 통해 다른 아이들 틈에 끼어 줄을 선 이다를 보고 있자니, 그리고 이다의 얼굴 윤곽에 드러난 긴장과 불안, 조심스러운 움직임을 보노라니 내 심장도 쿵쿵 뛴다. 빗방울이 내 뺨을 타고 흘러내린다. 빨강과 하양 점무늬가 찍힌 이다의 수영복. 다른 아이들은 더 단순한 스포츠 수영복에 수영모 차림이다. 이유는 모르지만 나는 이다가 이번에는 해내리라고 이미 믿었다.

나는 레인을 두어 번 왕복하고는 한참이나 쉰다. 풀장 가장자리에서 쉬는데 출발대에 서서 누군가를 찾는 듯한 빅토르가 불현듯 눈에 들어온다. 나는 얼른 수면 아래로 몸을 숨기고 밑으로 내려가 바닥에 앉는다. 그가 나에게 곧장 내려와 미소를 짓고는 내 뺨을 쓰다듬고 다시 사라진다. 나는 숨

235

이 막힐 때까지 그대로 앉아 있다가 바닥을 박차고 풀장 가장 자리 쪽으로 가서, 아이들을 지켜보고 있는 헬리콥터 엄마들 옆 시멘트 벤치에 앉는다. 가끔 이다도 보지만 대부분은 빅토르를 관찰한다. 레인을 스물두 번 수영한 그가 풀장에서 나오고, 우리 눈길이 마주치자 내 옆에 와서 앉는다. 열이 난 이후로 우리는 대화를 나눈 적이 없다.

나: 내가 깜짝 놀라게 하는 바람에 네가 또 사라진 줄 알았어.

그가 무미건조하게 웃고는 벽에 걸린 시간과 온도 디지털 안내판을 쳐다본다. 18시 46분, 26도. "네가 없었다면 이미 오래전에 여길 떠났을 거야." 그가 나지막하게 중얼거린 후에 좀 더 큰 목소리로 말한다. "그건 그렇고, 네가 내 이름을 몇 번 불렀어."

그가 나를 바라보며 얄밉게 싱긋 웃는다.

나는 할 말을 준비해 뒀지만 나오지 않는다. 간단한데. 아주. 얼른. 한 마디. 세 글자.

나: 고마워.

나는 그가 쓸데없이 "뭐가?"라고 물을 경우에도 이미 대비해 뒀다.

빅토르: 별말씀을.

18시 51분, 26도.

그가 감전이라도 될 것처럼 조심스럽게 내 어깨에 팔을 두른다. 그의 오른손이 내 오른쪽 어깨에 놓이고, 나는 그의 오른쪽 어깨에 머리를 기댄다. 그렇게 우리는 23분 동안 앉아서 이다가 수영 강습을 받는 모습을 지켜본다. 아이들이 자유형과 배영을 연습하고 마지막에는 매트에서 캐치볼을 하고, 이다가 크게 웃고, 아이들이 주먹을 맞대며 작별 인사를 하고, 이다가 자기 백팩으로 달려가 다이빙 링을 꺼내고는 빨강과 하양 점무늬 수영복 차림으로 우리에게 달려온다.

이다: 안녕, 빅토르.

빅토르: 안녕, 이다.

이다: 우리, 여기 좀 더 있을 거야?

나: 10분.

이다에게는 최면에 걸린 듯이 잠수를 시작하라는 지시와도 같다.

빅토르와 나는 잠수하는 이다를 걱정이 지나친 엄마들처럼 지켜본다.

빅토르: 이다가 바다에 가본 적이 있어?

나: 아니.

우리는 말없이 이다를 계속 지켜본다.

빅토르: 이다가 바다를 보면 얼마나 좋아할지 생각해봤어?

나: 매일 생각하지.

우리는 다시 말이 없다.

빅토르: 우리 언제 이다랑 같이 바다에 갈래?

나는 빅토르를 보며, 그의 동생이 예전에 했던 제안을 떠올린다. 이반의 가족 차를 타고 슬로베니아를 거쳐 크로아티아로, 류블랴나를 거쳐 바닷가 피란으로, 거기서 해안을 따라 크로아티아로. 풀라와 메둘린, 리예카로. 이반과 그의 가족이 사고로 사망했다는 소식을 들었을 때 나는 하루 종일 움직이지도 않고 침대에 앉아 있다가, 옷장 안쪽에 에딩펜으로 이 도시 이름들을 적었다. 그의 말과 이 경로를 기억하고 싶었다. 류블랴나, 피란, 풀라, 메둘린, 리예카. 원래 그의 동생과 계획했던 일을 그와 실행에 옮긴다면 잘못된 행동일지 궁금하다. 하지만 그건 똑같은 일이 아니고, 또 이반의 경로는 유보해 둘 생각이다. 이반은 내가 자기 형과 내 동생과 바다에 가도 괜찮다고 생각할 거라고, 오히려 그러기를 원할 거라고 확신하고, 나도 가길 원한다.

나는 벌떡 일어나서 "그래"라고 외치고 싶지만 고개만 끄덕인다. 그는 시간과 온도 안내판을 보고 있어서 내가 끄덕이는 걸 보지 못한다. 나는 목소리가 갈라질까 봐 걱정스러워서 "그래"라고 대답하고 싶지 않다.

"싫다는 뜻이야?" 빅토르가 이렇게 묻고 나를 본다.

나는 고개를 끄덕이다가 가로젓고, 그가 오해할까 봐 걱정되어서 용기 내 말한다. "너랑 이다랑 바다에 가고 싶어."

　내 목소리가 갈라진다. 이럴 줄 알았다.

파인애플 통조림 한 캔, PB 상품 레오 크리스프 시리얼, PB 상품 치즈 허브 소스 파르팔레 파스타, 토스트 빵, 전지우유, 초록 푸딩, 닥터 오트커 바닐라 소스, 가공 치즈, 익힌 햄, 빨간 무 한 단. 이다구나. 나는 이렇게 짐작하고 "13유로 1센트요"라고 말한 다음, 즐거운 표정을 짓고 있는 이다의 얼굴을 쳐다본다. 감탄이 나온다. 이다는 늘 그렇듯이 말없이 돈을 딱 맞게 내 손에 쥐여주고 장 본 물품을 무척 신중하고 단정하게 쇼핑 카트에 담는다.

나: 내가 쇼핑 목록을 써줄 걸 그랬네.

이다: 장을 보러 올 때면 내가 직접 써.

이다가 장 볼 물품을 적은 A5 크기의 격자무늬 쪽지를 쇼핑 카트에 고정된 메모지 꽂이에서 꺼내 나에게 보여준다. 내 생각에 이다는 쇼핑 목록 메모지 꽂이를 사용하는 첫 번째 손님인 것 같다. 보라색 체크무늬인 내 셔츠 재킷을 입었는데, 왼쪽 가슴 주머니에 볼펜이 꽂혀 있다. 의사처럼 보인다. 미니 계산기도 거기 들어 있다. 그럴 줄 알았다.

이다: 나 이제 토마토소스 스파게티 먹기 싫어. PB 상품 중에 이런 냉동식품이 있는 거 언니도 알았어? 잠깐만…….

이다가 목록을 들여다본다.

이다: 상하이 치킨, 치즈 생크림 소스를 얹은 페투치니 파스타, 미고렝, 파에야 말이야. 왜 한 번도 안 가져왔어?

나: 너무 이국적이라서?

이다: 다음번에 내가 사 가도 될까?

나: 그럼. 그건 네 쇼핑 목록인걸.

이다가 만족스럽게 미소를 지으며 쪽지를 다시 메모지 꽂이에 끼운다.

이다: 아주 좋아.

이다: 이따 봐.

나: 잘 가.

나는 다음 손님의 물품을 컨베이어벨트로 당기면서, 이다가 밖에서 장 본 것을 스누피 백팩에 넣고 메모지 꽂이에서 목록을 빼어 아주 작게 접어서 오른쪽 가슴 주머니에 넣은 다음, 카트 모아두는 곳에 쇼핑 카트를 집어넣는 모습을 지켜본다. 가득 찬 백팩, 오금까지 내려오는 셔츠 재킷, 깨끗하게 세탁해서 다시 하얘진 컨버스 척을 신고 집으로 향하는 이다를 보며 나는 상하이 치킨이 어떤 맛일지 궁금해한다. 그리고 이 순간 내리는 결정이 좋게 느껴진다.

클라인 교수님: 잘 생각해 봤나요?

나는 이다와 상하이 치킨, 심지어 귤도 쓰여 있던 이다의 쇼핑 목록을 떠올린다. 베를린과 수학과 대학 도서관, 어쩌면 작은 발코니도 있을지 모르는 시내의 원룸을 생각하고 대답한다. "네."

클라인 교수님: 결론은?

나: 네.

클라인 교수님: 좋아요.

나: 네.

행복로를 따라 집에 오다가 유리창으로 이다의 고수머리가 보여서 손을 흔들려는 순간 머리가 사라진다. 부엌에는 빵이 아니라 하와이안 토스트 접시 세 개와 차에 치인 빨간 무로 장식된 저녁상이 차려져 있다. 요리사가 식탁에 앉아 나를 올려다본다.

이다가 처음으로 요리를 했고, 엄마는 닷새 만에 처음으로 식탁에 없다.

이다: 언니가 엄마를 불러올래?

나는 거실로 가서 소파에 누워 있는 엄마 옆에 앉는다.

티브이에서 요리 경연 프로그램인 '완벽한 만찬'이 방영되는데, 이번 주는 쾰른에서 진행된다. 오늘은 필리파(27세)가 요리를 한다. 그녀의 집은 내가 상상하는 27세의 집처럼 보이지 않는다. 높은 콘크리트 천장, 커다란 유리창. 모든 것이 잘 어울리고 지극히 현대적이며, 미니멀리즘을 구현하고 있다. 모두 베이지색이다. 어딘지 모르게 죽어 있다. 필요한 것은 딱 한 마디뿐이다.

나: 미안해.

필리파는 교사가 되려고 공부하는 학생이다. 그녀의 조수는 약혼자인 마르크다. 그는 필리파보다 나이가 훨씬 많고, 필리파의 인테리어만큼이나 생기가 없다.

엄마: 미안하다.

필리파가 발코니로 가서 고수와 칠리 고추를 딴다. 필리파의 발코니에서는 쾰른 대성당이 눈에 들어온다. 필리파는 자기가 일본을 좋아한다고 말한다.

나: 월요일 10시에 마이어 선생님에게 예약했어. 또 약이 필요하잖아. 그렇지?

엄마가 고개를 끄덕인다.

엄마: 고맙다.

손님들이 필리파의 메뉴를 소리 내어 읽는다.

필리파의 좌우명: '감칠맛.' 전채 요리: 미소(된장) 버터와

양파, 당근, 야키토리 방식의 레몬과 느타리버섯. 메인 요리: 채소를 곁들인 탄탄멘, 타마고(달걀), 고추기름에 구운 바삭한 두부 크럼블. 후식: 휘낭시에, 소금 캐러멜 아이스크림.

나: 이다가 요리를 했어.

나: 하와이안 토스트.

엄마가 쿡 웃는다.

나: 올 거야?

엄마: 내 거 남겨둬.

일요일, 이다와 나는 부엌에 앉아 있고 엄마는 소파에 누워 있다. 티브이가 켜져 있다. 내가 석사 논문을 쓰는 동안 이다는 엊그제 저녁부터 새로운 소설에 푹 빠져 있다. 아이는 내가 빌려다 준 책을 다 읽었고, 금요일에 책을 반납하러 처음으로 시립 도서관에 갔다가 바로 다른 책을 빌려 왔다. 이다는 책이 가득한 봉지를 들고 연석 위에서 돌 하나당 두 걸음으로 움직이며, 아니 두 걸음으로 깡충깡충 뛰며 집으로 돌아왔다. 나는 유리창 너머로 이다를 보고 기뻐서 공중으로 뛰어오를 것 같았다.

나: 책 재미있어?

이다는 고개를 들지도 않고 그저 끄덕이기만 한다. 빅토르의 배가 집 앞에 들어올 때도 고개를 들지 않는다.

나: 빅토르가 저기서 뭘 하는 거지?

이다가 잠깐 고개를 들고 창밖을 내다보고는 나에게 히죽 웃어 보이고 다시 책에 집중한다.

나는 긴장한 채 문 쪽으로 달려간다.

그가 검푸른 칼하트 청바지와 보라색 후드 스웨터 차림으로 서 있다. 헝클어진 머리카락은 아직 젖었고, 자신만만하게 웃지만 어딘지 모르게 흥분한 것 같다. 마치 도망치는 사람 같다.

나: 안녕.

빅토르: 소풍 갈 마음 있어?

나: 어디로?

빅토르: 두고 보면 알아.

깜짝 이벤트는 정말 싫은데.

나: 좋아.

이다는 당연히 같이 가려고 하지 않는다.

태양이 빛나는 하늘에는 구름 한 점 없고, 맑고 차가운 공기는 가을 냄새를 풍긴다. 빅토르가 어디로 가려는 걸까? 혹시 바다로? 커피를 마시러 시내로? 아니, 그는 시내 쪽으로 운전하지 않는다. 산업단지 쪽으로 향한다. 그곳에 소풍 갈 장소라고는 맥도날드밖에 없는데.

나: 우리, 맥도날드 가는 거야?

빅토르가 웃음을 터뜨린다.

나는 우리가 어디로 가는지 곧 알게 된다.

그 고층 건물은 '반지의 제왕'에 등장하는 사우론의 요새

다크타워처럼 교외 산업단지에 우뚝 솟아 있다. 우리는 그 건물을 언제나 '러시아인 블록' 또는 '러시아인 탑'이라고 불렀다. 나는 이곳에 온 적이 없다. 초등학교 때 담임이었던 호프만 선생님은 이 지역, 특히 이 블록을 피해야 한다고 말했다. 같은 반인 나타샤가 그곳에 살고, 또 그 장소가 산업단지 옆이고 고속도로와 맞붙어 있어서 어차피 피할 수 없다는 걸 알면서도 그렇게 말했다. 이곳 주민 중에 내가 아는 사람은 나타샤와 빅토르, 이반뿐이다. 하지만 이 건물과 거주자들에 대해 떠도는 소문은 알고 있다. 이곳에서는 오로지 러시아어만 통한다는, 투견들의 싸움이 벌어진다는, 건물 주변의 공원에서 헤로인 주사를 맞는다는 소문이다. 마를레네는 이 모든 소문을 확인하러 가려고 했지만 내가 반대했다. 사람들이 아버지 없는 딸이 알코올중독자 엄마와 사는 우울한 집을 들여다보려고 행복로에 온다면 나도 싫었을 테니까. 그것 말고도 기억에 계속 남아서 당황스럽게 만드는 뉴스를 어릴 때 우연히 본 적이 있다. 독일 어느 도시의 벤치에서 아기가 투견에 물려 죽었다는 뉴스였다.

빅토르가 고층 건물에서 뭘 하려는 거지?

하지만 그는 맥도날드 앞에 주차한다.

나: 난 우리가 고층 건물로 간다고 잠깐 생각했어.

빅토르: 거기 갈 거야. 하지만 주차는 여기에 하고, 커피도

가져가려고. 너도 마실래?

나: 나는 캐러멜 아이스크림.

우린 차에서 내린다.

나: 차가 긁힐까 봐 겁이 나서 여기 주차하는 거야?

빅토르가 웃으며 고개를 젓는다.

빅토르: 너희는 선입견 때문에 다들 망가져 있어.

나: 그럼 왜 여기에 주차해?

그는 어깨를 으쓱한다.

빅토르: 어딘지 모르게 무례하고 거만해 보이니까.

우리는 커피와 아이스크림을 들고 탑으로 간다. 나는 무슨 말을 해도 틀린 말을 하게 될 것 같아서 말할 기분이 나지 않는다. 우리가 가로질러 가는 공원은 사실 지극히 평범해 보인다. 게다가 관리가 상당히 잘된 듯하다. 탁구대 옆에서는 음악을 들으며 마리화나를 하는 청소년들이 어울려 놀고, 건물 앞에서는 어린이들이 축구를 한다. 가까이 가니 잿빛 덩어리 건물이 더욱 커 보여서 나는 잠시 발길을 멈추고 위를 쳐다본다. 멀리서 보면 물론 안 보이지만, 발코니에 꽃을 키우는 집이 눈에 띄게 많다. 건물 안쪽은 잿빛이고, 음울하고, 좁아 보여 숨이 막힌다. 하얀 타운하우스로 이사했을 때 어린아이들이 얼마나 좋아했을까? 나는 그를 따라 엘리베이터에 탄다. 샛노란 벽이 우리에게 고함을 지른다. 총 32층인 각 층에는 모두 동물 그림이 그려져 있다. 동물 그림은 건물의 나머지 부분과 왠지 모르게 어울리지 않는다. 이곳은 유치원이 아니지 않은가.

나: 너희는 어느 층에 살았어?

빅토르: 참새 층.

나: 귀엽다.

우리는 32층, 여우 층에서 내린다. 좁은 잿빛 복도에 선 그가 문을 연다. 나는 왜 아직도 열쇠를 가지고 있는지 그에게 묻지 않는다. 우리는 공구와 청소 세제가 가득한 좁은 공간에 들어선다. 마주 보고 서 있는 우리 사이는 60센티미터도 채 되지 않는다. 나는 질문하는 표정으로 그를 쳐다본다. 이제 어떻게 될까? 빅토르는 물건들로 가득한 이 좁은 공간에서 나랑 커피와 아이스크림을 먹으려는 건가, 아니면 나에게 키스하려는 걸까? 이 공간이 그에게 특별한 의미가 있나? 이제 드디어 자기 이야기를 할까? 새파란 눈동자와 얼굴 전체로 번지며 나를 완전히 싸늘하게 만드는 웃음으로 유혹해서 예전 여자 친구들도 여기로 데려왔을까? 나는 뭔가 신랄한 말을 찾지만 내 머리가 거부한다. 여기 얼마나 오래 서 있었는지 모르겠다. 그러다가 그가 여전히 빙긋 웃으며 말없이 몸을 돌려, 벽에 기대 있던 막대기를 집어 천장 해치를 열고 다락 계단을 아래로 당겨 층계를 올라간다. 차가운 바람이 불어

들어온다. 나는 그의 뒤를 따라 올라간다. 우리는 지표면에서 약 100미터 위에 있는 지붕에 서고, 나는 숨을 꾹 참는다.

빅토르: 여기 위에서는 전망이 무척 아름다워. 그렇지?

나는 고개를 끄덕인다.

발아래에 펼쳐지는 풍경에 감탄하며, 어쩌면 앞으로 나에게 뭔가 좋은 일이 생길지도 모른다고 기대해 본다. 하늘은 연파랑과 분홍색이다.

빅토르: 아버지가 우리에게 이 지붕을 보여줬을 때 이반은 열 살, 나는 열네 살이었어. 아버지는 이렇게 말했지. "하필이면 우리가 이렇게 멋진 전망을 즐긴다는 걸 저 아래에 있는 사람들은 알까?"

그가 나지막하게 말한다. 나는 그의 말이 내 귀에 닿지 못하고 서늘한 가을바람에 그냥 날아갈까 봐 정신을 집중하며 그가 저녁 하늘을 쳐다보는 모습을 자세히 본다.

빅토르: 이반은 초등학교에 다닐 때 힘든 시간을 보냈어. 여우 층으로 온 건 그에 대한 우리 아버지의 대응이었지.

나는 〈라이온 킹〉의 무파사와 심바를 떠올린다. 빅토르의 아버지가 이 광경을 보며 아들들에게 무슨 말을 했을까 궁금하다.

나: 아버지가 뭐라고 하셨는데?

긴 침묵이 이어진다. 내 질문에 대답을 얻지 못하겠구나 생각하는데 그가 입을 뗀다.

빅토르: "이런 외부인의 관점을 너희의 강점으로 인식하렴. 너희는 저 아래에 사는 사람들과는 달리 제대로 된 멋진 집이 없지만, 그럴수록 여기서 얻는 기회를 더 많이 이용하고 너희 자리를 찾아야 한다." 뭐 그런 종류의 말이었지.

이반은 자기 출신에 대해 말한 적이 없다. 언젠가 내가 그에게 언제 이곳으로 이주했는지 물었지만 그는 어깨만 으쓱했다.

나: 언제 이곳으로 이주했어?

빅토르: 이반이 다섯 살, 내가 아홉 살 때.

빅토르가 평소와 달리 말을 많이 할 때면 내가 너무 여러 가지 질문을 하게 될까 봐 걱정스럽다.

나: 이주한 이유는?

빅토르: 가장 큰 이유는 우리 때문이었을 거야. 부모님은 우리에게 더 나은 미래를 주고 싶어 하셨지.

나는 지금이 이반과의 마지막 저녁에 대해 이야기하기에 적절한 때인지 고민하며, 두 무리의 새 떼를 바라본다. 두 무리는 서로 가까워지다가 하나가 되어 남쪽으로 날아간다. 어느 나라로 가는 걸까? 나는 빅토르의 손을 잡고 가볍게 힘을 준다. 그러는 게 옳다고 느껴진다.

어릴 때 나는 〈아름다운 비행〉이라는 영화에 완전히 빠져 있었다. 나는 야생 거위와 괴짜 아버지 중에 뭘 더 원했던 걸까?

나: 새들이 남쪽으로 가는 걸 기뻐할까?

빅토르: 물론이지. 새들에게는 틀림없이 휴가와 마찬가지 일 거야.

나: 정말로 그렇다면 왜 언제나 다시 돌아와?

그가 어깨를 으쓱한다.

빅토르: 여기도 무척 좋잖아. 안 그래?

나는 고개를 끄덕인다.

우리는 지붕 제일 끝에 앉아 새들을 쳐다본다. 새들이 하늘에 점점 더 많이 모이더니, 마치 우리에게만 보여주려는 듯 놀라울 만큼 입체감 있는 대형을 만든다. 출발을 알리는 마법 같은 분위기가 허공을 맴돈다.

나는 여전히 그와 손을 포개고 있어서 아이스크림을 떠먹을 수 없다. 이따금 선택해야 할 때도 있는 법이다. 나는 아이스크림을 바닥에 내려놓는다.

나: 베를린 자리에 지원하려고 해.

빅토르: 어떤 자리?

나: 확률 이론 박사 과정 자리.

빅토르: 멋지다.

우리는 다시 침묵한다.

빅토르: 지금 집을 정리하는 중이야. 오늘 시작했어.

나: 멋지다.

멋지다고? 나는 왜 이렇게 바보 같을까.

나: 그러니까 멋진 건 아니고, 좋다고. 그러는 게 맞다고.

나: 도와줄까?

빅토르는 어깨를 으쓱한다.

해가 지면서 이제 하늘은 진분홍색이다. 아름다움을 마주한 나는 숨쉬기를 잊어버릴까 봐 호흡에 집중한다. 해가 없으니 정말 춥다. 뱃속에 조금 들어간 아이스크림 때문에 더욱 그렇다. 빌어먹을 만큼 춥지만 내려가고 싶지 않다. 여기 위에 그대로 머물러 있고 싶다. 여기 위에서는 아래의 모든 것이 너무나 작아 보인다. 여기 위에서 보면 엄마는 진분홍 하늘에서 철새 떼가 동시에 남쪽으로 출발해도 아무 관심도 없는, 수많은 작은 점 가운데 하나에 불과하다. 여기 위에서는 어떤 점이 술을 마시는지 주스를 마시는지, 뭔가를 마시기나 하는지 알아볼 수 없고 그 점이 무슨 말을 하는지 들을 수도 없다. 점은 그저 점일 뿐이다.

빅토르가 내 어깨에 팔을 두르자, 나는 여기 위에 머물기로 확실하게 결정한다. 나는 그에게 기대어 머리를 그의 팔꿈치 안쪽에 내려놓으면서, 지금 그에게 키스하기를 원하면서 왜 하지 않는지 곰곰이 생각한다.

지금. 지금. 지금이야.

내가 그의 팔을 풀고 양손으로 그의 얼굴을 쥐자 그는 깜짝 놀라서 몸을 움찔한다. 그의 피부는 따뜻하고 면도한 자리는 까끌까끌하다.

빅토르: 네 손이 아주 차가워.

나는 드디어 아주 가까운 곳에서 그의 눈을 들여다본다.

나: 너, 아주 차가워.

그가 손을 내 뺨에 올린다. 손이 따뜻하다. 나는 그의 얼굴에서 손을 떼고 가슴 앞에서 팔짱을 끼고는 도발하듯이 그를 쏘아본다. 그의 손은 여전히 내 뺨에 놓여 있다. 그는 내 입술이 아니라 눈을 본다. 나에게 키스할 마음이 없다. 나는 눈썹을 치켜올리고 그를 빤히 본다.

나: 다시 내려갈까?

그가 엄지로 내 눈 밑의 흉터를 따라가며 쓰다듬다가 미소를 짓는다. 그의 얼굴이 다시 내 얼굴로 가까이 다가온다. 아주 천천히. 그리고 코를 비비며 에스키모 키스를 한다. 그럼 그렇지. 더는 못 봐주겠군. 나는 양손으로 그의 얼굴을 꽉 잡고 제대로 키스한다. 심장이 팔락거린다. 이럴 줄 알았다. 그가 내 키스에 화답하며 나를 포옹한다. 그런 다음 우리는 코를 맞대고 서로를 본다. 멀리서는 당연히 안 보이는 주근깨 몇 개가 그의 미간에 있다.

빅토르: 눈 밑의 흉터는 정말 자전거 사고로 생긴 거야?

나는 고개를 젓는다.

나: 엄마가 콘플레이크 그릇을 던졌어.

그가 엄지로 흉터를 쓰다듬는다. 이제 어두워졌고, 더는 춥지 않고, 행복하고, 심장이 아프다.

저녁에 매트리스에 누워 있으니 가을바람이 불어온다. 나는 고층 건물을, 그곳 지붕에서 바라본 풍경을, 연파랑과 분홍, 그리고 진분홍이었던 하늘을, 하나가 되어 남쪽으로 향하는 철새 떼를, 무파사와 심바를, 빅토르를, 그의 키스를 떠올린다. 바닷가에서 부는 바람은 어떤 냄새일지 생각해 본다. 짠맛. 해초 냄새가 풍기고, 모래가 눈으로 날아든다.

아버지가 떠난 후에 제대로 잠을 못 자고 악몽을 자주 꿨을 때, 나는 저녁에 침대에서 아름다운 이야기를 상상하며 꿈을 바꾸려 했다. 엄마와 하이 로프 코스를 하러 가거나 마요르카로 비행기를 타고 가서, 바다 바로 옆에 있으면서 풀장까지 따로 갖춘 별장에 머문다고 상상했다. 이 상상이 제대로 작동해서 아름다운 꿈을 자주 꾸었지만, 때로는 공항에서 엄마를 잃어버리거나 비행기를 잘못 타거나 눈보라가 점점 더 심해지는데 혼자 에베레스트산을 오르는 등등 끔찍한 악몽을 꿀 때도 있었다. 나중에 나는 이다의 꿈도 바꾸려 했다. 책을 읽어주는 대신 요즘도 가끔 잠들기 전에 이다가 주인공인

이야기를 지어내어 들려준다. 예를 들어 이다는 특별한 마력을 지닌 요정이라서 괴물에게 납치됐다가 젊은 마법사 덕분에 풀려나고, 그 마법사와 또 많은 친구들과 함께 요정 가족을 찾아 마법의 숲으로 떠난다. 이런 이야기가 이다의 꿈에 영향을 미치는지는 모른다. 어쨌든 이다는 한동안 거의 매일 저녁 이다 이야기를 들려달라고 했고, 지금도 이야기가 끝나기 전에 잠이 든다. 사실 이다가 잠이 든 후에야 내가 이야기를 끝내기 때문이다.

오늘은 잠이 내 몸을 에워싸는 동안, 빅토르와 이다와 내가 바다로 소풍 가는 상상을 한다. 나는 얕은 곳에서 첨벙거린다. 물속에 앉아 파도에 몸을 맡기고 흔들린다. 빅토르는 자유형으로 수영한다. 그의 영법은 미쳐 날뛰는 잿빛 바다에서 더욱 인상적이다. 그는 거칠고 차가운 파도를 헤치며 미끄러지다가 불현듯 몸을 일으켜 모래톱에 서서 먼바다를 바라본다. 나는 먼바다를 바라보며 서 있는 그를 지켜본다. 살찐 잠자리들이 내 복벽으로 날아가 부딪히고 온몸을 돌아다닌다. 그들은 내 혈관을 쏜살같이 달리고, 심장을 팔딱이게 하고, 머릿속으로 들어와 머리를 아주 가볍게 만들고, 목구멍을 막아 숨을 제대로 쉬지 못하게 한다. 잠자리들이 내 다리를 지나 발로 날아가 안쪽에서 발바닥을 간지럽히고 얼굴에 미소가 피어오르게 하는데, 이들을 막을 도리가 없다. 나는 완전히 무방비 상태다.

내 몸은 감전된 듯하고, 이제 더는 아무것도 통제되지 않는다. 나는 잠자리를 세어보려고 필사적으로 애쓰지만 불가능하다. 너무 많다. 이렇게 충격적이면서도 놀랍도록 아름다운 느낌은 지금까지 느껴본 적이 없다. 견디기 힘들지만 이 느낌이 그치지 않기를 원한다. 빅토르가 몸을 돌리고 미소로 화답한다.

나는 눈을 감는다. 내일은 그에게 이반 이야기를 해야겠다. 생각만 해도 겁이 나고 속이 메슥거리기는 하지만.

3개월 동안 임시 보관함에 있던 지원서가 이제 보낸 메일함에 들어 있다. 이미 오래전에 했어야 할 마우스 클릭을 끝내고 나는 가벼운 마음으로 그 슬픈 집으로 향한다. 인테리어 회사에서 빌린 트레일러가 집 앞에 서 있다. 어린이용 암녹색 자전거와 짐칸에 아기 좌석인지 인형 좌석인지를 얹은 분홍색 작은 자전거가 트레일러에 기대어 있다. 나는 발길을 돌릴까 고민하며 3분 동안 초인종 앞에 그대로 서 있다. 왜 아직도 여기에 '볼코프 가족'이라고 쓰여 있을까.

그가 문을 연다. 맨발에 복서 반바지, 지저분한 흰색 셔츠와 헝클어진 머리카락, 다크서클. 그가 손으로 머리카락을 훑는다.

나: 도와주려고.

빅토르: 그러지 않아도 돼.

나: 그러고 싶어.

그는 나 같은 낯선 침입자로부터 입구를 지켜야 한다는 듯이 문간에 계속 서 있다.

나: 내가 돌아가는 게 나아?

마음 한편으로는 그가 그렇다고 대답하기를 바란다.

빅토르: 나도 몰라.

나는 그를 지나쳐 비집고 들어간다: "그럼 같이 알아내자. 언제든 나를 내쫓을 수 있잖아."

입구 벽에 걸려 있던 사진은 이제 없다. 볼코프 가족의 사진이 걸려 있던 못 자국, 눈에 거의 보이지 않는 구멍만이 남았다. 거실과 주방은 지난번에 왔을 때보다 더 휑하고 더 슬프게 보인다. 소파와 티브이 탁자, 책장과 식탁과 의자는 아직 있긴 하지만 텅 비었다. 사람이 살았던 흔적인 사진과 책, 디브이디와 기타 잡동사니들은 모두 사라졌다. 창문과 문이 모두 열려 있어서 차가운 가을바람이 집을 통과하여 지난다. 지난밤에 처음 서리가 얼어 집 안은 무척 춥다.

빅토르: 사실 아주 간단해. 재활용 센터에 가져갈 물품을 몽땅 트레일러에 던지면 돼. 가구들은 이베이 광고에 올렸어.

사실 아주 간단하다.

빅토르: 다행히도 물건이 많지 않아. 가족들은 여기에 딱 1년밖에 안 살았고, 그 전에 살던 집은 무척 좁아서 공간이 없었으니까.

다행인가.

나: 보관할 물건은 어디에 담아?

빅토르: 저기 커다란 박스에.

커다란 박스는 거실 한가운데에 마치 관처럼 놓여 있다. 나는 사납고 못된 짐승이 그 안에서 나를 노리기라도 한다는 듯이 조심스럽게 박스로 다가가서 안을 들여다본다. 벽에 걸려 있던 사진들이 니카의 입학식 사진을 제일 위로 한 채 들어 있다. 니카는 빨강 체크무늬 원피스 차림으로 입학 선물인 알파벳이 붙은 파랑 고깔을 들고, 작은 장미들이 인쇄된 분홍색 스카우트 책가방을 등에 메고 칠판 앞에 서 있다. 밝은 금발을 양 갈래로 땋았고, 카메라를 보는 파란 눈동자는 환하게 빛난다. 니카의 입학식 사진 옆에는 글라스 데코로 만든 태양과 요리책, 헝겊 물개 인형이 놓여 있다.

"어디부터 시작할까?"라거나 "예전에 나도 글라스 데코로 그림을 그렸어"처럼 뭔가 부담 없는 말을 꺼내고 싶지만 아마 바보같이 들릴 테지. 그래서 우리는 입을 다문 채 바람이 지나가는 슬픈 집, 슬픈 박스 앞에 나란히 서 있다. 맑은 10월의 햇살 냄새가 풍겨오자 나는 글라스 데코 냄새가 어땠는지 기억하려고 한다. 예전에 그 냄새를 무척 좋아했으니까.

어쩌면 "다 괜찮아질 거야"라든가 "고통은 점차 희미해져"처럼 뭔가 용기를 북돋우는 말을 하는 게 좋을지도 모르지만 그건 더욱 바보 같은 말이 되겠지. 또 정말로 괜찮아질지 어떨지 내가 어떻게 안단 말인가.

나: 나도 예전에 글라스 데코로 그림을 그렸어.

냄새. 그 냄새가 도무지 기억나지 않는다. 튜브에 들어 있고 매니큐어처럼 마를 때가 많아서, 그렇게 되면 사용하지 못했다는 것만 기억난다. 어릴 때 아버지에게서 이런 글라스 데코 세트를 크리스마스 선물로 받았다. 뭘 만드는 건 도무지 좋아하지 않았지만 글라스 데코는 왠지 모르게 멋있었다. 아마 냄새 때문이었을 것이다.

아버지가 떠나자 글라스 데코로 만들기도 멈췄다. 아버지에게 새로 아이가 생기자 나는 글라스 데코 재료와 유리창에 붙었던 그림을 포함해서 아버지에게 받았던 선물을 모두 버렸다.

나: 이 집 어딘가에 글라스 데코 물감이 아직 남아 있어?

빅토르가 의아한 눈길로 나를 본다.

빅토르: 응, 아마 니카 방에 있을 거야.

그래서 우린 하필이면 니카의 방부터 정리를 시작한다. 나는 원래 아이들 방, 특히 이반의 방은 피하거나 아무것도 느끼지 못하는 상태로 들어가고 싶었다.

충격적이다. 니카의 방은 전혀 비어 있지 않다. 여전히 가득 차 있고 금방이라도 니카가 학교에서 돌아올 것처럼 생기가 넘친다. 양탄자에는 아직도 바비 인형이, 릴리피 공주 커버를 씌운 침대에는 너무나 많은 동물 인형이 놓여 있어서 사실 아이가 누울 자리도 없다. 작은 장미들이 인쇄된 스카우트 책가방이 책상 옆에 열린 채로 있고, 그 옆에는 책가방과 어울리는 운동 가방이 있다. 슬리퍼도 바닥에 놓여 있다. 디들마우스 휴지통은 꽉 찬 상태다. 빅토르가 이 방은 손도 대지 않은 게 확실하다. 책상과 책장에 두툼하게 앉은 먼지만 니카가 오늘도, 그리고 내일도 학교에서 돌아오지 않을 거라는 사실을 말해준다. 아니, 비명을 지르며 알려준다고 하는 편이 더 맞다.

유리창은 글라스 데코 작품들로 거의 다 덮였고, 옷장에는 스티커가 붙어 있고 책상은 색연필로 그린 그림이 가득하다. 방은 니카가 남긴 흔적으로 가득 차 있다.

빅토르가 책상 서랍 한 칸을 연다. 상당히 많은 글라스 데코 물감이 모여 있다. 나는 노랑 튜브를 들어 뚜껑을 열고 냄새를 맡는다. 맛있는 냄새. 매니큐어 리무버, 벤진, 테레빈유, 글라스 데코. 나는 예전부터 톡 쏘는 듯한 독성 냄새를 무척 좋아했다.

빅토르: 가져가고 싶어? 이다에게 주려고?

나: 응.

책상 의자에 헝겊으로 만든 커다란 손가락 인형이 놓여 있다. 빨간색과 흰색 줄무늬 티셔츠에 파란색 바지 차림이고 머리카락은 빨갛다.

빅토르: 이쪽은 로타.

왠지 모르게 로타에게 인사를 해야 할 것 같은 느낌이 든다.

로타의 뺨에 꿰맨 틈이 보인다. 흉터다.

나: 안녕, 로타?

로타는 대답하지 않는다.

빅토르: 니카는 다섯 살 생일에 로타를 받았는데, 마치 가족과도 같았지. 니카에게만 그런 게 아니었어.

나는 로타를 바라본다. 로타가 친근하게 미소 지어서 나도 미소로 화답한다.

빅토르: 니카는 로타를 어디든 데리고 다녔어. 가족 파티나 뭐 그럴 때 로타가 안 보이면 항상 누군가 "로타는 어디 있어?"라고 묻곤 했지. 그럴 때면 니카가 아버지에게 눈을 흘겼어. 아버지는 인형을 좋아하지 않았어. 인형이 섬뜩하다고 생각했고, 또 무엇보다도 니카가 헝겊 인형을 자전거 뒤에 싣고 돌아다니면 다른 아이들에게 따돌림을 당할까 봐 걱정했지.

나는 니카가 좋아진다. 그 아이를 만났더라면 참 좋았을 텐데.

나: 저 흉터는 왜 생긴 거야?

빅토르는 대답하지 않는다. 나는 뒤늦게 그 이유를 깨달는다.

빅토르: 로타는 흉터만 입고 살아남았어.

로타는 슬픈 박스에 들어간다. 나머지는 버려야 한다. 우리는 기록적인 속도로 물건들을 빨래 바구니에 담아 방을 비우면서 아무 말도 하지 않는다.

같은 방식으로 사샤의 방과 부모님 침실도 정리한다. 기계처럼 위로, 아래로, 위로, 아래로 움직인다. 우리는 이반의 방에 들어갈 때까지 거의 최면 상태로 일한다. 사샤와 니카의 방에 비하면 상당히 비어 보인다. 그리고 정리가 잘되어 있다. 여기저기 늘어져 있는 물건도 없다. 침대, 연파랑 침대 커버, 책상, 옷장, 책장. 책장에는 모자 두어 개, 책 몇 권, 신발 상자 두 개가 있다. 나는 책장으로 가까이 다가선다. 도스토옙스키 작품이 많고, 헤세의 『데미안』과 카프카의 작품도 당연히 있고, 쿤데라의 『이별의 왈츠』, 되블린의 『베를린 알렉산더 광장』, 니체의 『차라투스트라는 이렇게 말했다』와 『인간적인 것, 너무나 인간적인 것』, 릴케의 『말테의 수기』, 톨스토이의 『전쟁과 평화』와 『안나 카레니나』, 라베의 『포겔장의 서류들』, 슈니츨러의 『구스틀 소위』와 『소실점(Fluchtpunkt)』. 한 권만 제외하고 모두 알파벳 순서로 정리되어 있다. 페터 바이스 작품 옆에 카타리나 하커의 『빈털터리들』이 꽂혀 있다. 나는 그 책을 꺼내 든다. 이반이 고전만 읽어서 내가 준 책이다.

호숫가에 갈 때면 이반과 나는 항상 책을 가져갔는데, 이반은 문장에 줄을 긋기 위해 연필도 가져갔다. 그는 러시아 작가들의 작품과 세기말과 세기초 작품을, 나는 주로 현대문학을 읽었다. 마를레네는 우리가 지루한 아이들이라고 자주 불평했다. 이 책처럼 우리는 이따금 책을 바꿔 읽기도 했다. 나는 이 책을 주고 도스토옙스키의 『노름꾼』을 받았다. 나는 소설책을 펼친다. 밑줄이 그어진 곳이 많다. 이반이 이 책을 읽었는지도 모르고 있었다. 36쪽 한 곳에 두꺼운 밑줄이 그어져 있고, 그 옆에 "틸다와 토론할 것"이라고 쓰여 있다. 나는 흘러내리는 눈물을 막을 길이 없다. 이반이 죽었다는 사실이 너무나 화가 난다. 이루 말할 수 없이 분노한다. 너무나 부당하다. 정말 좋은 사람이었는데. 빌어먹을. 빌어먹을. 빌어먹을. 내가 침대에 앉자 빅토르가 내 옆에 앉아 한 팔로 나를 감싼다. 둑이 무너져 버린다.

빅토르: 다 괜찮아질 거야.

내가 그에게 해야 할 말인데. 빅토르의 목에 얼굴을 묻자 눈물이 그의 셔츠를 적신다. 그가 내 머리를 쓰다듬는다.

침묵.

빅토르: 엄마에게 전화를 하면 이반이 새 친구 두 명과 또 돌아다니고 있다고 늘 말씀하셨어.

나: 내가 두 친구 중에 한 명이라는 거, 알고 있었어?

빅토르: 당연하지. 이반이 틸다도 형처럼 괴짜라고 말했을 때, 바로 알았어. 그 틸다가 베버 선생님이 예전에 소개해 준 무례한 8학년 틸다 슈미트라는 걸.

나는 슬그머니 웃는다. 그러니까 빅토르도 우리가 만났을 때를 기억하고 있었구나.

지금이야. 나는 그를 똑바로 바라볼 수 있도록 몸을 세우고 그의 목에서 얼굴을 뗀다. 그가 어떻게 반응할지 몰라 두렵다. 하지만 말하지 못하고 점점 더 깊숙이 묻어두다가 언젠가는 말을 하기에 너무 늦어질까 봐 더욱 두렵다. 그러면 그 마지막 저녁은 점점 더 무거워지고 딱딱해지는 돌덩이처럼 내 내면에 가라앉을 테고, 무엇보다도 우리 둘 사이를 가로막겠지.

나: 마지막 날 밤에 우리는 이반과 함께 외출했어. 이반은 전혀 원하지 않았는데 우리가 가자고 설득했지.

침묵. 드디어 말이 바깥으로 나왔다.

나: 마약도 하자고 했고.

마를레네와 나는 이반이 운전을 했는지 알지 못했다. 그가 운전했을까 봐 겁나서 더 알아보려고 하지도 않았다.

빅토르: 그날 밤에 즐거웠어?

그의 입술에 아주 부드러운 미소가 걸려 있다.

내 내면에 있는 돌덩이가 가벼워진다.

나: 그럭저럭. 나는 올챙이나 뭐 그런 게 등장하는 끔찍한 환각을 겪었어. 그 둘이 나를 챙겨야 했지.

그는 올챙이가 등장하는 환각을 자기도 자주 겪었다는 듯이 고개를 끄덕인다.

지금이야.

나: 그날, 이반이 운전했어?

빅토르: 아니.

돌덩이가 녹았지만, 그 돌덩이 뒤편에 놓여 있던 작은 돌멩이 하나가 아직 남아 있다.

나: 이반이 마지막 날 밤에 나더러 같이 러시아로 가지 않겠냐고 물었어.

내 몸이 떨린다.

빅토르가 나를 꽉 잡는다.

빅토르: 이반은 늘 나보다 용감했지.

우리는 꽤 오랫동안 앉아 있는다. 얼마나 오래인지는 모르지만, 시간이 흘러서 이제 어둠 속에 앉아 있다.

이반의 방도 해냈다. 우리는 재활용 센터에 가서 모든 물품을 컨테이너에 던져 넣는다. 이번에도 기계처럼 움직인다. 여기로, 저기로, 여기로, 저기로.

차에 앉자 마음은 가벼웠지만 몸이 너무 지쳐서 긴 드라이브를 가고 싶다는 생각이 든다.

빅토르: 이제 너를 집에 데려다주고 트레일러를 가져다줘야겠다. 괜찮지?

나는 그를 혼자 둘 수 없다.

나: 아니. 오늘은 너희 집에 있을래.

빅토르는 대답하지 않는다.

그가 트레일러를 가져다주는 동안 나는 에데카 슈퍼마켓으로 가서 구운 닭과 감자튀김과 양배추샐러드를 산다. 오늘은 구운 닭을 파는 고켈 푸드 트럭이 문을 여는 목요일이다. 나중에 식탁에 앉아 음식을 먹는 동안에도 그는 거의 말이 없다. 내 질문에 대답하고 내 농담에 웃지만, 나는 오늘 하루 그가 완전히 무너졌음을 알 수 있다. 얼굴이 창백하고 눈 밑에 다크서클이 짙어졌다. 그의 내면이 어떤 모습인지 알고 싶은지 아닌지 나 스스로도 모르겠다. 내가 그의 처지가 되어 이다와 엄마의 물품을 재활용 센터에 가져가야 한다고 상상하니, 먹은 닭고기가 다시 올라오고 크게 고함을 지르며 내 팔을 칼로 찌르고 싶다.

빅토르: 먼저 올라가. 나는 여기를 좀 치울게.

내 몸이 '잠'을 자고 싶다고 외쳐서 나는 순순히 그 말을 따른다. 이를 닦고, 아직 한 번도 들어가 보지 않은 그의 방으로 간다. 바닥에 놓인 매트리스, 노트북만 있는 책상, 옷 몇 벌이 걸려 있는 행거, 그 옆에 여행 가방. 매트리스에 쓰러지자 곧장 잠이 엄습한다.

흐느끼는 소리가 들린다. 여기가 어딘지 내가 깨닫기까지는 시간이 조금 걸린다. 옆에 빅토르가 있다. 그가 등을 대고 누워 있다. 눈을 뜨고 있는 것 같다. 빅토르가 지금 우는 걸까? 울고 있다.

나는 그에게 가까이 다가가 그의 가슴에 내 팔을 올린다. 빅토르의 가슴이 떨리고 있다. 나는 그의 얼굴에서 눈물을 닦아낸다.

나: 빅토르, 내가 여기 있어.

시간이 조금 흐른 뒤에 그가 나에게로 몸을 돌려 나를 품에 안고 이마에 입을 맞춘다. 우리는 서로 꼭 안고 있다. 이 순간이 너무 좋아서 나는 잠들고 싶지 않다. 마지막으로 들리는 소리: "틸다, 내가 여기 있어."

알람이 울릴 때까지 우리는 여전히 꼭 껴안은 채 누워 있다. 나는 그대로 누워 있을까 잠깐 고민하다가, 수업 시작 전에 이다에게 전화하려고 그의 품을 벗어난다. 날이 밝아온다. 아침 햇살을 받은 빅토르의 얼굴은 한 번도 고통을 겪어본 적 없는 어린 소년처럼 보인다. 나는 그의 뺨에 입을 맞추고 아래층으로 터덜터덜 내려간다.

일을 하러 가는 길에 이다에게 전화한다. 어제 내가 전화로 빅토르 집에서 자도 괜찮은지 묻자 이다는 "아이고, 아이고, 아이고"라고 하고는 "네, 아가씨"라고 대답했다.

이다: 언니, 안녕.

나: 안녕, 이다. 어때?

이다: 좋아. 언니는? 언니랑 빅토르는?

이다의 목소리에서 웃음이 묻어난다. 이다가 미소를 짓고 기분이 좋은 상태라서 나도 기쁘다.

나: 아주 좋은 것 같아.

나: 어제저녁에 뭐 했어?

이다: 저녁 먹고 예술 특별활동 그림을 한 장 그렸어.

나: 엄마도 같이 식사했어?

이다: 아니. 엄마는 티브이 앞에 누워 있었어.

트위티 잠옷 차림으로 혼자 저녁상에 앉아, 빵에 잼을 발라 먹는 이다를 상상하니 속이 메슥거린다. 이다를 혼자 내버려둔 나 자신이 밉다. 베를린으로 가면 어떻게 견뎌야 할지 모르겠다.

나: 차에 치인 빨간 무도 있었어?

이다: 당연하지. 누텔라 토스트 빵은 물론 없었고 말이야.

나: 당연히 그래야지. 오늘 저녁에는 내가 다시 갈 거야.

이다: 안 와도 돼. 빅토르 집에 그냥 있어도 된다고. 밥 먹으면서 스마트폰으로 유튜브 비디오를 볼게.

이다: 둘이 키스했어?

나: 이다.

이다: 했어, 안 했어?

나: 이다, 이건 사랑 이야기가 아니라고 내가 말했잖아. 학교 잘 다녀와.

이다: 그거야 언니가 결정할 수 없어.

나: 이다.

이다: 그건 살인 피해자가 범행 현장에서 "이건 범죄 이야

271

기가 아니야"라고 말하는 거나 마찬가지라고.

이다: 그렇게 말해도 살해당하지.

나: 엄청난 비유네.

정말 굉장한 비유로군.

이다가 전화를 끊는다. 어린 아가씨가 아주 뻔뻔해졌다.

나는 물품을 컨베이어벨트로 당기면서 손님이 누굴까 알아맞히려 하지 않는다. 빅토르가 혹시 그냥 사라지는 건 아닐지 걱정된다. 미리 말하지 않고 작별 인사도 없이, 이번에는 정말로 영원히 떠나서 내가 내일 또는 모레에 완벽하게 텅 빈, 그 슬픈 집 앞에 서 있게 될까 봐 가장 두렵다. 어제 그는 2년 전부터 함부르크에 살면서 프리랜서 프로그래머로 일하고 있다고 말했다. 언제 떠나는지 묻자 "조만간"이라고 대답했다. 이 '조만간'이 나를 미치게 한다. 언제 떠나는지 정확하게 알지 못해서 미칠 것 같다. 그가 떠나면 난 어떻게 하지? 그냥 예전과 똑같이 살게 될까? 이런 생각을 하면 어지러워져서, 지원서를 보냈다고 말했을 때 그가 미소 짓던 모습, 또는 복서 반바지와 지저분한 셔츠 차림에 맨발로 문간에 서서 아무 대답도 못 하던, 귀여웠던 모습을 떠올리려고 애쓴다.

예전에 마를레네가 누군가를 사랑하게 될 때마다 나는 늘 화가 아주 많이 났다. 언제나 몽롱했기 때문이다. 마를레네는 그 남자 이야기만 했고, 그가 있는 곳으로만 가려고 했고, 그 남자가 자기를 사랑하지 않을까 봐 전전긍긍했다. 사랑에 빠져서 안개에 싸인 마를레네의 눈길을 볼 때면 나는 이 친구에게 다가갈 수 없다는 사실을 알았다. 나는 이렇게 말하곤 했다: "마를레네, 그 남자는 너무 멍청해. 그걸 모르겠어?"

그런데 이제 나 스스로 사랑 이야기의 희생자가 되어, 생각이 빅토르를 중심으로 돌아가는 걸 느낀다. 다른 문제가 아주 많은데도. 지금 이건 사랑 이야기가 되어서는 절대 안 된다. 설령 된다고 해도 이다와 나의 사랑 이야기, 무엇보다도 엄마로부터 해방되는 이다의 영웅담이 되어야 한다. 하지만 다르게 생각하자면, 사랑이 빠진 영웅 서사시가 무슨 의미가 있을까? 지크프리트와 크림힐트가 없는 『니벨룽겐의 노래』가 다 뭐란 말인가? 콘드비라무어스 없는 『파르치발』은? 중요한 것은 비극적인 사랑 이야기는 되지 않으리라는 점이다. 나는 사랑 이야기를 만들어낼 능력이 없다. 어쩌면 빅토르가 내일이나 모레 그냥 사라지는 게 가장 좋을지도 모른다. 그러면 내가 다시 중요한 일에 집중할 수 있을 테니까.

레드불, 레드불, 폼 베어 케첩 맛 감자칩. 8학년 학생 두 명, 남학생. 나는 이렇게 추측한다. "3유로 89센트요"라고 말하고 고개를 드니 5학년 여학생 두 명의 얼굴이 보인다. 이다와 또 다른 아이다. 이다와 키가 비슷하고, 검고 긴 머리카락에 눈동자는 암갈색이다.

이다: 얘는 사마라야.

그러니까 얘가 사마라구나.

나: 안녕, 사마라.

이다: 이쪽은 우리 틸다 언니.

사마라: 안녕, 틸다 언니.

나: 너희들, 지금 학교에서 나오면 안 될 텐데. 아니야?

이다가 장난꾸러기 같은 미소를 짓는다.

나: 걸리지 마. 이 개구쟁이야.

두 아이가 나란히 있는 모습이 재미있다. 검은 생머리에 재색 모직 원피스 차림의 사마라와 금발 고수머리에 자기 옷, 아니 사실은 내 옷인 형광 분홍색 양모 스웨터와 여름방학 초반에 H&M에서 새 학교에 입학할 때 입으려고 산 멜빵바지 차림인 이다. 음과 양, 성장 영화에 등장하는 두 인물처럼 보인다.

이다: 오늘 학교 끝나고 사마라 집에 가도 돼?

이다는 지금까지 방과 후에 여자든 남자든 친구 집에 간 적이 한 번도 없다. 이다는 친구가 없다. 친구가 없었다고? 슈 뵈벨 선생님의 말에 따르면 이다는 중간 놀이 시간이면 카를

로타와 핀야라는 친구와 함께 논다고 했다. 하지만 내가 그 친구들에 대해 물어보면 이다는 같은 반 아이들일 뿐 친구는 아니라고 분명하게 대답하곤 했다. 이다와 사마라를 번갈아 쳐다보고 있노라니 마를레네와 내가 저절로 떠오른다. 학교에서 우리는 떼어놓을 수 없는 사이였는데, 지금 이 순간 나는 마를레네에게 깊은 감사를 느낀다. 그 아이가 없었더라면 내 어린 시절과 청소년기는 어떻게 되었을까. 이제 더는 예전과 같은 관계가 아니라는 게 왠지 모르게 마음 아프다.

사마라: 우리 엄마가 괜찮다고 했어. 우리 먹으라고 라자냐를 만들어준대.

사마라는 나지막하지만 또렷한 목소리로 말하고, 말하는 내내 거의 검은색에 가까운 암갈색 눈동자로 나를 빤히 바라본다. 나는 이 아이가 마음에 든다. 마를레네의 엄마도 이따금 라자냐를 요리해 줬는데, 다 합쳐도 약 네 번 정도일 만큼 드물었다. 그러니 사실 특식이었다.

이다: 언니, 그러면 언니는 빅토르에게 갈 수 있어.

나는 아직 대답을 하지 않고 여전히 두 아이를 번갈아 가며 빤히 쳐다보고 있었다.

나: 그래, 사마라 집에 가도 돼.

이다: 빅토르는 틸다 언니의 애인이야.

나는 그를 애인이라고 표현하고 싶지 않지만, 5학년짜리 두 명 앞에서 변명할 필요는 없을 것 같다. 나는 레드불이 술이라도 되는 것처럼 주차장에서 의기양양하게 건배하고 걸어가는 음과 양을 지켜본다. 마를레네와 나도 중간 놀이 시간에는 슈퍼마켓에 자주 갔다. 언제나 막대 아이스크림을 샀는데 나는 초록이나 파랑을, 마를레네는 빨강이나 갈색을 샀다. 그러고는 수업 종이 다시 울릴 때까지 커다란 그물 그네에 앉아 있었다.

세 시간 후에 나는 스파게티와 잘게 간 고기, 토마토퓌레를 계산대에 내려놓는다. "4유로 49센트." 나드야의 말에 나는 계산을 하고서 백팩에 물품을 집어넣은 다음 슬픈 집으로 향한다. 원래는 대학에 가서 석사 논문을 써야 하지만 그가 이곳에 있는 동안은 곁에 있고 싶다. 게다가 요즘은 논문 생각을 할 만큼 머리가 맑지 않다.

그의 배가 집 앞에 서 있다. 초인종을 눌렀지만 그는 집에 없는 듯하다. 문이 열려 있어서 들어가 보니 집은 텅 비었고 쓸쓸하다. 나는 식탁에 놓인 '누구나 원하는 고켈 바비큐' 냅킨 옆에 장 본 것을 내려놓는다.

황금빛 가을날이다. 집 안의 무거운 정적과 공허함을 견딜 수 없어서 나는 정원에 누워 눈을 감고 얕은 잠에 빠진다.

그러다가 언제 왔는지 그가, 땀에 젖은 빅토르가 내 위쪽

에 서 있다. 검은색 반바지와 흰색 셔츠, 운동화에 흰색 나이
키 헤어밴드 차림이다.

빅토르: 어이, 스토커. 나를 아무리 봐도 또 보고 싶은 모양
이군.

그가 옆에 앉더니 내 이마에 입을 맞춘다. 살찐 잠자리 두
마리가 내 복벽으로 날아가서 부딪힌다.

나: 넌 요즘 감정적으로 불안정한데, 아무도 와서 들여다
보지 않잖아.

그는 어깨를 으쓱하고 내 옆에 눕는다.

나는 그의 배를 베고서 그의 숨소리를, 고동치는 심장을
느낀다. 나뭇잎과 새파란 하늘 냄새가 나고, 어디서 누군가
바비큐를 하는 냄새도 풍겨온다. 나는 바비큐 냄새를 좋아한
다. 예전에 언젠가 내가 엄마가 된다면 날씨가 좋을 때 아이
들과 자주 바비큐를 할 거라고 상상하곤 했다. 그가 내 머리
를 쓰다듬는다. 나는 이제 다시는 일어나고 싶지 않다. 10월
에는 해가 18시 30분쯤 떨어진다. 추워지기 전에 아직 세 시
간은 이렇게 누워 있을 수 있다는 뜻이다. 나는 새파란 하늘
을 쳐다보며, 마를레네와 나와 이반이 8월 8일에 봤던 극적
인 먹구름을 떠올린다.

나: 마지막 날에 이반이 마를레네와 나에게, 우리랑 이다
를 슬로베니아를 거쳐 크로아티아로, 류블랴나를 거쳐 바닷

가 피란으로, 거기서 해안을 따라 크로아티아로 데려가겠다고 약속했어. 폴라와 메둘린, 리예카로.

그가 입을 다문 채 내 머리를 쓰다듬는다. 적절치 못한 말이었나?

빅토르: 언젠가 네가 그 약속을 이반 대신에 지킬 수도 있을 거야.

어쩌면 그럴 수도 있겠지. 하늘에 또 새들이 모이더니 남쪽으로 향한다.

빅토르: 우리 가족은 1년에 한 번 러시아로 갔을 뿐, 다른 곳으로는 여행을 간 적이 없어.

나는 그의 손을 잡고 엄지로 쓰다듬는다.

빅토르: 이반은 열여섯 살에 친구들과 처음으로 기차를 타고 남프랑스로 갔어. 그때 이후로 방학을 하면 언제나 유레일패스를 사서 유럽을 돌아다녔지. 아마 그러느라고 빌어먹을 마약 거래를 시작했던 모양이야.

나도 모르던 일이다. 내가 이반에 대해 도대체 아는 게 뭘까? 6월 1일 저녁, 다섯 알에 100유로를 요구하던 이반의 오만한 웃음이 떠오른다.

빅토르: 이반은 유럽의 멋진 기차 여행 노선을 모두 알고 있었어. 헬라스 익스프레스를 사랑했지. 베오그라드와 스코페, 테살로니키 사이를 오가는 야간열차야.

나는 한 번도 야간열차를 타본 적이 없지만 아마도 아름다 울 것 같다. 야간열차에 누워 유리창으로 스코페를 내다보는 상상을 해본다. 스코페에 대해 전혀 모르면서도. 아마 마케도 니아에 있는 것 같은데, 어쨌든 그곳이 내 마음에 들 거라고 확신한다. 유리창으로 밖을 내다보는 내 모습을 상상한다. 황 갈색 다리와 짙푸른 강이 보인다. 객실 미닫이문이 열리고, 검표원이 아니라 이다와 빅토르가 손에 컵 세 개를 들고 서 있는 모습을 상상한다.

빅토르가 몸을 일으키더니 내 머리를 풀밭에 내려놓는 바 람에 우리의 헬라스 익스프레스 여행이 갑자기 끝나버린다. 숨을 쉬는 배가 베개로 하기에는 더 편안했다. 바닥은 딱딱하 고 차갑다. 나는 눈을 뜨고, 옆에 앉아서 나를 지켜보는 그를 쳐다본다. 내 위로 몸을 숙이고 의사가 환자를 살피듯이 보는 그의 눈길을 계속 받아낸다. 그가 오른손을 내 왼쪽 뺨에 올 린다. 그의 시선이 마치 뭔가를 찾는 듯이, 내가 알지 못하는 질문에 대한 대답을 찾는 듯이 내 얼굴 전체로 옮겨 간다. 그 러다가 그의 눈길이 다시 내 눈길과 만나고, 그가 고개를 젓 는다.

빅토르: 말도 안 돼. 이렇게 되리라고는 정말이지 상상도 못 했어.

나: 뭐가?

빅토르: 너랑 말이야.

해넘이가 시작되어도 우리는 계속 옆에 나란히 누워 있다. 빅토르가 함부르크에서 온 친구가 디제잉을 한다고, 오늘 저녁에 알테 바헤 클럽으로 춤추러 가자고 제안한다. 나는 사실 다시는 그곳에 가고 싶지 않지만, 이따금 외출하는 게 빅토르에게 좋을 것 같다. 그리고 어쩌면 그곳에 가보는 일이 나에게도 중요할지 모른다.

나: 그래, 샤워하러 가. 나는 먹을 걸 좀 만들 테니.

우리는 몇 주 전에 걸었던 들길을 따라 걷는다. 이번에는 반대 방향이고, 우리 사이에 40센티미터의 거리도 없다. 1센티미터도 존재하지 않는다. 그의 팔이 내 어깨에 올라와 있고, 나는 그가 다시는 팔을 내리지 못하게 그의 손을 잡고 있다. 이 길이 아주 길기를, 바다로 이어지기를 바란다. 북쪽 해변에 도착하려면 아마 100시간쯤 걸릴 것이다. 내 생각에 우린 해낼 것 같다. 몇 번 쉬어가면 될 테니까.

알테 바헤 클럽이 요란하게 박동하는 모습이 멀리서부터 보이고 귀에도 들린다. 입장하지 못했는지 화가 난 밤의 올빼미들이 맞은편에서 오더니 "개같은 클럽"이라며, 우리더러 돌아가는 편이 나을 거라고 말한다. 늘어선 줄의 길이가 틀림없이 80미터는 되지만 우리는 그 옆을 지나 문지기에게 바로 간다.

빅토르: 빅토르 볼코프. 손님 명단에 있습니다. 이쪽은 내 여자 친구.

클럽에 오면 늘 기이하다. 술에 취해 어딘가에 붙어서 빈둥거리는 사람들, 사방으로 향하는 고삐 풀린 시선들, 딱 붙어서 비벼대는 몸뚱이 등등 모두 이상하게 보인다. 이곳이 낯설어 도망치고 싶고, 내가 여기서 도대체 뭘 하는지 스스로도 의아하고, 이 허무맹랑한 쇼의 일부가 되는 대신 따뜻한 침대로 돌아가고 싶다. 하지만 음악이 들려오면 곧장 모든 것이 좋아지고, 내 주변의 모든 다른 것을 그냥 꺼버린다. 모든 것을 차단한다. 눈을 감고 비트를 일단 손가락 끝으로 들여보내고, 그다음에 손과 팔로, 배와 가슴으로, 머리로, 다리와 발로, 발가락 끝까지 내려보낸 다음 나를 놓아버린다.

그러면 오로지 음악과 나뿐이다. 음악과 나밖에 없다. 그리고 그가 있다. 빅토르 볼코프. 나는 옆을 본다. 상기된 그의 뺨과 감고 있는 눈.

그러다가 우린 마주 보고 선다. 시간이 멈춘다. 우리는 서로의 눈을, 깜박이는 불빛을, 우리 주변에서 움직이는 육체를 본다. 음악 소리가 줄어든다.

나는 그의 새파란 눈동자를 들여다본다. 여러 장면들이 죽기 직전 주마등처럼 내 옆을 스쳐 지나간다. 7월의 그날 저녁에 갑자기 나타난 그가 수영장 출발대에 서 있던 모습. 나와 이다 때문에 불안해하며 내 마음을 아프게 했던, 슬픈 집에서의 빅토르. 내가 고열에 시달릴 때 내 책상에 앉아 있던 그의 모습. 새 떼, 우리의 키스. 레드와인 때문에 상기된 그의 뺨, 그의 눈 속에서 다 녹아내린 얼음. 조금 전에 내가 만든 볼로냐 스파게티가 맛없다고 말하면서 머금은 뻔뻔한 미소. 내가 그의 눈에서 보는 것을, 그도 반사되어 비치는 내 눈에서 보는지 궁금하다. 조금 창피하니까 그가 못 보길 바란다. 떠나기 전에 다시 한번 모든 것을 각인해야겠다는 듯이 그가 내 얼굴을 찬찬히 바라본다.

나: 이건 작별이야?

빅토르가 고개를 젓는다.

빅토르: 아니, 오히려 반대지.

나: 작별의 반대가 뭔데?

그가 생각에 잠긴다.

빅토르: 도착?

나: 왜 물음표가 붙어?

빅토르: 나도 몰라.

빅토르: 어쩌면 너에게 하는 질문이기 때문에? 아니면 네가 더 나은 말을 떠올릴 수도 있으니까?

나: 나에게 하는 질문이라면, 내 대답은 '응'이야.

나: 도착이 좋다고 생각해.

빅토르가 미소 짓는다.

빅토르: 좋아.

나는 그에게 키스한다. 작별이 아니라 도착임을 이제 알게 됐으니 큰 부담이 사라진다.

동이 틀 무렵에 우리는 걸어서 돌아온다. 안타깝게도 바닷가로 가는 건 아니지만 그래도 괜찮다. 우린 시간이 있으니까. 이제야 막 서로에게 도착했으니까.

나는 물품들을 계산대 컨베이어벨트로 당기면서 고객 알
아맞히기 놀이를 하지 않는다. 그 대신 빅토르를, 그와 함께
한 지난 며칠을, 해 질 녘부터 푸르스름한 새벽녘에 내 알람
이 울릴 때까지 그의 매트리스에서 보낸 지난밤을 떠올린다.
그가 내 배에 키스하던 생각을 하자 내 안에서 잠자리들이 다
시 날뛰기 시작한다. "하지 마!"라고, "나는 십 대가 아니야!"
라고 소리치고 싶다. 너무 간질거려서, 박사 과정 지원을 준
비하느라 읽고 있는 장 프랑수아 르 갈의 『브라운운동, 마팅
게일, 확률미적분학』을 억지로 생각한다. 소용이 없다. 그래
서 잠자리를 내 몸에서 한 마리씩 꺼내, 컨베이어벨트 위로
당기는 상상을 한다. 잠자리들은 크고 강하다. 내가 잡고 있
는 방추형의 길쭉한 몸통은 단단하다. 물망초 보라색, 새빨간
색, 푸른 바다색이 무척 아름답다. 촘촘한 그물맥이 가로지르
는 날개는 마법 같다. 영어로는 '드래곤ㅡ플라이'다. 컨베이어
벨트로 더 많은 잠자리들을 당길수록 이 '용ㅡ파리'들은 새파

란 눈으로 나를 더욱 강렬하게 쏘아본다. 모든 것을 볼 수 있는 새파란 겹눈으로 나를 비웃는다. "넌 우리를 떼어낼 수 없어." 그 눈들이 말한다. "우린 점점 더 많아지고, 더 커지고, 더 강해질 거야." 이 멍청하고 지저분한 곤충들이 그저 후진 비행을 할 수 있다는 이유만으로 이렇게까지 오만하게 구는 건가? "너희는 겨우 2주에서 8주 동안만 살 수 있어!" 나는 이렇게 소리치고 싶지만 그 대신 "63유로 98센트요"라고 말한다.

네 시간 후에 내가 전자레인지용 팝콘과 상하이 치킨을 계산대에 올려놓자, 바흐 부인이 "3유로 30센트"라고 말한다. 나는 계산을 하고 물품을 백팩에 넣은 다음 집으로 향한다.

요 며칠 동안 나는 이다와 엄마를 거의 잊고 지내다시피 했다. 아니, 이다는 아니지만 엄마는 조금 잊었다. 아니면 머릿속에서 억지로 몰아냈거나. 이다가 집에 없다. 나는 살짝 불안해진다. 엄마는 소파에 누워 있는데, 항우울제는 다음 주 또는 다다음 주에나 약효를 보일 것이다.

나: 이다는 어디 있어?

엄마: 사미라 집에.

나: 사마라야.

나: 엄마는 어때?

엄마: 괜찮아.

부엌이 깔끔하고, 냉장고도 채워져 있다. 바질 화분이 식탁에 놓여 있다. 뭘 해야 할지 모르겠다. 집을 비웠다가 돌아왔으니 뭔가 의미 있는 일을 하고 싶다. 냉장고는 가득 찼고 화분에는 물을 모두 준 상태이고, 우편함도 정리됐고, 세탁바구니도 비었고, 욕실도 깨끗하다. 이다는 정말 대단하다. 내가 없으면 이다가 아무것도 하지 못할 거라고 과소평가했던 일이 왠지 모르게 창피하다. 하지만 무엇보다도 이다가 자랑스러우면서 이제 이다에게 내가 필요하지 않은 것 같아서 약간 슬프기도 하다.

나는 부엌으로 가서, 어떤 요리를 하면 이다가 기뻐할지 곰곰이 생각한다. 프렌치토스트, 담프누델, 라이스푸딩, 사과 팬케이크. 바닐라 소스가 들어가는 요리를 만드는 게 가장 중요하다. 이다는 바닐라 소스를 무척 좋아한다. 닥터 오트커 바닐라 푸딩이 집에 있으면 이다는 한 팩을 모두 콘플레이크 그릇에 쏟아붓고는 티스푼으로 끝까지 맛있게 떠먹는다. 바닐라 소스는 벤앤제리스 아이스크림과 더불어 이다가 PB 상품으로 대체하지 않는 품목이다.

토스트를 프라이팬에 막 넣을 때 약속한 시간에 맞춰서 어두워지기 전에 행복로를 따라 걸어오는 이다의 모습이 보인다. 멜빵바지에 내 셔츠 재킷을 입고, 머리는 두 갈래로 땋아내린 채 스누피 백팩의 어깨끈을 양손으로 잡고 있다. 연석 위에서 균형을 잡으며, 예전에 내가 그랬듯이 시선을 연석 위에 집중하고 돌 하나당 두 걸음으로 걷는다. 사실 나는 지금도 그렇게 한다. 내가 유리창을 두드리자 이다가 고개를 들고 미소 지으며 손을 흔든다.

이다: 닥터 오트커 바닐라 소스보다 더 좋은 게 뭔지 알아?

나: 직접 만든 따뜻한 바닐라 소스?

이다: 계피랑 설탕을 넣어서.

나: 네가 바닐라 수프를 발명할 수도 있을 거야.

이다가 스마트폰을 꺼내 든다.

이다: 이미 있어. 사과 조각을 넣은 바닐라 수프.

이다: 언니가 베를린에 살면 나는 바닐라 수프를 무척 자주 먹을 거야. 언니는 나를 말리지 못해.

나: 내가 얼른 가기를 바라는구나.

하지만 나는 사실 아직까지 면접 초대장도 받지 못했다.

이다: 아니야, 그냥 가끔 상상해. 그리고 기회도 이용할 줄 알아야지.

그렇다, 그래야 한다.

나: 엄마는 요즘 어땠어?

이다: 그럭저럭. 그냥 계속 누워 있어. 약효가 아직 나타나지 않아.

나: 식사는?

이다: 내가 빵을 가져다주면 먹어. 어제는 엄마에게 누텔라 토스트를 만들어줬어.

나: 그래서 엄마가 먹었어?

이다가 고개를 끄덕인다: 변태 같다고 말하더라.

나: 팝콘을 사고 디브이디를 빌려 왔어. 〈아름다운 비행〉 알아?

이다: 아니. 어떤 이야기야?

나: 에이미에 대한 이야기. 엄마가 죽고 에이미는 아버지가 있는 캐나다로 가. 거기서 거위가 낳은 알들을 발견하고 거위 열여섯 마리를 기르는데, 이 거위들은 에이미를 엄마라고 생각하지. 그런데 문제는 에이미의 거위들이 자기 부모에게서 나는 법과 남쪽으로 가는 길을 배우지 못했다는 점이었어. 그 이상은 말해주지 않을래.

이다: 재미있을 것 같아.

이다는 이 영화를 좋아한다.

일요일 오후, 이다는 아크릴화를 그리고 나는 릴케의 『말테의 수기』를 읽는다.

나: 빅토르가 떠나. 월요일이나 화요일에.

이다: 하아.

이다는 캔버스에서 고개를 들지 않는다.

이다: 하지만 다시 오겠지. 안 그래?

나: 우리 2주 후에 바다에 갈 거야.

이다가 드디어 고개를 든다.

이다: 정말?

나는 고개를 끄덕인다.

이다: 빅토르랑 언니랑?

나: 빅토르랑 나랑 너.

이다: 나도 데리고 간다고?

나: 그럼, 당연하지.

이다의 얼굴이 환하게 빛난다.

이다가 그림 도구를 모두 챙겨 자기 방으로 가져간다. 10분 후에 돌아와서 상을 차린다.

여전히 접시를 세 개 놓는 걸 보니 마음이 아프다.

나: 접시는 두 개면 충분할 것 같은데.

이다: 아니, 빅토르도 같이 먹어.

나: 빅토르가 같이 먹는다고?

이다: 응, 내가 방금 물어봤어.

나: 무슨 말이야? 방금 물어봤다니?

이다가 스마트폰을 높이 든다.

지난번에 빅토르가 이다와 전화로 알파벳 모양 파스타 이야기를 할 때도 의아했지만, 빅토르는 나와 전화번호도 교환하지 않았는데 이다와는 계속 스마트폰으로 서로 연락하고 있다니 왠지 모르게 우습다.

나: 난 빅토르 전화번호도 몰라.

이다: 두 사람, 진짜 웃기는 한 쌍이야.

빅토르의 배가 들어온다. 나는 창가로 가서 그를 지켜본다. 우울한 표정을 한 선원. 보라색 후드 스웨터와 검은색 청바지, 검은색 모자 차림에 벤앤제리스 아이스크림 큰 컵 세 개를 들고 있다. 이다가 기뻐 날뛰겠군. 언젠가 극장에서 벤앤제리스 쿠키 도우 아이스크림 작은 컵을 처음 먹은 이후로 이다는 이걸 사 먹자고 조르곤 한다. 하지만 나는 시급의 절반에 해당하는 돈을 아이스크림 한 컵에 쓸 수 없다. 내가 저렴한 에데카 슈퍼마켓의 PB 상품을 사 왔을 때, 이다는 한 숟가락 먹더니 고개를 젓고 자리에서 일어나 숟가락을 싱크대에 던지고 말없이 부엌에서 나갔다. 기억에 남는 재미있는 장면이었다. 문간으로 달려가 문을 여니, 이제 더는 우울한 표정이 아닌 빅토르가 내 앞에 서 있다.

나: 어이, 스토커. 나를 아무리 봐도 또 보고 싶은 모양이군.

아이스크림 세 컵을 본 이다가 눈을 동그랗게 뜨고 환하게 웃는다.

이다: 벤앤제리스?

빅토르: 응. 주유소에 쿠키 도우밖에 없더라. 괜찮아?

이다가 고개를 아주 격하게, 아주 오래 끄덕인다.

빅토르가 웃음을 터뜨린다.

이다: 1인당 한 컵이야?

빅토르: 네가 다 먹을 수 있다면.

이다는 여전히 고개를 끄덕인다.

나: 하지만 후식이야. 식사한 후에 먹어.

여전히 고개를 끄덕이는 이다가 빅토르에게서 보물 세 개를 받아 냉동고에 넣는다.

빅토르: 와, 빨간 무 진짜 오랜만에 먹는다.

이다와 나는 빅토르가 차에 치인 빨간 무 세 개를 집어서 얇게 저미고 빵 한쪽에 버터를 두툼하게 바른 다음, 얇게 저민 무를 그 위에 나란히 펼치고 손동작을 멈추는 모습을 흥미진진하게 바라본다.

빅토르: 베게타 있어?

이다와 나: 그게 뭐야?

빅토르: 너희들, 베게타를 몰라?

이다와 나는 고개를 끄덕인다.

빅토르: 폰도르 같은 조미료인데, 더 맛있어. 동유럽의 폰도르라고 할까.

이다가 벌떡 일어나서 싱크대로 올라가 찬장 제일 위쪽 칸에서 노란 팩을 꺼내며 "폰도르는 있어!"라고 외친다. 빅토르가 노란 가루를 빵 위에 듬뿍 뿌리고 한 입 베어 문다.

빅토르: 왜 그래?

이다: 맛있어?

빅토르: 아주 맛있지. 너도 하나 만들어줄까?

이다가 고개를 끄덕인다.

나: 나도 먹을래.

빅토르가 싱긋 웃는다.

그는 빨간 무와 베게타 과정을 되풀이하면서, 자기 아버지는 엄마가 차려주는 모든 음식에 베게타 반 통을 쏟아부었다고 말한다.

빅토르: 아버지는 베게타 없이는 못 살았어. 베게타 중독이었지.

이다: 더 안 좋은 중독도 있어.

이다가 웃음을 뿜자 나도 그 웃음에 동참하고, 빅토르도 슬쩍 끼어든다. 둘이 나란히 앉아 웃는 모습을 보고 있으니 너무나 좋아서, 나는 금방이라도 울음이 터질 것만 같다.

빅토르가 빵을 잘라서 우리에게 절반씩 준다.

내가 생각하는 것을 이다가 말한다: "빨간 무가 맛있을 수도 있다는 걸 몰랐어. 평소에는 언제나 매웠거든."

나: 그리고 쓴맛도 나고.

나는 행복하다. 소파에서 〈킬 빌〉을 보며 아이스크림을 먹자고 제안하려고 할 때에야 이 집에 또 한 사람이 있다는 것, 그 사람은 행복하지 않다는 게 생각난다. 아마 그 사람은 앞으로도 행복해지지 않을 것이다. 하지만 더 나빠지지도 않겠지. 그러기를 바란다. 나는 벤앤제리스 아이스크림을 냉동고에서 꺼내 작은 그릇에 두 스쿱을 담고 숟가락을 꽂은 후에 거실로 가서 소파에 누워 있는 엄마 옆에 앉는다. 엄마는 잠이 들었다. 나는 차가운 엄마의 손을 잡고 머리카락을 얼굴에서 걷어낸 다음 담요를 덮어준다.

그리고 엄마 뺨에 입을 맞추고, 아이스크림을 들고 이다와 빅토르에게 돌아온다.

레인을 열다섯 번째 돌 때, 나는 누군가 오른쪽에서 추월하는 걸 깨닫는다. 빅토르가 수영할 때는 그에게 바짝 붙을 엄두가 나지 않지만, 그는 풀장 가장자리에서 나를 기다리고 있다. 우리는 키스를 하고 레인에서 나란히 수영한다. 레인을 스물두 번 수영하고 나서 나는 콘크리트 벤치에 있는 다른 두 명의 엄마 옆에 앉아, 그 엄마들이 하듯 아이들과 빅토르를 번갈아 본다. 빅토르가 스물두 번을 모두 돌고 나서 내 옆에 앉자 우리는 함께 이다를 지켜본다.

나: 잠자리 성체는 수면 위에서 1년도 살지 못하는데, 유충은 물속에서 몇 년이나 살 수도 있다는 거 알고 있었어?

빅토르가 고개를 젓는다.

나: 잠자리는 사냥꾼이야.

빅토르: 아, 그래?

나: 잠자리가 사냥할 때 성공률이 95퍼센트라는 거 알아? 거기 비하면 사자는 겨우 25퍼센트, 백상아리는 50퍼센트야.

빅토르가 나지막하게 웃는다: 정말?

나: 잠자리는 눈과 날개의 적극적인 움직임을 통해 사냥해.

나: 잠자리의 뇌가 사냥감의 비행 궤도를 계산해서 그 정보를 비행 기관에 직접 전달해.

나: 잠자리는 시속 50킬로미터까지 날 수 있어. 이렇게 빠른 곤충은 거의 없지.

빅토르: 우와.

나: 비행기와 헬리콥터 개발자들이 엄두도 못 내는 비행 기술을 잠자리가 구사한다는 거 알아?

빅토르가 웃는다: 아니.

나: 잠자리는 사방으로 쉽게 움직여. 비행 기관의 구조 때문이지. 두 쌍의 날개를 각각 다른 방향으로 조종할 수 있어. 그래서 갑자기 방향을 바꾼다거나 후진 비행도 가능해.

빅토르가 재미있다는 표정으로 나를 바라본다.

나: 제일 대단한 건 사실 잠자리의 눈이야. 3만 개의 홑눈으로 이루어진 겹눈이 머리를 거의 채우다시피 하지. 그래서 360도를 볼 수 있어.

나: 그게 다가 아니야. 잠자리는 우리 인간보다 세상을 훨씬 더 여러 색깔로 봐. 옵신이라는, 빛에 민감한 단백질 덕분이야. 인간에게 파랑과 초록과 빨강을 보는 옵신이 세 개가

있는 반면 잠자리에게는 최소한 열한 개가 있고, 최대 서른 개의 옵신을 소유한 종도 많아.

빅토르: 진짜 대단하다.

나: 많은 잠자리 종이 멸종 위기 목록에 올라가 있어. 살기 적합한 서식지가 사라지기 때문이지. 잠자리가 변태하려면 고인 물이나 흐르는 물이 필요하고, 성체에게는 적당한 사냥 공간과 쉴 공간이 필요해.

빅토르가 내 이마에서 머리카락을 걷어낸다.

나: 내가 어제저녁에 잠자리에 좀 취했었지.

빅토르가 웃음을 터뜨린다: 정말?

나: 잠자리는 정말 대단해.

빅토르가 내 관자놀이를 쓰다듬는다.

빅토르: 그래, 잠자리를 적으로 두고 싶지 않아.

나는 그를 쳐다보다가, 그 말을 이해하고 고개를 끄덕인다.

잠자리는 내 적이 아니다. 무섭고 섬뜩하지만, 동시에 대단한 존재다. 이 사냥꾼들이 하필이면 내 안으로 날아 들어와 모든 것이 이상하면서도 아름답게 느껴지도록 만든다는 사실이 신기하다. 나는 이제 항복하고 더는 잠자리에게 대항하지 않기로, 더는 그들을 세거나 길들이려고 애쓰지 않기로 결정한다. 나는 더 이상 잠자리들이 두렵지 않으므로 말한다:

네가 떠나지 않으면 좋겠어.

빅토르: 다시 올 거야.

화요일 아침, 그의 배가 우리 집 앞에 선다. 나는 그게 무슨 뜻인지 알아챈다. 이다는 이미 학교에 갔다.

빅토르: 나 이제 떠나.

나: 하아.

하고 싶은 말이 아주 많다. 하지만 우리는 언젠가 미래에 대해서 말하지 않기로 결정한 것 같고, 이게 작별이 아니라는 걸 우리 둘 다 알고 있다.

나: 이게 작별이 아니라는 걸 우리 둘 다 알고 있잖아?

빅토르가 고개를 끄덕인다.

나: 이다가 널 위해 이걸 그렸어.

캔버스에 아크릴화. 이다가 캔버스에 아크릴화를 그리는 일은 드물다. 갑옷을 입은 여자 기사가 해변에 앉아 바다를 바라본다. 바다에는 늑대 깃발을 매단 배 한 척이 있고, 뱃머리에 선원이 서서 손을 흔든다. 나는 이 배가 지금 도착한 건지, 떠나는 건지, 아니면 그냥 지나가는 중인지 알 수 없어서 미칠 것 같다.

빅토르: 배가 해변에 너무 가까이 있네.

나: 그게 예술이지. 주관적인 척도.

빅토르: 배가 부표보다 훨씬 앞에 있잖아.

나는 노란 부표를 못 봤다. 아니면 물고기라고 생각했을지도 모른다.

빅토르: 배가 아마 좌초했나 봐.

나: 그걸 어떻게 알아?

나는 과일 바구니에서 과일보다 훨씬 더 많은 것을 보는 미술 선생님의 고학년 미술 수업에 들어가 있는 듯한 느낌이 든다. 사과에서는 덧없음을, 배 꼭지에서는 부활을 보는 식이다.

빅토르: 적십자가 그려진 하얀 깃발은 "도움이 필요해요"라는 뜻이야.

나는 두 깃발도 못 봤다. 봤더라도 배의 장식으로만 생각했을 거다.

나: 노랑과 파랑 줄무늬 깃발은 무슨 뜻이야?

빅토르: "도선사가 필요해요."

나는 이따금 이다가 천재라는 생각을 한다.

빅토르: 기사가 도선사가 되어 배에 탈까?

나는 기사를 자세히 들여다본다.

나: 응, 그럴 거 같아. 짐을 꾸려서 왔잖아.

기사 옆에 주머니가 있다.

나: 아름다운 그림이야. 그렇지?

빅토르: 응, 아름다워.

그가 그림을 조수석에 놓는다. 포옹, 그리고 입맞춤.

빅토르: 곧 만나자.

나는 검은 배의 뒷모습을 바라보며 손을 흔든다. 배가 완전히 사라진 후에도 여전히 손을 흔들고 있다. 빅토르가 떠났지만 괜찮다고 생각한다. 다시 올 테니까.

나중에 이다와 나는 부엌에 앉아, 얇게 저민 빨간 무를 올리고 폰도르를 뿌린 버터 빵을 먹는다. 밖에는 비가 내린다. 실내 수영장이 사람들로 가득 찰 것이다.

나: 수영장 갈래?

이다가 고개를 끄덕인다.

감사의 말

우타 발과 프란치스카 발, 앙겔라 차키리스와 자비네 크라머에게 감사 인사를 드립니다.

특히 바네사 구텐쿤스트에게 감사드립니다.

스물두 번째 레인

초판 1쇄 인쇄 2025년 4월 21일
초판 1쇄 발행 2025년 5월 9일

지은이 카롤리네 발
옮긴이 전은경
펴낸이 김선식

부사장 김은영
콘텐츠사업2본부장 박현미
책임편집 정지혜 **디자인** 이현진 **책임마케터** 권오권
콘텐츠사업6팀장 임경섭 **콘텐츠사업6팀** 정지혜, 곽수빈, 조용우, 이한민, 이현진
마케팅1팀 박태준, 권오권, 오서영, 문서희
미디어홍보본부장 정명찬 **브랜드홍보팀** 오수미, 서가을, 김은지, 이소영, 박장미, 박주현
채널홍보팀 김민정, 정세림, 고나연, 변승주, 홍수경
영상홍보팀 이수인, 염아라, 김혜원, 이지연
편집관리팀 조세현, 김호주, 백설희 **저작권팀** 성민경, 이슬, 윤제희
재무관리팀 하미선, 임혜정, 이슬기, 김주영, 오지수
인사총무팀 강미숙, 이정환, 김혜진, 황종원
제작관리팀 이소현, 김소영, 김진경, 이지우, 황인우
물류관리팀 김형기, 김선진, 주정훈, 양문현, 채원석, 박재연, 이준희, 이민운

펴낸곳 다산북스 **출판등록** 2005년 12월 23일 제313-2005-00277호
주소 경기도 파주시 회동길 490
전화 02-704-1724 **팩스** 02-703-2219
이메일 dasanbooks@dasanbooks.com
홈페이지 www.dasan.group **블로그** blog.naver.com/dasan_books
용지 스마일몬스터 **인쇄** 민언프린텍 **코팅 및 후가공** 평창피앤지 **제본** 국일문화사

ISBN 979-11-306-6582-5 (03850)